Eckart zur Nieden

Der falsche Kaiser

Ein Mittelalterroman

Bibliografische Information der Deutschen Nationalbibliothek
Die Deutsche Nationalbibliothek verzeichnet diese Publikation in der Deutschen Nationalbibliografie; detaillierte bibliografische Daten sind im Internet unter http://dnb.d-nb.de abrufbar.

Besuchen Sie uns im Internet:
www.st-benno.de

Gern informieren wir Sie unverbindlich und aktuell auch in unserem Newsletter zum Verlagsprogramm, zu Neuerscheinungen und Aktionen.
Einfach anmelden unter www.st-benno.de

ISBN 978-3-7462-5466-1

Umschlaggestaltung: Rungwerth Design, Düsseldorf
Umschlagmotiv: © mauritius images/FALKENSTEIN-FOTO/Alamy (Siegel)
Gesamtherstellung: Kontext, Dresden (A)

ECKART ZUR NIEDEN

Der falsche Kaiser

EIN MITTELALTERROMAN

benno

Philemon band sein Pferd an den dafür vorgesehenen Pfosten und betrat die Kanzlei des Erzbischofs von Köln.

„Gott zum Gruß!"

Ein Mann stand an einem Pult mit einer Feder in der Hand und widmete sich mit Hingabe seinem Schriftstück, ohne den Ankömmling zu beachten.

„Gott zum Gruß!", wiederholte Philemon und trat näher heran. Jetzt blickte der Schreiber auf.

„Was führt dich zu uns, junger Mann?"

„Mein Name ist Philemon und ich habe einen Brief …"

„Phile… wie?"

„Philemon."

„Was ist denn das für ein komischer Name!"

„Er ist biblisch. Das solltet Ihr als ein Mann der Mutter Kirche eigentlich wissen. So heißt ein Brief, den der Apostel Paulus geschrieben hat."

Der Mann grinste. „Aber der Brief, den du da in der Hand hast, ist wohl nicht von Paulus?"

„Nein. Er ist für den Erzbischof bestimmt und …"

„Gut. Lege ihn dort hin!"

„Der Brief kommt von der Meisterin des Stifts der Prämonstratenserinnen auf dem Altenberg an der Lahn bei der Freien Reichsstadt Wetzlar", sagte Philemon.

„Ja – und?"

„Meine Auftraggeberin möchte, dass ich eine schriftliche Bestätigung mitbringe, dass der Brief auch angekommen ist."

Der Sekretär knurrte unwillig. „Sie traut dir wohl nicht, wie?"

Philemon dachte, sie traut eher dem Erzbischof nicht. Aber das sagte er natürlich nicht. Stattdessen antwor-

tete er: „Ich bin kein Mitarbeiter des Stifts. Mache nur gelegentlich Botengänge."
Missmutig nahm der Sekretär ein Papier und schrieb während er grummelte: „Was haben wir denn heute? Der Tag der heiligen Klara von Assisi im Jahre eintausendzweihundertvierundachtzig nach der Geburt unseres Herrn ..."
Als er fertig war siegelte er das Schreiben. Aber ehe er es dem jungen Boten gab, warf er zunächst einen Blick auf den Brief, den der mitgebracht hatte, ohne allerdings das Siegel aufzubrechen. Dann nickte er und hielt Philemon sein Schreiben hin. Der studierte es genau.
„Wie denn?", knurrte der Mann. „Kannst du etwa lesen?"
„Ja", antwortete der nur, drehte sich um und verließ den Raum.
Allerdings konnte er lesen! Schließlich war sein Vater Schreiber für den Rat der Stadt Wetzlar. Von ihm hatte Philemon die Kunst des Schreibens gelernt. Er verdiente sich auch gelegentlich ein paar Heller, indem er Abschriften anfertigte, wenn etwa von einem Vertrag zwei Exemplare gebraucht wurden, damit jeder der Vertragspartner eins bekommen konnte. Und alle sagten, dass seine Abschriften nicht nur exakt, sondern auch schöner seien als das Original.
Philemon löste sein Pferd – es war natürlich nicht sein Eigentum, sondern gehörte dem Stift Altenberg – und führte es am Zügel, weil er so einfacher und gefahrloser durch das Menschengewühl der Stadt Köln kam. Gerade läuteten die Glocken des Benediktinerklosters St. Martin. Es musste Mittag sein.
Da bemerkte Philemon Geschrei und Unruhe unter

den vielen Menschen auf der Straße. Einige liefen in die Nähe der Baustelle, wo der neue Dom errichtet wurde. Von seiner Neugier getrieben folgte Philemon ihnen.
Vor einem stattlichen Bürgerhaus hatte sich eine größere Volksmenge versammelt, die im Halbkreis um den Eingang stand und dabei laut rief, mit den Armen gestikulierte und immer wieder lachte.
Vier Männer der Stadtwache bahnten sich einen Weg durch die Menge, indem sie mit den stumpfen Enden ihrer Hellebarden stießen und schoben.
Jetzt konnte Philemon sehen, dass auf den Stufen, die zum Eingang des Hauses führten, ein Mann stand und trotz des Gespötts und der Drohgebärden der Menge ruhig lächelte. Da Philemon groß war, größer als die meisten Leute, die vor ihm standen, konnte er den Mann gut sehen.
Der Mann war alt, wahrscheinlich so um die achtzig, wie man an seinem Gesicht erkennen konnte. Aber er hielt sich gerade, so dass er eine stattliche Figur abgab und einen stolzen Eindruck machte.
Der Hauptmann der Stadtwache gebot Ruhe und fragte, was hier los sei. Aber die Leute riefen so ungeordnet durcheinander, dass er nichts verstehen konnte.
„Ruhe!“, brüllte er noch einmal und wies auf einen beleibten Mann, der – nach seinem schmutzigen Kittel und seinem Geruch zu schließen – wohl ein Fischhändler war. „Sprich du!“
Der Dicke warf sich in die Brust, stolz, dass nun alle auf ihn hörten, und erklärte: „Dieser Mann behauptet, er sei der Kaiser!“ Die Volksmenge bestätigte diese Aussage mit allerlei zusätzlichen Bemerkungen.
„Der Kaiser?“, fragte der Hauptmann. „Mit so etwas macht man keine Scherze!“

„Das habe ich ihm auch gesagt", bestätigte der Fischhändler, und ein lautes Gemurmel unterstützte ihn dabei. „Aber er behauptete, das sei ja gar kein Scherz, denn er sei wirklich der Kaiser!"

Der Hauptmann wandte sich an den Alten, der immer noch auf der zweiten Stufe der Treppe stand und dem Gespräch zuhörte, als ginge es ihn gar nichts an. „Hast du wirklich so einen Unsinn behauptet?"

Der Alte antwortete mit so leiser Stimme, dass Philemon ihn in dem allgemeinen Tumult nicht verstehen konnte.

„Ruhe!", brüllte der Hauptmann. Da wurde es stiller, zumal auch die übrigen Männer der Stadtwache ihre Spieße umdrehten und die Spitzen auf die Leute richteten.

„Wiederhole deine Antwort, Fremder! Aber so, dass ich sie verstehen kann! Hast du diesen Unsinn behauptet?"

„Die Frage lässt sich nicht mit Ja oder Nein beantworten, Hauptmann", erwiderte der Gefragte. „Ich habe gesagt, dass ich der Kaiser bin. Aber würde ich auf Eure Frage einfach Ja sagen, würde ich damit bestätigen, dass es Unsinn sei. Das ist es aber nicht."

„Rede nicht so hochgestochen daher, Fremder! Sage mir einfach: Behauptest du, der Kaiser zu sein?"

„Ja."

Wieder brüllten die Leute und lachten höhnisch.

Dem Hauptmann schien es unwürdig, mit diesem Toren wie mit einem vernünftigen Menschen zu reden. Also beschloss er, es scherzhaft zu nehmen. Er verbeugte sich tief und sagte: „Verzeiht, Majestät, dass wir Euch nicht gleich erkannten!"

Die Menge johlte.

„Aber der Irrtum beruht auf dem Umstand, dass unser derzeitiger König gar kein Kaiser ist und dass wir

König Rudolf von Habsburg zurzeit im Süden unseres Landes wähnten."
Unter lautem Gelächter verbeugten sich die Zuschauer ebenfalls und riefen: „Euer ergebener Diener, Majestät!", „Willkommen in unsrer Stadt, Kaiser Rudolf!" und Ähnliches.
Der Alte hob die Hand, wartete, bis es still geworden war, und sagte dann: „Hier liegt ein Irrtum vor. Ich bin nicht Rudolf von Habsburg, sondern Kaiser Friedrich II. von Hohenstaufen."
Wieder brandete Gelächter auf.
„Oh, verzeiht, Majestät!", sagte der Hauptmann. „Wenn Ihr Kaiser Friedrich seid, dann wähnten wir Euch nicht nur im Schwabenland oder in Österreich, sondern noch viel weiter südlich, nämlich auf der Insel Sizilien, wo Ihr seit über dreißig Jahren in einem schweren Marmorsarg liegen solltet. Entweder hat man uns da falsch unterrichtet, oder Ihr seid aus dem Tod und aus dem Marmorsarg gestiegen, um uns die Ehre Eures Besuches zu erweisen."
„Man hat Euch falsch unterrichtet. Aber das war Absicht, Hauptmann. Denn ich bin nicht gestorben, habe nur …"
„Schluss jetzt mit dem Unsinn!", rief der Hauptmann, als er merkte, dass sein Spott den Fremden überhaupt nicht zu treffen schien, sondern ihn eher noch in seiner absurden Meinung bestätigte. Was sollte er aber mit ihm machen? Ihn ins Gefängnis zu stecken und einem ordentlichen Gericht vorzuführen, schien ihm unpassend. Der Richter würde sehr unwillig werden, würde man ihm mit so einer Posse seine wertvolle Zeit stehlen. Am besten war es wohl, er überließ den Mann einfach dem Volk. Dann würde man ihm nichts vorwerfen können.

„Zeigt ihm, wie wir hier in Köln mit Hochstaplern umgehen!“, rief er und winkte seine Leute beiseite.
Die Menge stürzte sich auf den Fremden, zerrte ihn von der Treppe herunter, schlug und trat auf ihn ein, riss an Kleider und Haaren. Philemon spürte den Wunsch, dem armen Kerl beizustehen. Aber er konnte nicht hinkommen, die Menge stand zu dicht, und er hatte das Pferd am Zügel. So rief er nur: „Hört auf! Lasst doch den armen Irren in Ruhe!“ Aber niemand achtete auf ihn. Anscheinend hörten ihn die meisten noch nicht einmal in dem allgemeinen Gebrüll.
Eine Nonne stand neben ihm. „Was ist da los? Was machen sie mit dem alten Mann?“, fragte sie Philemon.
„Der Mann behauptet, der alte Kaiser Friedrich zu sein.“
„Ach – da wollte er doch sicher nur einen Scherz machen! Da muss man doch nicht gleich ...“
„Nein, nein, er meint es todernst.“
„Wenn er es ernst meint, dann ist er im Kopf nicht mehr ganz gesund. Da muss man ihn doch rücksichtsvoll behandeln!“
Die Leute nahmen die seitliche Leiter von einem Leiterwagen ab, der da stand, lehnten sie an die Hauswand und trieben ihn hinauf, bis er auf der obersten Sprosse saß wie auf einem Thron. Sie gaben ihm einen Besen wie ein Zepter in die Hand, stülpten ihm einen kleinen Korb wie eine Krone auf den Kopf und verspotteten ihn mit Hohngesängen. Dann warfen sie mit allerlei Unrat von der Straße nach ihm, Pferdeäpfeln, Fischköpfen, und riefen: „Hier ist unser Tribut und unsere Steuer, Majestät!“
Die Nonne sprach den Hauptmann der Stadtwache an, der danebenstand und zuschaute, als ginge ihn das gar nichts an. „Ihr müsst das unterbinden, Hauptmann! So

kann man keinen Menschen behandeln, der nach dem Bilde Gottes geschaffen ist!"
Der Hauptmann knurrte nur: „Gott hat ihn wohl als Mensch geschaffen. Zum Kaiser hat er sich selbst gemacht."
„Weil er es nicht besser weiß! In unserem Kloster kümmern wir uns liebevoll um Menschen, die nicht mehr klar denken können. Es ist doch kein Grund, sie zu strafen, wenn sie Unsinn reden …"
„Aber wenn einer behauptet, Kaiser zu sein, ist das Majestätsbeleidigung, und die ist strafbar."
Philemon, der das Gespräch mithörte, mischte sich ein. „Aber er kann den echten Kaiser Friedrich doch gar nicht beleidigen, weil der längst tot ist."
„Seht nur, Hauptmann!" Die Nonne zeigte auf das Geschehen. „Sie verhöhnen ihn als Kaiser, so wie man damals unseren Herrn Christus verhöhnt hat als König mit einer Dornenkrone. Das ist nicht nur Majestätsbeleidigung, das ist eine Beleidigung Gottes!" Aber der Hauptmann antwortete nicht, sondern wandte sich ab.
Nun holten die Leute den Alten von seinem Thron herunter und trieben ihn zu einer Grube, in der sich am Straßenrand Jauche und anderer Dreck zu einer stinkenden Brühe gesammelt hatten. Sie gaben ihm einen Stoß und er fiel hinein, was die Menge zu einem lauten Triumphgeschrei veranlasste.
Das schien dem Hauptmann nun doch zu viel zu sein. Er durfte ja nicht zulassen, dass der Mann umkam.
„Schluss jetzt!", rief er laut. „Ihr habt euren Spaß gehabt, damit soll es jetzt genug sein! Meine Männer jagen den Kerl aus der Stadt und ihr alle geht wieder an eure Arbeit!"
Die Menge beruhigte sich nur langsam.
Zwei Jungen, zehn oder elf Jahre alt, bewarfen den Alten

mit Pferdeäpfeln. Mit einem trafen sie ihn sogar ins Gesicht. „Das ist dein Reichsapfel!“, schrien sie begeistert. Philemon, der dicht bei ihnen stand, packte den einen beim Kragen. Er hatte nur eine Hand frei, da er die Zügel nicht loslassen wollte. Das Pferd war sowieso schon nervös bei dem Lärm. Philemon hob den Bengel hoch, drehte ihn in die andere Richtung und gab ihm einen Stoß. „Hau ab, sonst geht es dir noch dreckiger als dem alten Mann!“

Jetzt hatten die Stadtbüttel die Menge mit ihren Hellebarden auseinandergetrieben. Der Alte hinkte aus dem Loch heraus, die Jauche tropfte aus seinen Kleidern. Die Wachen wollten ihn nicht anfassen, also trieben sie ihn mit ihren Waffen vor sich her zum nächsten Stadttor.

„Gute Reise, Herr Kaiser!“, riefen einige Leute hinter ihm her.

Philemon wandte sich an den Hauptmann. „Könnt Ihr mir eine Herberge nennen, Herr, die nicht zu teuer ist und wo auch mein Pferd versorgt werden kann?“

„Komm mit!“, gab der zur Antwort. Philemon trottete neben ihm her. Nach einigen hundert Schritten zeigte der Mann in eine Gasse. „Da hinten rechts ist eine Herberge, die nicht zu teuer ist. Versuch es da!“

„Danke!“

Philemon fand das Haus und erkundigte sich nach einer Unterkunft und dem Preis. Aber als er hörte, was er bezahlen sollte, wandte er sich ab. Im Kloster hatte man ihm Geld für die Reise gegeben. Wenn er das aber nicht aufbrauchte, würde er den Rest behalten können. Das war eine Verlockung. Nein, diese teure Unterkunft wollte er sparen.

Allerdings wusste er: Er konnte nicht im Freien übernachten. Er hatte gehört, dass Leute, die irgendwo in einer Ecke schliefen, leicht ausgeraubt werden konn-

ten. Am Ende wachte er am nächsten Morgen auf und sein Pferd war weg! Nein, er musste die Stadt verlassen und irgendwo draußen eine billigere Herberge finden. Außerdem konnte er so in den restlichen Stunden des Tages noch eine gute Strecke zurücklegen.
Philemon kaufte etwas Brot, Käse und für seine Stute etwas Hafer, schwang sich auf sein Pferd und ritt davon. Sein nächstes Ziel war Aachen, wo er auch einen Brief abzugeben hatte.
Nachdem er eine Weile gemächlich geritten war und die Stadtmauern von Köln nicht mehr hinter sich sehen konnte, nur noch die Spitzen der Kirchtürme, sah er rechts der Straße einen Mann, der sich zu einem kleinen Rinnsal hinunterbeugte. Es war nicht schwer zu erkennen – das musste der falsche Kaiser sein.
Philemon lenkte seine Stute zu ihm hin. Als der Mann das Trappeln der Hufe hörte, wandte er sich um und blickte auf.
„Gott zum Gruß!“, sprach Philemon ihn an. „Ihr seid doch der, den sie in Köln so übel zugerichtet haben!“
„So ist es“, antwortete der Alte. „Ich versuche gerade, mich etwas zu säubern.“
Philemon fiel auf, dass der Fremde keineswegs bedrückt oder gedemütigt wirkte. Im Gegenteil, er sprach ruhig und selbstbewusst. Seine trotz des Alters gerade und aufrechte Haltung stand in einem merkwürdigen Gegensatz zu seinem schmutzigen Äußeren.
„Es tut mir leid, was Euch passiert ist“, sagte Philemon. „Ich gebe zu, dass ich nicht eingeschritten bin, obwohl ich alles beobachtet habe. Aber ich stand …“
„Schon gut!“, winkte der Alte ab. „Du musst dich nicht entschuldigen. Du wärst gegen die Menge sowieso nicht angekommen. Ich darf doch ‚du‘ sagen? Wie alt bist du, junger Freund?“

„Siebzehn. Mein Name ist Philemon. Und Ihr seid, wenn ich es recht verstanden habe – und wenn ich Euch glauben will –, der Kaiser Friedrich II. Oder war das ein Scherz, und Ihr seid doch jemand anderes? Dann habt Ihr den Scherz aber ziemlich auf die Spitze getrieben."

Der Fremde wandte sich noch einmal dem kleinen Bach zu, zog sein Hemd aus, so dass Philemon an seinem mageren Oberkörper jede Rippe erkennen konnte, und schwenkte das Tuch in dem Wasser. Während er es ausdrückte und erneut eintauchte, sagte er: „Es war kein Scherz." Er sagte das ohne Nachdruck und es klang, als sei er es leid, sich immer wieder mit allen Leuten über das Thema zu streiten.

Philemon tat der Mann leid. „Kann ich Euch irgendwie helfen, Herr … Soll ich Euch ein Stück auf dem Pferd mitnehmen?"

Der Alte kam auf Philemon zu, der immer noch im Sattel saß, und schmunzelte: „Danke, aber das sollten wir nicht versuchen. Ich will zwar in deine Richtung. Aber du würdest meines Gestankes wegen bald deine Hilfsbereitschaft bereuen."

In dem Moment hörte Philemon ein Fuhrwerk auf der Straße und wandte sich um. Ein Wagen, von zwei Pferden gezogen, kam aus der Stadt. Philemon trieb seine Stute auf die Straße und hob die Hand. Der Mann auf dem Bock hielt seine Pferde an.

„Verzeiht, Herr!", sprach Philemon ihn an. „Mein Name ist Philemon. Würde es Euch etwas ausmachen, wenn dieser Herr sich hinten auf Euren Wagen setzen und ein Stück mitfahren würde?"

„Ganz und gar nicht!", antwortete der beleibte Mann mit einem freundlichen Lächeln in seinem rosigen Gesicht mit rotblondem Bart. „Er muss auch nicht hinten

sitzen. Neben mir auf dem Bock ist noch Platz. Da können wir uns unterhalten."
„Nun, das … äh …"
Der falsche Kaiser half Philemon aus der Verlegenheit.
„Was mein junger Freund sagen will, aber sich nicht zu sagen traut, weil er mich nicht beleidigen will, ist, dass ich stinke. Man hat mich vorhin in Köln misshandelt und in einen Jauchegraben gestoßen."
„Ich war dabei!", ergänzte Philemon.
„Warum hat man denn …? Aber komm erst mal her! Ich habe hier eine Pferdedecke, die kannst du umlegen, bis dein Hemd getrocknet ist. Komm, steig auf! Mir macht der Geruch nichts aus, ich habe täglich im Schweinestall zu tun."
Der Alte stieg ohne große Mühe auf den Bock und hängte sich die Decke um, die der freundliche Mann ihm reichte.
„So, und während wir jetzt weiterfahren, erzählst du mir, warum sie dich misshandelt haben! Hü!"
Die Pferde zogen an und Philemon ritt neben dem Wagen her, um das Gespräch mitzubekommen.
„Sie wollten mir nicht glauben, dass ich der Kaiser Friedrich bin."
Aha, dachte der Dicke, offenbar ein Narr, der seinen Lebensunterhalt damit verdient, dass er auf Jahrmärkten die Leute zum Lachen bringt und dann seinen Hut herumgehen lässt.
„Sehr schön", antwortete er grinsend. „Dann bin ich – sagen wir – dein Großvater, Friedrich I., genannt Barbarossa. Du siehst es an meinem roten Bart."
„Nein", kam ernst, aber ruhig die Antwort, „du bist nicht Barbarossa. Denn mein Großvater ist schon im Jahr elfhundertneunzig auf dem Kreuzzug ins Heilige Land im Fluss Salef ertrunken."

Der so Korrigierte sah den Fremden unsicher an. „Na schön, ich bin nicht Kaiser Barbarossa. Ich heiße Peter Altmann und bin Verwalter auf dem Hofgut des Herren von Oberfeld. Der hat das Gut beim Tod des alten Grafen geerbt, aber den Stammsitz und den Grafentitel bekam sein älterer Bruder. Mein Herr wohnt in Köln, es liegt ihm nicht, inmitten der Landwirtschaft zu leben. Darum hat er mich als Verwalter eingesetzt. Wenn wir noch eine halbe Stunde gefahren sind, kannst du den Giebel der großen Scheune hinter den Hügeln sehen. Und wenn du wissen willst, Fremder, warum ich mich als Barbarossa ausgab, der doch längst tot ist – die Antwort gebe ich dir, wenn du mir sagst, warum du dich als Kaiser Friedrich ausgibst, der doch auch schon lange tot ist."

„Da irrst du, Peter Altmann. Angeblich ist er in Palermo begraben, auf der Insel Sizilien."

„Das habe ich auch gehört."

„In Wirklichkeit aber lebt er. Du siehst ihn neben dir. Ich gebe zu, sehr majestätisch wirke ich nicht, weder für deine Augen noch für deine Nase. Aber ich versichere dir …"

„Jetzt verstehe ich, warum sie dich in Köln misshandelt haben."

„In Palermo", fuhr der Alte unbeirrt fort, „gab es ein Scheinbegräbnis. Ich war die jahrzehntelangen Kämpfe satt, die ständigen Intrigen, die mehrfachen Verbannungen durch den Papst und den ewigen Streit mit kirchlichen Würdenträgern, die Anschläge auf mein Leben und die dauernde Furcht vor dem nächsten Giftangriff, den Hass, der mir überall entgegenschlug. Ich wollte die letzten Jahre, die mir noch vergönnt sein sollten, in Frieden verbringen. Also habe ich meinen Tod und mein Begräbnis nur vorgetäuscht und bin als Pilger ins Land meiner Väter zurückgekehrt. Als nun die schreck-

liche kaiserlose Zeit begann, als die Kurfürsten sich nicht auf einen neuen König einigen konnten, beschloss ich, in mein Amt zurückzukehren. Um meines geplagten Volkes willen. Inzwischen freilich erübrigt sich das, denn der neue König Rudolf von Habsburg macht seine Sache gut. Die Fürsten haben sich auf ihn geeinigt, weil sie dachten, er sei schwach ohne Hausmacht und würde ihnen darum nichts von ihrer Macht streitig machen können. Aber sie irrten sich. Rudolf ist stark. Und der Zufall kam ihm zu Hilfe, als die Babenberger ausstarben und er sich im Südosten eine eigne Hausmacht sichern konnte."
Philemon war verblüfft, und als er einen Blick mit Peter Altmann tauschte, sah er in dessen Gesicht die gleiche Verblüffung. So einen Vortrag, der doch von einigen Kenntnissen zeugte, hätte er von einem Narren nicht erwartet. Oder war er vielleicht kein Possenreißer, sondern auf ungewöhnliche Weise verrückt? Man hörte ja manchmal von Menschen, die nicht in die Gesellschaft passten und sich nicht zurechtfanden, aber trotzdem ein reiches Wissen hatten.

Peter Altmann sagte: „Wenn nun Rudolf von Habsburg seine Sache als König gut macht, dann brauchst du doch nicht mehr einzugreifen. Ich nehme an, dass du dann keine weiteren Pflichten hast. Wirst du dann meine Einladung annehmen, ein paar Tage auf meinem Hof zu bleiben? Du könntest deine Verletzungen auskurieren und dich satt essen."

„Und vielleicht sogar ein Bad nehmen?", fragte freudig der Alte.

„Natürlich, auch das. Vielleicht finden wir auch ein paar Kleider, die zwar gebraucht sind, aber doch noch besser als die, die du auf dem Leib trägst."

„Das ist sehr freundlich von dir, Peter Altmann! Ich nehme die Einladung gern an."

Und Philemon ergänzte: „Ihr seid ein hilfsbereiter Mensch, Herr. Da habe ich den Mut zu fragen, ob ich bei Euch auch ein Nachtquartier bekommen und mein Pferd versorgen kann. Im Unterschied zu unserem kaiserlichen Freund kann ich aber meine Unterkunft und eine bescheidene Mahlzeit bezahlen, wenn der Preis sich in Grenzen hält."

„Gern", antwortete der Gutsverwalter. „Kommt nur beide! Ich habe schon jemanden auf dem Hof, der dort sozusagen sein Gnadenbrot verzehrt. Es ist ein sehr entfernter Verwandter, ein alter Krieger, der nicht mehr ... ach, da fällt mir ein: Er war als junger Mann im Heer von Kaiser Friedrich und zog mit ihm ins Heilige Land. Vielleicht kennt er dich."

Es war klar – der Gutsverwalter dachte, natürlich ohne es zu sagen, dass es dann mit dieser Posse schnell vorbei sein müsse.

Aber die Sorge hatte der angebliche Kaiser offenbar nicht. Ohne eine Spur von Unsicherheit sagte er: „Oh – da freue ich mich, einen alten Mitkämpfer zu begrüßen."

Altmann wechselte wieder einen Blick mit Philemon, der nur die Schultern zuckte.

Der Fremde fuhr fort: „Nochmals innigen Dank für deine Gastfreundschaft. Sicher ist sie einem Kaiser gegenüber selbstverständlich. Aber ich weiß natürlich auch, dass ich nicht für jeden gleich als Kaiser erkennbar bin. Für dein Vertrauen danke ich dir!"

„Nun", antwortete Altmann, „unser Priester erwähnt oft das Wort, das, wenn ich recht weiß, der heilige Paulus geschrieben hat. Wir sollen immer gastfrei sein, schrieb er, denn damit habe schon mancher, ohne es zu wissen, Engel beherbergt. Ein Engel versteckt sich vermutlich nicht in dir. Aber ein unerkannter Kaiser ist ja auch schon was." Und er kicherte leise in sich hinein.

***

Es war schon fast dunkel, als die drei Männer zusammen bei Kerzenschein in Altmanns Stube saßen. Jeder hatte ein Weinglas vor sich. Der alte Mann war nach einem gründlichen Bad in Kleider gehüllt, die ihm zwar etwas zu weit waren. Aber sie waren sauber und bewirkten, dass er nicht mehr als eine jämmerliche Gestalt erschien, sondern mit seiner aufrechten Haltung und seinem von weißen Haaren umrahmten würdigen Gesicht fast so etwas wie Hoheit ausstrahlte. Man konnte ihn sich gut als Kaiser vorstellen.
Es klopfte.
„Herein!"
Ein alter Mann kam durch die Tür. Wohl nur unwesentlich jünger als der angebliche Kaiser, allerdings in etwas vom Alter gekrümmter Haltung.
„Du hast mich rufen lassen, Peter?"
„Ja, komm rein, Jörg! Setz dich! Dieser junge Mann heißt Philemon. Und dieser alte Besucher – nun, könnte es zufällig sein, dass du ihn schon einmal gesehen hast?"
Jörg betrachtete den Mann, setzte sich, während er weiterhin den Blick auf ihn gerichtet hielt, und zuckte dann die Schultern. Dann sah er Philemon an.
„Dieser junge Mann mit Namen Philemon – es kommt mir vor, als hätte ich ihn schon mal gesehen. Ich weiß aber nicht, wo. Dieser Herr dagegen … ich weiß nicht …"
Der Fremde lächelte. „Ist ja verständlich nach so langer Zeit. Da ist es wohl besser, wenn ich mich vorstelle. Ich bin dein Kaiser, Friedrich II. von Hohenstaufen."
„Der … der Kaiser? Aber … aber der ist doch …"
„Tot? Ja, das glauben alle, Jörg. Aber wie du siehst, bin

ich lebendig. Dass ich dich beim Namen nenne, bedeutet nicht, dass ich mich an dich erinnere. Ein Kaiser und Heerführer kennt ja nicht alle seine Leute. Ah …!" Er hob die Hand, um anzudeuten, dass niemand reden solle, legte die Stirn in Falten, und dann strahlte er: „Jörg Morgenstern!"

Jörg war völlig überrascht. „Ja, das stimmt. So haben mich damals alle genannt, weil der Morgenstern meine bevorzugte Waffe war. Das wisst Ihr noch!"

Auch die beiden anderen waren verblüfft. Peter sagte: „Unser Gast berichtet, er habe sein Begräbnis nur von Vertrauten inszenieren lassen, um die Bürde des Amtes loszuwerden …"

„Nun bin ich hier!", strahlte der Fremde. „Und ich freue mich, jemanden zu treffen, mit dem ich mich über die alten Zeiten unterhalten kann."

Stimmt das alles etwa doch?, überlegte Philemon. Woher weiß dieser angebliche Kaiser, wie der Jörg früher genannt wurde? Oder haben die zwei sich zusammengetan, um uns hinters Licht zu führen? Aber das Erstaunen im Gesicht des alten Kriegers konnte unmöglich geschauspielert sein!

Jetzt sagte der zu dem alten Gast: „Buon giorno!" Und er fügte gleich einige weitere Sätze in einer Sprache an, die Philemon und Altmann fremd war. Der „Kaiser" antwortete in der gleichen Sprache. Erstaunt wechselten Peter Altmann und Philemon Blicke.

Jörg erklärte den beiden: „Diese Sprache ist das Volgare, das ist in Italien die Volkssprache, die sich aus dem Lateinischen entwickelt hat."

Der Fremde lächelte: „Jörg wollte mich sicher testen, ob ich die Sprache noch beherrsche. Es ist ja allgemein bekannt, dass ich mich in Lateinisch, Griechisch, Französisch, Provenzalisch und Deutsch verständigen kann.

Wobei die letztere Sprache mir lange Zeit am wenigsten vertraut war. Beschämend für einen deutschen Kaiser, das gebe ich zu. Aber inzwischen, nachdem ich nun länger hier bin, beherrsche ich auch das Deutsche."
Die beiden Alten wechselten noch ein paar Sätze, die die anderen nicht verstanden. Dann aber sagte der „Kaiser": „Mein lieber Jörg, die Höflichkeit gebietet, dass wir unseren Gastgeber und meinen jungen Freund Philemon nicht ausschließen. Also sollten wir doch besser deutsch miteinander reden."
„Natürlich! Da habt Ihr recht, mein Kaiser!", antwortete Jörg. Es hörte sich für Philemon so an, als sei der alte Krieger nun fest überzeugt, seinen ehemaligen Herrn wiedergefunden zu haben.
Sie redeten noch eine Weile miteinander, etwas gehemmt, weil noch zu viele Fragen in der Luft lagen, bis der Fremde sagte: „Würdet Ihr es mir sehr verübeln, meine Freunde, wenn ich nun bäte, mir mein Nachtlager zu zeigen? Bedenkt, ich bin ein alter Mann, und die Ereignisse dieses Tages haben …"
„Aber natürlich könnt Ihr Euch zur Ruhe begeben! Verzeiht, wenn wir Euch zu lange aufgehalten haben!"
Peter Altmann erhob sich und die anderen auch. Philemon fiel auf, dass der Gutsverwalter seinen Gast zum ersten Mal nicht mit „du" sondern mit „Ihr" ansprach. Ob er inzwischen überzeugt war, dass dessen Geschichte stimmte? Oder wollte er ihm nur freundlich entgegenkommen?
Philemon sah noch einmal nach seiner Stute und legte sich dann ins Heu. Altmann wollte auch ihm ein Bett anbieten, aber er hatte darauf bestanden, im Heu zu schlafen.

***

Nach einer unruhigen Nacht wachte Philemon früh auf. Es war noch dunkel. Er wusch sich am Brunnen im Hof das Gesicht. Gerade als er sich aufrichtete, ging Jörg vorbei.
„Guten Morgen, Philemon!“
„Guten Morgen, Jörg!“
„Komm mit in die Küche! Es ist noch früh, alle anderen schlafen noch. Ich kann dir aber etwas Milch und Brot und Käse anbieten.“
„Danke!“ Die beiden setzten sich in der Küche an einen grob gezimmerten großen Tisch, an dem wohl sonst Knechte und Mägde ihr Essen einnahmen.
Als sie ein Brett mit Brot und einen Becher mit Milch vor sich stehen hatten, sah Philemon sein Gegenüber an. „Ehrlich, Jörg, glaubst du, dass er der Kaiser ist?“
Der alte Soldat nahm einen Schluck aus seinem Becher, stellte ihn ab und wischte sich mit dem Ärmel über den Mund.
„Ich weiß es nicht. Ich wüsste es auch gern. Ich halte es allerdings für wahrscheinlich, denn wie kann er sonst all das wissen, was er über die Vorgänge von damals weiß? Aber sicher bin ich nicht. Natürlich kann er auch wie ich als Soldat dabei gewesen sein. Aber dann müsste er viel mit dem Kaiser zu tun gehabt haben.“
Philemon nickte. Die Antwort half ihm nicht wesentlich weiter.
„Hast du Interesse an ihm, weil du ihn aufgegabelt und hergebracht hast?“, fragte Jörg.
„Ja, auch …“
„Auch? Warum noch?“
„Ach, das ist nicht wichtig.“
„Erzähle mir alles, was dich beschäftigt, junger Freund! Du kannst mir vertrauen. Stell dir vor, ich wäre dein Großvater.“

„Vielleicht ist er mein Großvater."
„Wer? Der Kaiser?"
Philemon bereute schon, was er gesagt hatte. Aber was der alte Krieger gesagt hatte, stimmte – er wirkte vertrauenswürdig. Und Philemon suchte ja eigentlich nach jemandem, mit dem er seine Fragen besprechen konnte.
„Ich müsste etwas weiter ausholen, um das zu erklären."
„Macht nichts. Wir haben Zeit. Sollte es so lange dauern, bis die Mägde vom Melken hereinkommen, können wir draußen weiterreden."
„Also gut. Ich bin Philemon. Mein Vater Melchior ist als Schreiber bei der Freien Reichsstadt Wetzlar beschäftigt. Ich helfe manchmal, Kopien anzufertigen, und alle sagen, ich hätte eine noch schönere Schrift als mein Vater. Als er meine Mutter geheiratet hat, war sie ein Bastard, wie man so sagt. Also sie hatte eine Mutter, aber ihr Vater war unbekannt. Ich habe meine Großmutter Helene nur kennengelernt, als ich noch ein ganz kleines Kind war, dann starb sie.
Meine Mutter hat mir später, als ich begann, dafür Verständnis und Interesse zu haben, erzählt, ihre Mutter, also meine Großmutter Helene, habe nie gesagt, wer der Vater meiner Mutter war. Bekannt war nur, dass sie mit der Heeresgruppe des Landgrafen Ludwig IV. von Thüringen nach Italien gezogen war und mit dem Kind im Leib zurückkam. Der geplante Kreuzzug war nicht zustande gekommen, weil eine Seuche ausbrach und der Landgraf …"
„Starb an eben dieser Seuche", unterbrach Jörg. „Ich weiß das, denn ich war dabei. Ich war als Knappe eines thüringischen Ritters … Aber erzähle erst fertig, nachher berichte ich."
„Meine Großmutter soll immer angedeutet haben,

dass der Vater ihrer Tochter von hohem Adel sei. Namen hat sie nie genannt, sie soll einen Eid abgelegt haben, darüber Stillschweigen zu bewahren. Einmal habe ich mitbekommen, wie meine Eltern sich heftig stritten. Das kam nicht selten vor. Da hörte ich, wie mein Vater schrie, es sei meiner Mutter wohl nicht klar, welches Opfer er gebracht habe, indem er einen Bastard heiratete. Sie war natürlich verletzt und schrie zurück: ‚Aber einen Bastard mit blauem Blut!' Darauf er: ‚Ach, glaubst du etwa diesen Unsinn wirklich?' So ging es öfter, bis meine Mutter dieses Thema nicht mehr erwähnte. Aber mir gegenüber hat sie manchmal davon gesprochen, dass edles Blut in meinen Adern fließen würde. Ich weiß nicht, ob sie davon wirklich überzeugt war. Allmählich schien es sich aber in ihren Gedanken festzusetzen. Es sei durchaus möglich, dass der Kaiser selbst mein Großvater sei, sagte sie mir einmal. Aber ich glaube, das redete sie sich nur ein, weil es ihr in ihrer unglücklichen Ehe ein Trost war, verstehst du?"

„Verstehe, ja. Deswegen dein Gedanke, hier könnte plötzlich dein Großvater aufgetaucht sein."

„Das glaube ich nicht wirklich. Aber – nun ja – es interessiert mich schon."

Jörg nickte und puhlte sich mit dem rechten kleinen Finger irgendeinen Speiserest aus seinen lückenhaften Zähnen.

„Ich war auch mit Landgraf Ludwig in Italien. Als Knappe eines seiner Ritter. Dann kam, bevor wir uns einschiffen konnten, um ins Heilige Land zu segeln, die Seuche. Übrigens – aber das wirst du vielleicht wissen – wurde auch Kaiser Friedrich krank. Der Kreuzzug wurde abgeblasen, was Papst Gregor so sehr ärgerte, dass er den Bann über Friedrich aussprach."

„Seltsame Entscheidungen traf der Stellvertreter Christi manches Mal."
„Er behauptete, der Grund sei nur vorgeschoben und Friedrich wolle sich nur vor dem Kreuzzug drücken. Unser Landgraf Ludwig starb also und ließ unsere geliebte heilige Elisabeth als Witwe zurück. Und außer ihm starb auch mein Ritter. Ich nahm seinen Helm, seinen Kettenpanzer, sein Schwert und den Morgenstern und wurde zu einem freien Söldner. So was gab's da in Italien. Damit trat ich in Friedrichs Dienste. Das Pferd konnte ich nicht übernehmen, das beanspruchten andere Ritter für sich.
Als Krieger des Kaisers habe ich viele Schlachten geschlagen. Oft auch zusammen mit anderen Soldaten, die ich gar nicht verstand, weil sie französisch oder spanisch sprachen. Oder gar arabisch, denn Friedrich hatte mehrere hundert sarazenische Bogenschützen, die seine Leibwache bildeten. Muselmane, die immer abseitsstanden, wenn wir einen Feldgottesdienst hielten vor einer Schlacht. So etwas ärgerte Papst Gregor natürlich besonders. Die Sarazenen hatten für Friedrich den Vorteil, dass sie sich in ihrer Treue zum Kaiser nicht beeinflussen ließen, wenn der Papst ihn mit dem Bann belegte. Christlichen Leibwächtern wäre das zur Anfechtung geworden – das eigne Seelenheil war wichtiger als der Schutz des Kaisers. Aber war kümmerte einen Anhänger Mohammeds, was der Papst sagte!
Entschuldige, jetzt bin ich ins Plaudern gekommen! Ja, das ist das Übel aller ehemaligen Krieger. Entweder reden sie gar nicht über ihre Erlebnisse, weil sie sie als viel zu schrecklich in Erinnerung haben, oder sie können gar nicht aufhören, davon zu erzählen.
Nur das noch: Ein Jahr später, im Jahr eintausendzweihundertachtundzwanzig, bin ich mit ihm ins Heilige

Land gesegelt, als Friedrich schließlich doch aufbrach. Merkwürdigerweise wollte es der neunte Gregor dann gar nicht mehr. Wer versteht schon … na ja, es brauchte mich ja nicht zu kümmern.
Gekämpft wurde nicht. Unser schlauer Kaiser, der sich mit den Arabern in ihrer eignen Sprache unterhielt, brachte einen Vertrag zustande, der es zukünftigen Pilgern erlaubte, ungehindert die heiligen Stätten zu besuchen. Das stellte allerdings weder den Papst zufrieden noch die meisten Christen in Europa. Die hätten es lieber gesehen, wenn alle Sarazenen in einem Blutbad untergegangen wären.
Ich habe meinen Ritter sehr geschätzt und war traurig, als er starb. Ich wäre allein kaum zurückgekommen. So war es naheliegend, dass ich mich Kaiser Friedrich anschloss. Auch der Tod von Landgraf Ludwig ging mir nahe …"
Jörg hielt inne und starrte Philemon an.
„Was ist?"
„Ich … Gestern sagte ich doch, du erinnerst mich an jemanden. Ich wusste aber nicht, an wen. Jetzt ist es mir eingefallen. Du erinnerst mich an Landgraf Ludwig!"
„Ach – im Gesicht?"
„Ja, die Augen und der Mund … Philemon!"
Der junge Mann starrte sein Gegenüber an. „Denkst du, was ich gerade denke?"
„Ja. Der Adelige, der dein Großvater war, könnte Ludwig gewesen sein, Ludwig IV., Landgraf von Thüringen."
Eine Weile schwiegen beide.
Philemon schüttelte den Kopf. „Das glaube ich nicht."
„Warum nicht?"
„Dann wäre die Meisterin vom Stift Altenberg, für die ich unterwegs bin, die Tochter der heiligen Elisabeth, sozusagen meine Tante."

„Kann es sein, dass deine Mutter so etwas ahnte und dich darum öfter zum Altenberg geschickt hat? Du hast mir doch erzählt, dass sie es fördert, wenn du die Verbindung suchst."
„Sie hat nie etwas dergleichen gesagt."
Eine Magd kam in den Raum. Jörg senkte die Stimme. „Ich kenne jemanden aus dem engeren Umfeld von Landgraf Ludwig. Sein Page. Er war damals noch jünger als ich. Ich werde ihm einen Brief schreiben und fragen, ob er etwas von einer Beziehung zu dieser Helene weiß. Ich habe schon eine Vorstellung, wie ich den Brief befördern kann. Nur schreiben kann ich ihn nicht. Da musst du mir helfen."
Zwei Knechte kamen polternd und offenbar missgestimmt herein und stritten sich. Jörg zeigte mit einer Kopfbewegung zur Tür hin, beide standen auf und gingen hinaus.
„Wir sollten den Brief gleich schreiben", sagte Philemon, „weil ich dann nach Aachen aufbrechen will."
„Du kommst aber wieder, nicht wahr?"
„Ich muss zu meiner Auftraggeberin zurück. Aber auf dem Rückweg kann ich noch mal hier vorbeikommen."
„Guten Morgen!" Vor ihnen stand der angebliche Kaiser, aufrecht und stolz, sauber und ausgeruht.
„Ach, Ihr seid schon wach, Majestät?", staunte Jörg.
„Alte Leute brauchen nicht mehr so viel Schlaf. Du bist ja auch schon wach, mein lieber Jörg Morgenstern."
„Das ist bei mir etwas anders. Ich bekomme ja hier bei Peter Altmann mein Gnadenbrot. Aber damit es nicht ganz so gnädig aussieht und er meinen Aufenthalt auch vor dem Herren von Oberfeld, dem Eigentümer des Gutes, rechtfertigen kann, bin ich offiziell so eine Art Nachtwächter. Ich schlafe zwar nachts auch, aber mache immer mal meine Runden, um Diebe zu fangen.

Sollte der Hund bellen, springe ich aus dem Bett und zücke mein altes Schwert, das ich regelmäßig von Rost befreie, und vertreibe alle Bösewichter."
„Mein lieber Jörg! Was freue ich mich, dass ich dich in meiner Nähe weiß! Besonders nach den Angriffen, die ich gestern erdulden musste."
„Da kann ich Euch noch so eine Freude machen, Majestät. Dieser junge Mann hier …"
„Philemon."
„Ja, Philemon, ist ein Enkel Eures lieben Freundes und entfernten Verwandten Landgraf Ludwig."
„Was? Ludwigs IV., der bei der Seuche gestorben ist, Gatte der heiligen Elisabeth?"
„Ja. Allerdings ist er nicht der Enkel von Elisabeth. Landgraf Ludwig hatte, bevor er starb … na, Ihr wisst, was ich meine."
„Ich weiß, und wir wollen nicht den Stab brechen. Ich hatte auch mehrere Kinder von verschiedenen Frauen. Komm an mein Herz, lieber Freund!"
„Moment!", wandte Philemon ein, ehe der Alte ihn an seine Brust ziehen konnte. „Das ist doch nur eine Vermutung! Es gibt keinen sicheren …"
Aber weiter kam er nicht. Der angebliche Kaiser riss den angeblichen Landgrafenenkel an sich und drückte ihn, als wäre er der lang vermisste und endlich heimgekehrte Sohn. Als Philemon dem Alten über die Schulter blickte, versuchte Jörg ihm mit allerlei Grimassen deutlich zu machen, dass er nicht widersprechen solle. Na gut, dachte Philemon, lassen wir dem Alten die Freude. Schaden kann es ja nicht.

Als Philemon einige Tage später von Aachen zurückkam und über den Hügeln das Dach der großen Scheune sah, stellte er mit einigem Erstaunen fest, dass er sich auf die Begegnung mit den neuen Bekannten freute.
Aber der Hof wirkte leer, als er hineinritt. Er stellte seine Stute in den Stall und machte sich auf die Suche nach einem Menschen. In der Küche traf er die dicke Köchin an. Rhode hieß sie und war wohl keine Meisterin ihres Fachs. Aber wenn ihre Speisen auch nicht sonderlich wohlschmeckend waren, so beherrschte sie offenbar die Kunst, mit bescheidenen Mitteln ein akzeptables Mahl zu bereiten.
„Guten Tag, Rhode!“, grüßte Philemon. „Schön, dass ich wenigstens dich antreffe. Es ist so menschenleer auf dem Hof.“
„Willkommen, junger Herr!“, grüßte die Köchin. Sie blickte nur kurz auf und hackte weiter ihre Kräuter. „Die Knechte und Mägde sind auf den Feldern. Der Peter Altmann ist nach Köln geritten, wo er etwas mit dem Herren von Oberfeld zu bereden hat. Jörg hat ihn begleitet. Er will schauen, ob er eine ordentliche Bekleidung für den Kaiser findet. Wenn die Leute kommen und mit ihm reden wollen, dann sollte er …“
„Mit dem Kaiser, meinst du?“
„Ja, natürlich, mit wem denn sonst? Was ich sagen wollte – dann muss er doch etwas anhaben, das einem Kaiser angemessen ist!“
„Da kommen Leute, die ihn sprechen wollen?“
„Aber sicher! Viele! Zurzeit ist er bei einem unsrer Nachbarn. Da geht es um einen Erbschaftsstreit. Der Bauer kann sich nicht mit seinem Bruder einigen. Darum ist er gekommen und hat den Kaiser gebeten, eine

Entscheidung zu treffen. Der hat gesagt, dazu müsse er erst die Gegenseite hören, und ist mit ihm gegangen."
Philemon wunderte sich. „Das mit dem Kaiser hat sich schon herumgesprochen? Und die Leute glauben, dass er der Kaiser ist?"
„Allerdings. Ich wundere mich auch darüber. Und ich ärgere mich, dass dieser Mann alles durcheinanderbringt."
„Durcheinander?"
Rhode warf die gehackten Kräuter in einen Topf, legte ihr Werkzeug weg und stemmt die Fäuste in die Hüfte. „Wisst Ihr, junger Herr, ich beklage mich ja nicht über Arbeit. Arbeite ja gern. Nur, in letzter Zeit ... Habe dem Herrn Altmann schon ein paarmal gesagt: Wir sind doch nicht eine Altenherberge wie bei den barmherzigen Schwestern. Erst der Jörg und jetzt auch noch dieser Fremde. Kaiser nennen sie ihn. So ein Blödsinn! Der spinnt doch! Also – nehme ich jedenfalls an."
„Und jetzt bin ich auch noch da."
„Na ja, Ihr seid sicher nur vorübergehend unser Gast. Nicht dass mich der Kaisertitel stört. Von mir aus können sie auch Papst zu ihm sagen. Es stört mich auch nicht, dass ein Esser mehr am Tisch sitzt. Ob ich nun für einundzwanzig koche oder für zweiundzwanzig ... einundzwanzig sind die Familie Altmann und alle Knechte und Mägde. Und Jörg natürlich. Da kann sich von mir aus auch noch dieser alte Friedrich dazusetzen. Aber er bringt alles durcheinander! Nichts ist mehr, wie es war. Zum Beispiel die Kinder vom Altmann. Früher sind sie auf Bäume geklettert und haben sich im Kuhstall oder in der Scheune versteckt. Heute spielen sie Prinzen. Neue Namen haben sie sich zugelegt. Manfred und Konradin und Enzio. Wer heißt schon so!
Die zwei Alten nehmen das aber ziemlich ernst. Sie sit-

zen auf der Bank und schauen zu, wie die Kinder mit Stöcken fechten. Und geben Anweisungen, wie sie es machen müssen. Und ab und zu setzen sich die Kinder zu den Alten, und die erzählen. Stundenlang! Meistens klappt es ja nicht besonders zwischen sehr Alten und sehr Jungen. Aber dieser Friedrich, der wievielte auch immer, ist da eine Ausnahme. Dem hören sie zu. Irgendwie … hat er was, das die Kinder anzieht.
Oder sie beobachten die Vögel. Jörg hat gesagt, dieser Friedrich habe sogar ein Buch über Vögel geschrieben. Ein Kaiser soll ein Buch geschrieben haben? Wo gibt's denn so was!
Und dann die jungen Leute! Früher haben die Knechte den jungen Mägden nachgestellt. Zusammen geschäkert. Anrüchige Witze erzählt, dass die Mädchen rot wurden. Aber jetzt … Sie lernen höfisches Benehmen! Höfisches Benehmen hier auf dem Bauernhof! In meiner Jugend haben wir das nicht gebraucht. Den Mädchen sagt er, wie sie die Röcke leicht anheben und – ja, wie nennt man das? – irgendwie kurz in die Knie gehen sollen, um jemanden zu begrüßen. Als wenn sie auf die Knie gehen wollten, es sich dann aber schnell noch anders überlegt hätten. Und das Schlimmste: Die Mädchen haben sogar Spaß daran.
Am ärgerlichsten sind die vielen Leute, die auf den Hof kommen. Manche kenne ich. Leute aus der Nachbarschaft. Aber viele kenne ich nicht. Kommen von weit her und wollen der Kaiser sehen. Es hat sich weit herumgesprochen, dass hier der eigentlich tote Friedrich sein Gnadenbrot bekommt, bis er wirklich tot ist. Mein Brot! Mit seinem alten Soldaten zusammen."
„Ich will dich nicht von der Arbeit abhalten, Rhode. Aber ich finde es sehr interessant, was du mir da erzählst."
„Arbeit? Ach, das kocht jetzt von alleine. Ich will ja

nicht bestreiten, er macht sich gut als Kaiser. Auch schon ohne die Kleider, die Jörg besorgen will. Er hat ein altes Wams an, viel zu warm bei dem Wetter, mit Samt. Aber er ist ja selbst alt, da passen die alten Sachen. Auch ein Hut mit einer Feder. Aber man darf sich doch von so etwas nicht blenden lassen! Die Verrückten kommen in Scharen und wollen den Kaiser sehen. Na ja, in Scharen, das ist vielleicht übertrieben, aber doch nicht wenige. Stottern ein paar Worte, lassen sich freundlich angucken und gehen selig lächelnd wieder davon, als hätte ihnen der Kaiser die Hälfte seines Reiches geschenkt. Verrückt! Aber jetzt muss ich wieder ..."

Philemon nickte Rhode freundlich zu und verließ die Küche.

Als er auf den Hof trat, sah er gerade zwei Reiter herankommen. Er schaute ihnen entgegen und erkannte auf einem der schweren Pferde den „Kaiser". Er saß aufrecht und sicher auf dem ungesattelten Pferderücken. Neben ihm ritt ein Mann in schmutzigem Kittel, offenbar ein Bauer.

„Philemon, mein junger Freund!", rief der Alte, als er ihn erkannte. „Schön, dass du wieder da bist!"

Philemon ging ihm ein paar Schritte entgegen, grüßte und nahm das Pferd beim Zügel. Er führte es zum Brunnen, damit der Alte beim Absteigen auf den steinernen Rand treten konnte, und half ihm. Der Bauer brauchte keine Hilfe beim Absteigen.

„Du könntest mir einen großen Gefallen tun, mein lieber Philemon."

„Gern, Majestät."

„Wie ich hörte, kannst du besonders schön schreiben. Würdest du bitte ein Schriftstück für mich aufsetzen?"

„Natürlich, Majestät."

„Komm mit! Ich denke, Peter Altmann, der zurzeit in Köln ist, hat nichts dagegen, wenn wir seine Schreibstube benutzen." Er ging voraus und Philemon und der Bauer folgten. In der Kammer des Gutsverwalters zeigte der „Kaiser" auf das Schreibpult. „Bitte! Dort sind Papier und Tinte!", sagte er, als sei er hier der Gastgeber.
„Was soll ich denn schreiben?", fragte Philemon unsicher, während er die Spitze der Feder prüfte.
„Ich diktiere es dir. Bist du fertig?"
Der junge Mann nickte und tauchte die Feder in die Tinte.
„Wir, Friedrich von Hohenstaufen, der Zweite dieses Namens, von Gottes Gnaden Kaiser des Heiligen Römischen Reiches Deutscher Nation, König beider Sizilien …"
„Beider Sizilien? Was ist denn das?"
„Ach, lass das weg! Deutscher Nation – hast du das?"
„… Deutscher Nation. Ja."
„… verfügen hiermit, dass der freie Bauer Hermann … äh …" Er sah den Bauern fragend an. Der ergänzte: „Hermann stimmt. Die Leute nennen mich auch Krauskopf, das war der Spitzname meines Vaters."
„… dass der Bauer Hermann, genannt Krauskopf, fünfundvierzig Pfennige, das sind neunzig Heller in Silber, an seinen Bruder Felix zu zahlen hat. Damit sind alle Rechte abgegolten, die Felix, Sohn des Krauskopf, an dem gemeinsamen Erbe hatte. Punkt. Und drunter: Im Jahre … welches Jahr haben wir, Philemon?"
„Eintausendzweihundertvierundachtzig."
„Ach, so weit schon? Gut, schreib das hin, und dann fredericus rex. Ich unterschreibe das dann."
Philemon vollendete das Schriftstück und gab es dem „Kaiser".
„Wirklich – sehr schön!", stellte der fest, nahm die Fe-

der und kritzelte etwas, das wohl sein Name sein sollte, unter das Dokument.
„Ein Siegel haben wir leider nicht. Ich werde Peter Altmann bitten, uns eins fertigen zu lassen. Wir werden es noch öfter brauchen."
Er reichte das Schriftstück dem Bauern. Der warf mit glänzenden Augen einen Blick darauf, obwohl er natürlich nicht lesen konnte, und bedankte sich überschwänglich. Dann verließ er unter vielen Verbeugungen die Stube, stieg draußen auf eins seiner Pferde, nahm das andere am Zügel und ritt davon.
„Siehst du, Philemon, so einfach ist es, Menschen glücklich zu machen."
„Ja, glücklich war er. Aber … hm … wenn nun sein Bruder das Dokument nicht anerkennt? Und auch sonst niemand?"
„Warum sollten sie nicht anerkennen, was der Kaiser verordnet hat?"
Darauf wusste Philemon keine Antwort, solange er nicht sagen konnte oder wollte, dass der Alte eben kein Kaiser war.
Die beiden so unterschiedlichen Männer setzten sich auf eine Bank, die vor dem Haupthaus stand, und schauten einer Magd zu, die mit einem Eimer zum Hühnerstall ging, um die Tiere zu füttern.
„Philemon", unterbrach der Alte das Schweigen, „du bist neben Jörg der Einzige, der noch sozusagen eine Verbindung zu meiner Geschichte darstellt. Ich freue mich sehr, dass wir uns gefunden haben. Enkel meines Freundes Ludwig, um den ich heute noch trauere. Versprichst du mir, dass du bei mir bleibst?"
Es dauerte eine Weile, bis Philemon den Mut für eine Antwort fand.
„Es ist leider so, Majestät, dass ich Pflichten habe. Ihr

wisst, dass ich als Bote unterwegs bin. Im Auftrag der Magistra des Stifts Altenberg. Ich muss also zu ihr zurück und ihr die Antworten ihrer Briefpartner bringen."

„Hm, ja, das sehe ich ein. Aber es ist sehr schade. Allerdings – wenn du deine Pflichten erledigt hast, dann kannst du doch zu mir zurückkommen. Ich brauche dich! Sonst habe ich niemanden, der mir nahesteht."

Merkwürdige Gefühle regten sich in Philemon. Einerseits fand er die Bitte des alten Mannes rührend. Auch freute er sich über die Zuneigung, die der ihm entgegenbrachte. Andrerseits konnte er sich nicht vorstellen, was er in der Begleitung des „Kaisers" sollte. Weitere falsche Dokumente ausstellen?

Sollte er dieses ganze Lügengebäude mit dem „Kaiser" – denn das war es wohl mit hoher Wahrscheinlichkeit – so lange stützen, bis es zusammenbrach? Und dann bestraft werden?

Aber wenn es doch stimmt?, dachte er. Wenn dieser Mann doch der Kaiser Friedrich ist?

Philemon glaubte es eigentlich nicht, aber er konnte auch nicht einfach alle Argumente ignorieren, die dafürsprachen. Dann wäre es nicht nur eine große Ehre, sondern auch seine Pflicht, dem Kaiser wieder zu seiner Macht zu verhelfen.

„Kommst du zurück?", fragte der Alte.

Philemon wurde es erspart, eine Antwort geben zu müssen, weil in diesem Augenblick wieder zwei Männer in den Hof ritten. Auch ihre Reittiere waren eigentlich zum Ziehen von Wagen oder Pflug da.

Der Hagere der Männer war Jörg Morgenstern und der Dicke der Gutsverwalter Peter Altmann.

„Majestät, ich habe ein beeindruckendes Wams für Euch gefunden!", rief Jörg schon beim Absteigen. „Gebraucht zwar, aber gut erhalten. Wir werden es waschen, und dann werdet Ihr kaiserlich würdevoll aussehen!" Er hielt das Kleidungsstück hoch. Philemon sah, dass außer waschen und bügeln wohl auch noch die eine oder andere Reparatur nötig sein würde. Aber dann konnte das rote Gewand mit dem Pelzbesatz notfalls als Staatsrobe durchgehen.

„Kommt bitte mit, Majestät, damit wir es anprobieren können!" Die beiden alten Kampfgefährten zogen sich in ihre Gemächer zurück.

Als Peter Altmann die Pferde einem Knecht übergeben hatte, kam er auf Philemon zu. „Ich würde gern etwas mit dir besprechen, Philemon."

„Wenn es darum geht, dass Ihr mich nicht länger beherbergen könnt, kann ich Euch versichern, dass ich noch heute weiterreise. Ich wollte nur mein Versprechen an Jörg wahr machen, noch einmal vorbeizukommen."

„O nein, darum geht es nicht! Ich will dich keineswegs loswerden. Im Gegenteil!"

„Im Gegenteil? Heißt das, ich soll bleiben?"

„Ich muss etwas weiter ausholen, um das zu erklären. Aber nicht hier auf dem Hof. Komm mit in meine Kammer!"

Sie gingen ins Haus und betraten den Raum, in dem Philemon vorhin das Schriftstück verfasst hatte. Dort setzten sie sich nebeneinander auf eine schlichte Bank.

„Eben begegnete uns auf der Straße der Bauer, der bei euch war und für den du ein Schreiben aufgesetzt hast. Ich kenne ihn gut, er ist einer meiner Nachbarn. Er war ganz begeistert und hat mir den Brief gezeigt …"

„Ich wollte unserem Kaiser einen Gefallen tun. Er tut mir leid und ich mag ihn, auch wenn ich nicht so recht an seine Geschichte glauben kann."

„Ich will dich auch nicht kritisieren, Philemon. Ich weiß,

man schlägt ihm nur ungern einen Wunsch ab. Ich erwähne das Schriftstück aus einem anderen Grund: Es war sehr schön geschrieben. Es wirkt, als käme es aus einer fürstlichen Kanzlei."

„Es fehlt allerdings ein Siegel."

„Ja, das müssten wir noch machen lassen."

„Das wollt Ihr … aber wollt Ihr etwa noch mehr solcher Schriftstücke in Umlauf bringen? Damit könnt Ihr Euch strafbar machen!"

„Ich weiß, ich weiß. Das alles muss gut überlegt sein."

Philemon sah den Gutsverwalter ratlos an. „Wie? Was muss gut überlegt sein?"

„Nun, wie wir weiter mit dem Kaiser – ich meine mit unserem Gast verfahren sollen. Und ob die Pläne, die ich mit dem Herren von Oberfeld in Köln besprochen habe, die Zustimmung der anderen finden."

„Welche Pläne? Und welche anderen?"

Altmann grinste etwas verlegen. „Nun, das ist etwas schwer zu erklären. Am besten … ach, folge mir mal!" Er stand auf.

Die beiden gingen die Treppe hinauf und kamen in ein kleines Gemach, das offenbar zurzeit unbenutzt war. Altmann schob eine Truhe zur Seite. Dahinter kam ein Loch in der Wand zum Vorschein, das mit einer Platte aus gebranntem Ton verschlossen war.

„Wir hatten immer mal vor, hier eine Feuerstelle einzurichten und an den Schornstein anzuschließen. Aber zurzeit gibt es nur unten einen Kamin in dem großen Wohnraum, den der Herr benutzt, wenn er hier ist. Ich habe irgendwann entdeckt, dass man hier an dieser Öffnung gut hören kann, was unten gesprochen wird. Vorausgesetzt natürlich, es brennt unten kein Feuer. Aber in diesen Tagen ist es ja warm."

„Ihr belauscht Euren Herren?", fragte Philemon und

bemühte sich, in seiner Stimme keinen Vorwurf mitschwingen zu lassen.
„Nein, normalerweise nicht. Außerdem ist er meistens allein und spricht mit niemandem. Übermorgen Abend aber werden einige Leute da sein, die etwas Wichtiges zu besprechen haben.“ Peter Altmann setzte den Verschluss wieder vor das Loch und schob die Truhe an ihren Platz. Dann setzte er sich darauf.
„Und die Leute wollt Ihr belauschen?“
„Ich nicht, aber du. Ich muss nicht lauschen, denn ich werde bei dem Gespräch dabei sein. Keine Sorge, Herr von Oberfeld weiß, dass ich dir diesen Vorschlag mache. Du musst ja schließlich wissen, worum es geht, wenn du mitmachen sollst. Voraussetzung ist allerdings, dass du mir fest versprichst, über alles, was du hörst, Stillschweigen zu bewahren, auch wenn du nicht mitmachst.“
Philemon war verwirrt. „Mitmachen? Wobei?“
„Eben das ist noch nicht ganz klar. Aber du wirst es erfahren, wenn du übermorgen Abend zuhörst. Es geht um die Zukunft des Kaisers. Außer dem Herren von Oberfeld werden die Bürgermeister von Köln und von Neuß da sein, vielleicht schickt der Kölner auch nur einen Vertreter, dazu einige Herren des Landadels und … vielleicht zwei Grafen, aber das weiß ich noch nicht genau. Du kannst ja vorher beobachten, wer kommt.“
„Ihr macht mich neugierig, Peter Altmann!“
„Fass dich in Geduld bis dahin, mein lieber Philemon! Ich muss mich jetzt wieder meiner Arbeit widmen. War lange genug fort.“
„Eigentlich muss ich wieder zurückreiten“, wandte Philemon ein. „Aber auf die zwei Tage wird es nicht ankommen. Ich bleibe also noch. Kann ich mich inzwischen etwas auf dem Hof nützlich machen? Ich muss

allerdings gestehen, dass ich für die meisten Arbeiten, die in der Landwirtschaft anfallen, keine Erfahrung habe."

„Sei einfach mein Gast und genieße zwei Ruhetage! Aber wenn du willst, such dir selbst eine Arbeit, die du dir zutraust."

Das merkwürdige Gespräch war damit beendet und Philemon ging in den Hof hinunter. Er wollte seine Stute ein wenig bewegen. Als er sie aus dem Stall holte, kam ihm ein Gedanke: Er könnte zu dem Bauern von heute Morgen reiten. Es ging ihm immer wieder durch den Kopf, dass er etwas Unrechtes getan hatte, als er für den Kaiser das Schriftstück aufsetzte. Denn selbst wenn der wirklich Friedrich II. sein sollte, konnte er doch nicht einfach so etwas anordnen! Philemon wollte nachforschen, was er damit angerichtet hatte. Also erkundigte er sich bei einer Magd nach dem Weg zum Bauern Hermann. Dann sattelte er sein Pferd – beziehungsweise das Pferd des Stifts Altenberg – und ritt los.

Als er zu dem kleinen Bauernhaus kam, das der Beschreibung nach das Haus von Hermann, genannt Krauskopf, sein musste, sah er schon von Weitem zwei Männer auf einer Bank auf dem Hof sitzen. Als er näher kam, erkannte er in einem den Bauern, der bei ihnen gewesen war, und vermutete in dem anderen seinen Bruder, denn sie sahen sich ähnlich.

Philemon war überrascht. Er hatte damit gerechnet, dass die beiden stritten, aber sie saßen friedlich nebeneinander und tranken.

Hermann stand auf. „Ah, der Schreiber des Kaisers! Oder wie nennt Ihr Euch, Herr? Kanzler?"

„Nein, Kanzler bin ich nicht. Also … äh … so was Ähnliches vielleicht."

„Kommt, junger Mann, und trinkt mit uns! Selbstgebrannten Pflaumenschnaps. Dies ist mein Bruder Felix.“

„Guten Tag“, sagte der, und Philemon stieg ab und begrüßte ihn mit Handschlag. „Ich bin Philemon.“

„Ich bin Euch sehr dankbar“, sagte Hermann. „Hauptsächlich natürlich dem Kaiser.“

Felix nickte. Philemon fragte ihn: „Und Ihr, Felix, seid auch zufrieden mit der Regelung, die … also, die der Kaiser entschieden hat?“

Wieder nickte Felix. Zunächst wortlos, aber nachdem er noch einen Schluck genommen hatte, sagte er: „Es ist jetzt wenigstens alles klar. Wisst Ihr, solange man denkt, man könnte bei einem Geschäft eigentlich mehr herausholen, ist man unzufrieden. Aber wenn eine Sache klar geregelt ist … Und um die Erbgeschichte vor Gericht auszutragen, hatten wir kein Geld. Darum bin ich zufrieden mit einer eindeutigen Entscheidung, festgehalten auf einem Schriftstück.“

„Jetzt“, fuhr Hermann fort, „feiern wir das Ende unsres Streits, Felix und ich. Und trinken darauf, dass wir in Zukunft gut miteinander auskommen. Trinkt auch, junger Herr! Er schmeckt gut, unser Pflaumenschnaps!“

Da die beiden offenbar ohne Trinkgefäß gefeiert hatten, setzte nun auch Philemon die Flasche an die Lippen und nahm vorsichtig einen kleinen Schluck.

„Gut! Sehr gut!“, brachte er heraus, nachdem er einen starken Hustenreiz bezwungen hatte.

Da hat also mein Schriftstück doch kein Unheil angerichtet, dachte er zufrieden. Im Gegenteil – der Streit ist geschlichtet und alle sind glücklich. Ich brauche kein schlechtes Gewissen zu haben.

So erleichtert war er, dass er die Einladung der Brüder gern annahm, sich zu ihnen zu setzen und noch

ein wenig zu plaudern. Später kam noch Hermanns Frau dazu, die zwar ein griesgrämiges Gesicht hatte, aber das war wohl angeboren, denn auch sie freute sich über das Ende des Bruderzwists und die gefundene und schriftlich festgelegte Regelung. Schließlich verabschiedete sich Philemon und ritt zurück. Als er auf dem Hof ankam, dämmerte es bereits.
Im Hof war offenbar ein kleines Fest im Gange. Der Brunnen war mit Zweigen und Blumen geschmückt, einige Fackeln steckten in der Erde und in Halterungen an den Wänden, brannten aber noch nicht. Sie sollten sicher angezündet werden, wenn es dunkel genug war. Ein alter Knecht spielte auf einer winzigen Flöte und ein anderer trommelte dazu mit einem Kochlöffel auf einem Stuhl. Knechte und Mägde saßen auf Bänken, tranken und schwatzten, einige sangen. Unter ihnen waren auch der „Kaiser" und Jörg.
Philemon brachte sein Pferd in den Stall. Als er es abgesattelt hatte und wieder auf den Hof kam, waren einige junge Leute gerade dabei, sich an den Händen zu fassen und einen Kreis zu bilden.
„Komm, Philemon!", rief eine junge Magd, die ihm wegen ihres hübschen Gesichts schon aufgefallen war. „Wir tanzen einen Reigen! Komm hier zwischen Katharina und mich!"
Als er zögerte, lief sie zu ihm, fasste ihn an der Hand und zog ihn einfach auf die Tanzfläche. Der Kreis bildete sich rund um den Brunnen, und als der Flötist eine Melodie blies, tanzten sie.
Philemon brauchte einige Zeit, bis er die richtigen Schritte machte, die die anderen schon kannten. Er war nicht begriffsstutzig, und schwer waren die Schritte auch nicht, aber es mangelte ihm an Konzentration, weil seine Gedanken sich merkwürdig auf seine rechte

Hand richteten, die in der Hand des Mädchens ruhte. Die linke, mit der er die ältere Frau fasste, schien gar nicht zu existieren.
Als der Reigen beendet war, verbeugten sich alle und lachten übermütig, und einige Männer küssten ihre Tanzpartnerinnen. Das tat Philemon natürlich nicht. Aber er ließ es sich nicht nehmen, die Hand des Mädchens auf der rechten Seite nun mit zwei Händen zu fassen und etwas länger zu halten, als nötig war.
Später saß Philemon neben dem Kaiser, der dem bunten Treiben fröhlich zusah, und dachte an Maria.
Maria war Magd im Haushalt des reichen Wetzlarer Kaufmanns Tobias Holz. Er hatte öfter in den vergangenen Tagen an sie gedacht. Manchmal hatte er im Schlaf ihr Bild vor sich gesehen.
War Maria hübscher als die Magd, mit der er eben getanzt hatte? Hübscher vielleicht nicht, genauso hübsch, anders, aber sie hatte eine merkwürdige Anziehungskraft auf Philemon, die die Frage nach der Schönheit zurücktreten ließ.
Einmal hatte seine Mutter beobachtet, dass Philemon lange mit Maria sprach, dass sie zusammen lachten und sich dabei wie zufällig berührten. Daraufhin hatte sie ein ernstes Gespräch mit ihm geführt. Er solle sich fernhalten von diesem Dienstmädchen. Sie sei unter seinem Stand. Nicht nur, weil sein Vater Schreiber war. Er solle nicht vergessen, dass edles Blut in seinen Adern flösse!
Philemon hatte darauf nicht geantwortet. Er hatte ja auch über Heirat gar nicht nachgedacht. Es war nur schön gewesen, nahe bei Maria zu sein. Die Mahnung seiner Mutter hatte ihn verwirrt. War er wirklich eine andere Art Mensch, eine bessere, wenn das stimmen sollte, dass der Landgraf sein Großvater war? Und was

bedeutete das? Für sein Verhältnis zu Maria – oder anderen Mädchen – und überhaupt für sein ganzes Leben?
Es war sicher wichtig zu wissen, wer dieser „Kaiser“ war, der hier neben ihm saß. Aber noch wichtiger war, sich darüber klar zu werden, wer er selber war.

***

Am übernächsten Tag saß Philemon in der Kammer über dem Kaminraum und schaute staunend aus dem Fenster. Es ritten vornehm gekleidete Herren in den Hof, ältere und jüngere, allein oder zu zweit. Jeder, der ankam, wurde vom Herren von Oberfeld begrüßt. Der war schon gestern angekommen und hatte lange Gespräche mit Philemon und dem Kaiser geführt.
Alle Gäste wurden in die Stube unter Philemons Füßen gebracht. Der nahm den Deckel von dem Loch im Kamin, aus dem nun Stimmengewirr drang. Es war kaum etwas zu verstehen, weil alle durcheinanderredeten. Dazu hörte man Klappern von Geschirr und Stühlerücken.
Als schließlich etwa fünfzehn Leute versammelt waren, kam niemand mehr.
Allmählich kehrte Ruhe ein. Und dann hörte Philemon den Herrn des Hauses sprechen, dessen Stimme er inzwischen kannte.
„Verehrte Grafen und Barone, geschätzte Bürgermeister, ehrbare Bürger, Geschäftsleute und Zunftvertreter. Mit der Einladung zu diesem Treffen habe ich Euch – grob und nur stichwortartig – über den Plan informiert, den wir hier besprechen wollen. Lasst mich deshalb zu Anfang etwas ausführlicher schildern, wie es dazu kam und wie ich mir die weitere Entwicklung vorstelle. Was

selbstverständlich nur als Vorschlag zu verstehen ist, der von Euch, meine Herren, ergänzt, geändert, erweitert oder auch ganz verworfen werden kann.
Zuvor möchte ich noch einmal alle dringend bitten, über alles, was hier besprochen wird, absolutes Stillschweigen zu bewahren. Abgesehen natürlich von den Gesprächen, die eventuell nötig sein sollten, um unseren Kreis zu erweitern."
„Kommt zur Sache!", war eine tiefe Stimme zu hören. „Es ist doch selbstverständlich, dass wir alles dies für uns behalten, da ja jeder, der uns verraten würde, sich selbst anklagte."
„Ich berichte also", sagte Oberfeld. „Als mir mein Verwalter Peter Altmann – ich habe mir erlaubt, ihn mit in unseren Kreis zu bitten – von diesem Mann berichtete, der sich für den Kaiser Friedrich hält, war ich zunächst geneigt, die Anweisung zu geben, den Irren fortzuschicken. Je mehr ich aber über diesen Alten hörte und je eingehender ich mich dann auch mit ihm unterhielt, desto mehr verfestigte sich ein erster spontaner Gedanke zu einem Plan. Einem Plan, in dem dieser angebliche Kaiser eine zentrale Rolle spielen sollte und mit dem wir unserem Kurfürsten, dem Erzbischof von Köln, schaden können."
„Und uns nutzen!", rief jemand dazwischen.
„Warum wollt Ihr denn dem Erzbischof schaden?", fragte eine junge, helle Stimme.
„Schweig, Sohn!", befahl eine andere.
Die tiefe Stimme von vorhin war wieder zu hören. „Ich finde, es ist berechtigt, dass Euer Sohn danach fragt. Wir alle ärgern uns über den Erzbischof. Statt seine Aufgabe als Seelsorger und Hirte wahrzunehmen, wie man es von einem Bischof erwarten sollte, ist er nur auf Geld und Landbesitz und Privilegien und Macht

aus. Sicher, er ist neben seinem geistlichen Amt auch Kurfürst, das soll ihm ja auch nicht genommen werden. Aber er ist habgieriger als jeder weltliche Fürst. Wo immer sich Gelegenheit bietet, jemandem etwas wegzunehmen, packt er zu. Dazu beruft er sich mal auf kirchliches Recht, mal auf weltliches und manchmal auch auf das Recht des Stärkeren."
Zustimmendes Gemurmel ertönte.
Einer ergänzte: „Sogar mit König Rudolf hat er sich angelegt. Unverschämt, wie er sich das Reichsschloss Kaiserswerth unter den Nagel gerissen hat! Er behauptet, darauf Anspruch zu haben, weil es auf seinem Gebiet liegt. Der König ließ es in diesem Streit nicht zum Äußersten kommen, denn er saß noch nicht fest genug im Sattel und brauchte die Zustimmung und das Wohlwollen aller Kurfürsten. Siegfried, unser ehrwürdiger Erzbischof, weiß natürlich, wo seine Gegner gerade mal eine Schwäche haben, und nutzt das gnadenlos aus. Man kann nur hoffen, dass er das alles mal bereuen muss, wenn sich zeigt, dass König Rudolf doch am längeren Hebel sitzt. Der ist nämlich inzwischen …"
„Genug davon!", unterbrach jemand. „Was uns unter den Nägeln brennt, ist nicht der Zwist, den Erzbischof Siegfried mit dem König hat, sondern mit uns!"
„Jawohl! Zwist, Streit, Unterdrückung, Ungerechtigkeit. Ich bin, wie Ihr wisst, Oberhaupt der Stadt Köln, erwählt und beauftragt primus durch die Gnade Gottes, secundus von den Bürgern eben dieser Stadt, um zu deren Wohl das Amt des Bürgermeisters wahrzunehmen. In diesem Amte ist es mir leider auferlegt, manche Konflikte auszutragen, welche sich daraus ergeben, dass der Erzbischof zwar der Kurfürst ist, der von diesem Ort aus sein Land regiert, andrerseits aber die Stadt Köln unter meiner Leitung den Status einer

freien Reichsstadt anstrebt, den sie wohl verdient hätte, was Siegfried aber verhindert.
Nachdem im Heiligen Römischen Reich Deutscher Nation viele Städte die Reichsunmittelbarkeit zugesprochen bekamen und somit nur dem König oder Kaiser verantwortlich sind, scheint es uns angemessen, dass dieses Privileg auch unsrer Stadt zukommt. Jedermann weiß, dass von allen Städten des Reiches unsere nicht nur eine der ältesten ist, sondern auch die, welche die meisten Bürger in ihren Mauern beherbergt. Aber der Erzbischof sträubt sich dagegen mit aller Macht.
Unser Anspruch wird noch unterstrichen durch den Bau des gewaltigen Doms, den wir vor etwas über dreißig Jahren begonnen haben. Er wird unser Stadtsäckel wohl noch auf Jahrhunderte hinaus beanspruchen. Er wird der größte Kirchenbau im Reich sein, primus zur Ehre Gottes, secundus zum Ruhme unsrer Stadt."
„Ich habe gehört", schnarrte eine unangenehme Stimme, „er soll vollständig in der neuen, luftigen, nach oben strebenden Bauweise errichtet werden, welche man schon an französischen Kirchen sehen kann und welche die Lombarden Gotik nennen …"
„Zur Sache!", rief jemand dazwischen.
„Lasst mich", sagte der Kölner Bürgermeister, „noch in Kürze meine Gedanken zu Ende darlegen, die dazu geführt haben, dass der Herr von Oberfeld mich für den Plan, den er mir kurz darlegte, gewinnen konnte. Über unsere großartige Stadt mit noch größerer Zukunft herrscht Siegfried, der Kurfürst und Erzbischof, was nicht weiter zu beklagen wäre, wenn er nicht jede Gelegenheit nutzte, primus den Reichtum, den fleißige Bürger, eifrige Handwerker, geschickte Kaufleute erwerben, in die eigne Tasche umzuleiten, und secundus, wo immer sich ein Anlass bietet, seinen Machtan-

spruch nicht nur zu behaupten, sondern auch noch zu erweitern.
Angesichts all dessen ist es nur allzu verständlich, dass der Plan des Prinzen bei mir auf offene Ohren …"
„Meine Herren!", unterbrach eine neue Stimme. „Es ist unnötig, all die Übel aufzuzählen, die uns durch den Erzbischof widerfahren! Wir alle haben damit unsere Erfahrungen. Was aber nötig ist, ist, dass wir den Plan, von dem dauernd die Rede ist, näher präzisieren. Worum geht es, und was hat dieser Irre damit zu tun, der behauptet, Kaiser zu sein? Mein Koch würde an dieser Stelle sagen: Tut mal Butter bei die Fische!"
„Ganz recht!" Allgemeines zustimmendes Gemurmel. „Oberfeld, erklärt Euch genauer!"
„Wir alle", begann der Angesprochene, „sind überzeugt, dass dieser alte Mann ein Scharlatan ist. Die Gründe dafür muss ich hier nicht erläutern. Aber es ist auch unbestreitbar, dass trotzdem manche Argumente für ihn sprechen. Er kennt sich sehr genau mit Friedrich II. aus, seiner Geschichte, seinen Gewohnheiten, seinen Gesetzen in Italien und der Sprache dort. Dazu kommt sein ruhiges und würdevolles Auftreten, seine wahrhaft königliche Erscheinung trotz seines Alters. Und Jörg Morgenstern, der schon seit Jahren bei uns lebt und darum nicht Helfer eines Gaunerstücks zusammen mit dem Kaiser sein kann, er hat ihn wiedererkannt. Jörg war nachweislich bei Friedrich von Hohenstaufen in Italien und hat mit ihm manche Schlachten geschlagen.
Dies alles, meine Herren, mag nicht ausreichen, um uns zu überzeugen. Aber es überzeugt das einfache Volk. Weil es sich überzeugen lassen will. Es gibt schon reichlich Beispiele dafür, wie Leute hier aus der Umgebung sich von ihm beeindrucken ließen.

Sollte man die Dummheit des Volkes und das Talent des Betrügers nicht ausnutzen können? Um dem lästigen Erzbischof eins auszuwischen? Und zwar, indem wir manchen seiner Verordnungen einfach eine gegenteilige Verordnung des Kaisers entgegenstellen! Die wird der Erzbischof nicht anerkennen, da er an den Kaiser Friedrich ebenso wenig glaubt wie wir. Aber wir haben etwas, womit wir unseren Ungehorsam gegenüber dem Kurfürsten und Erzbischof begründen können.
Wir müssten den Alten als Kaiser ausstaffieren. Ihn mit etwas Personal ausstatten, vor allem mit jemandem, der ihn unauffällig in die richtigen Bahnen lenkt. Wir müssten ihn eindrucksvoll kleiden, denn Kleider machen Leute, und ihn einigermaßen standesgemäß unterbringen.
Ich habe übrigens schon jemanden, der die entsprechenden Erlasse schreiben kann. Er genießt das volle Vertrauen des falschen Kaisers – da gibt es irgendeine alte Verbindung – und er genießt andrerseits auch mein Vertrauen. Und seine Kunstfertigkeit, Urkunden und Briefe im Namen des Kaisers zu schreiben, ist wirklich überzeugend. Wir müssen nur noch ein entsprechendes Siegel anfertigen. Dann können wir unseren Kaiser als Waffe gegen den Erzbischof einsetzen. Wir können ihn Befehle und Erlasse unterschreiben lassen zum Nachteil des Kurfürsten und zum Vorteil der Bürger, der Kaufleute und des Adels."
„Schön und gut!", rief jemand. „Aber wie lange, glaubt Ihr, lässt sich das Theater durchhalten? Es wird nicht lange dauern, dann schickt der Erzbischof seine Soldaten, und das Spiel ist beendet."
„Sicher wird die Blase irgendwann platzen. Aber bis dahin hat sie ihre Wirkung getan. Und Schuld ließe sich uns und allen anderen Nutznießern nicht nachwei-

sen, schuld wäre dieser Alte. Wir tun so, als wären wir alle auf ihn hereingefallen."
„Das glaubt uns Siegfried niemals!"
„Muss er auch nicht. Wir stellen uns ahnungslos. Wenn er wieder in seinem Sinne Ordnung schaffen will, bleibt ihm nichts anderes übrig, als gegen den Kaiser selbst vorzugehen. Das wäre natürlich einfach, wenn er hier bliebe. Hier auf dem Hofgut ist ja auch nicht der geeignete Ort für einen Kaiser."
„Wir waren uns in unseren Vorgesprächen schon einig", ergänzte der Bürgermeister von Köln, „dass er in einer Stadt residieren muss. Das kann aber nicht in Köln sein. Bei uns, wo jede Dienstmagd und jeder Pferdepfleger im Sold des erzbischöflichen Geheimdienstes stehen kann oder mindestens in Versuchung geraten kann, sich durch Verrat von zufällig gehörten Einzelheiten einen kleinen Lohn zu verdienen, da dürfen wir primus nicht die vorbereitenden Gespräche führen und secundus erst recht nicht den Kaiser der Öffentlichkeit vorstellen.
Da bietet sich die Stadt Neuß an, da sie primus weit genug von Köln entfernt liegt, einen halben Tagesritt, und weil sie secundus von starken Mauern umgeben ist. Die können einem Angriff erzbischöflicher Truppen wohl standhalten – solange die nicht zu zahlreich sind. Darum habe ich …"
Eine Stimme, die Philemon bisher noch nicht gehört hatte, meldete sich. „Darum hat mein verehrter Amtskollege aus Köln mir einen schnellen Boten gesandt mit einem Brief, der den Plan in Kürze skizzierte und der zu diesem Treffen einlud. Und hier bin ich. Nicht unbedingt hellauf begeistert von dem Plan, aber auch nicht abgeneigt. Vielleicht kommt die Begeisterung noch. Ich will gern zugeben: Es hat einen gewissen Reiz, dem

arroganten Erzbischof die Stirn bieten zu können. Besonders wenn damit die Möglichkeit verbunden ist, unsere Stadtkasse aufzubessern durch viele Bittsteller, die den Kaiser besuchen wollen."

„Aber", fragte die tiefe Stimme, „was tut Ihr, wenn die Sache dem Erzbischof nicht nur lästig wird, sondern sehr ärgerlich, so dass er trotz hoher Kosten ein Heer zusammenstellt und damit Eure Stadt überfällt?"

„Dann", antwortete der Neußer und Philemon hörte seiner Stimme an, dass er dabei grinste, „dann werden wir den Kaiser samt seiner Begleitung heimlich fortschicken und die Stadttore freiwillig öffnen. Die kurfürstliche Armee wird niemanden mehr finden, wir werden uns einfältig stellen und sagen, wir hätten dem Kaiser geglaubt, der nun leider abgereist sei. Siegfried von Köln wird blamiert sein – unser letzter Triumph. Welch ein Vergnügen, von dem noch kommende Generationen lachend erzählen werden! Wie schade, dass es dann nur wenigen vergönnt sein wird, das enttäuschte und wütende Gesicht des Erzbischofs zu sehen!"

Der Bürgermeister von Köln meinte: „Es ist aber vorläufig nicht zu erwarten, dass unser Erzbischof sich zu so einer Gewaltmaßnahme entschließt. Er hat nur eine kleine beständige Leibwache. Ein Heer aufzustellen und auszurüsten, vielleicht noch mit Belagerungsmaschinen, ist dem Geizkragen viel zu teuer."

„Ich stelle den Antrag", sagte jemand, „dass wir, ehe wir einen endgültigen Beschluss fassen, diesen merkwürdigen Kaiser erst einmal kennenlernen."

Zustimmendes Gemurmel.

„Natürlich, gern!", sagte der Oberfeld. „Peter, bitte hole ihn herein!"

Philemon hörte, wie jemand sagte. „Mein Lieber, wäre es möglich, im Kamin etwas Feuer zu machen? Es ist kühl geworden, und bei mir scheint sich eine Erkältung anzukündigen."

„Selbstverständlich, gern", war die Antwort. Schade, dachte Philemon, dann wird es mit dem Lauschen wohl vorbei sein.

Für eine Weile unterhielten sich die Gäste des Hauses offenbar in kleinen Gruppen. Am Ton der Stimmen meinte Philemon zu erkennen, dass die Männer an der Sache Spaß hatten. Anscheinend waren sie nicht mehr so skeptisch wie am Anfang, und durchaus bereit, sich auf das Abenteuer einzulassen.

Aber, fragte sich Philemon, bin ich bereit? Soll ich dieses Spiel als „Kanzler" des falschen Kaisers mitmachen? Und – war er überhaupt falsch, dieser Kaiser? Philemons ehrliche Grundhaltung und seine jugendliche Abenteuerlust trugen in seiner Seele einen Streit aus. Wie sollte er sich entscheiden?

War nicht die Nähe zu dem alten Mann, die ihm ja angenehm war, die beste Möglichkeit herauszufinden, ob er tatsächlich Friedrich II. von Hohenstaufen war?

Das Gemurmel unter ihm verstummte und Philemon hörte den Hausherrn sagen: „Meine Herren, Kaiser Friedrich! Majestät, diese achtbaren Herren haben sich versammelt, um gemeinsam zu überlegen, wie wir Euch die Würde zurückgeben können, die Euch zweifellos zusteht. Ihr stimmt mir sicher darin zu, dass die Verhältnisse hier auf dem Hofgut nicht der Würde eines Kaisers angemessen sind."

Philemon konnte sich die gespannten Blicke der Anwesenden gut vorstellen. Leider konnte er nicht sehen, ob sie den Alten mit des Kaisers neuen Kleidern ausgestattet hatten. In die Stille hinein erklang nun die angenehme Stimme: „Ich danke Euch, meine Herren, dass Ihr so um meine Würde und mein Wohlergehen besorgt seid. Ich verspreche, dass ich Euer Bemühen und die Treue zu Eurem rechtmäßigen Herrscher nicht enttäuschen werde."

„Das beruhigt uns ungemein!", antwortete mit spöttischem Unterton einer der Männer.

„Mit wem habe ich die Ehre?", fragte der Kaiser.

„Verzeiht, dass ich mich nicht vorstellte, Majestät! Aber ich bin es nicht wert, dass Ihr Euch meinen Namen merkt. Ein Zunftmeister aus Köln mit dem alltäglichen Namen Schmied."

„Ich sehe es an Eurem Gesichtsausdruck, Meister Schmied, dass Ihr Euch noch nicht so recht entscheiden könnt, ob Ihr mir vertrauen sollt. Das nehme ich Euch natürlich nicht übel. Leider weiß ich nicht, wie ich Euch meine Identität beweisen soll."

„Oh, da kann ich Euch helfen, Majestät. Und auch mir selbst. Ich habe mir erlaubt, einen Bekannten mitzubringen. Theo, würdest du dich dem Kaiser vorstellen?"

Eine etwas schüchtern klingende Stimme war zu hören. „Salam Ou Alekom. Ich grüße Euch, Herr. Ich bin Theo. Ich war Kreuzritter."

„Ach, das freut mich, Theo!", war der Kaiser zu vernehmen, und er fügte hinzu: „Alau Sahla."

„Ja, aber … also … leider war ich nicht bei dem Kreuzzug, den Ihr unternommen habt, Herr. Das habe ich meinem Bekannten auch gesagt. Er meinte nämlich, weil ich Kreuzritter war, müsste ich Euch kennen. Nein, habe ich ihm gesagt, Kaiser Friedrich war auf dem Kreuzzug, den man den fünften nennt. Darauf folgte der sechste, bei dem ich beteiligt war. Macht doch nichts, meinte mein Bekannter, du hast aber etwas Arabisch gelernt, und da bekannt ist, dass Kaiser Friedrich Arabisch sprach, kannst du feststellen, ob dieser

Mann diese Sprache beherrscht. Wenn nicht, ist er ein Betrüger. Verzeiht, Herr!"
„Da gibt es nichts zu verzeihen, mein Freund!" Und dann folgten einige Sätze, von denen Philemon annahm, dass sie arabisch waren. Der Mann mit Namen Theo antwortete zaghaft mit einigen Sätzen, die ebenso weit hinten aus dem Rachen kamen, sagte dann aber auf Deutsch: „Verzeiht, Herr, aber ich habe schon damals die Sprache nur unvollkommen beherrscht. Und nun ist inzwischen auch das wenige ähnlich eingerostet wie meine alte Rüstung."
„Das macht gar nichts! Mir reicht es. Die Frage ist, ob es Eurem Bekannten reicht, der meine Kenntnis prüfen wollte."
„Auf jeden Fall sprecht Ihr besser Arabisch als ich, Herr."
Philemon hörte ein Poltern und nahm an, dass ein Knecht Holz im Kamin aufstapelte, das sicher bald angezündet werden würde.
„Aber sagt mir, Theo, wie kam es, dass Ihr als Deutscher bei dem Kreuzzug beteiligt wart, den der französische König Ludwig, den man den Heiligen nennt, anführte?"
„Nun … es ist da in meinem Leben etwas geschehen … erlaubt mir, dass ich darüber schweige, Herr! Es ist nichts, dessen ich mich rühmen könnte. Mein Beichtvater legte mir auf, zur Buße entweder ins Kloster einzutreten oder mich an einem Kreuzzug zu beteiligen. Ich dachte, wenn ich wählen kann, dann will ich doch lieber kämpfen als beten und arbeiten. Es gab aber zu der Zeit keinen Kreuzzug. Nachdem Ihr, Herr, durch geschickte Verhandlungen zumindest den Pilgern einen Weg zu den heiligen Stätten geöffnet hattet, war ja die große Begeisterung für die Kreuzzüge etwas abgeebbt. Dass Jerusalem an die Türken gefallen war, regte die Menschen kaum noch auf."

„Ihr beschreibt die Situation jener Tage zutreffend, Theo. Was ich erreicht hatte, haben die Christen im Heiligen Land, die Barone und die untereinander zerstrittenen Templerorden zerstört – durch Uneinigkeit und Gleichgültigkeit. Wie ich hörte, war auch König Ludwigs Kreuzzug nicht erfolgreich."
„O nein, Herr. Ludwig der Heilige ist kein Stratege, wie Ihr es wart. Wir sind ja nicht direkt ins Heilige Land gesegelt, sondern nach Ägypten, um den Sultan anzugreifen. Aber …"
Eine einzelne Stimme unterbrach: „Verzeiht, meine Herren, aber der französische Kreuzzug interessiert uns heute nicht. Es geht um die Frage … na ja …"
„Ob ich Arabisch spreche, sicher. Aber erlaubt mir noch die eine Frage an Theo: War Euer Gewissen beruhigt, als Ihr zurückkamt?"
„Ehrlich gesagt, dieser Grund für die Reise ist mir durch die Abenteuer im fernen Land ganz in Vergessenheit geraten."
„Ich will Euch nicht bedrängen, Theo. Es ist ja nicht leicht verständlich, weshalb eine schwere Schuld getilgt sein soll, wenn man in einem fernen Land Menschen umbringt."
So wie der Kaiser das ausdrückte, schien es Philemon durchaus einleuchtend. Es unterschied sich nur deutlich von der allgemeinen Ansicht. Ein Kreuzzug galt als heiliges Werk.
Der ehemalige Kreuzritter antwortete: „Es ist ja bekannt, Herr, dass Ihr Euch bemüht habt, Euren Kreuzzug ohne Blutvergießen abzuschließen. Aber ich verrate Euch ja kein Geheimnis, wenn ich sage, dass der größte Teil der Christenheit lieber arabisches und türkisches Blut fließen sehen will."
„So ist es leider."

Oberfeld stand auf, Philemon hörte, wie der Stuhl geschoben wurde. „Nun wollen wir Euch nicht länger aufhalten, Majestät! Wenn Ihr noch anderes zu tun habt, während wir unsere Besprechung zu Ende führen …"

Der Kaiser sagte: „Ich wünsche Euch gutes Gelingen, meine Herren! Und: Mahl Salama!", verabschiedete er sich von Theo. Dann ging er.

„Nun, meine Herren", war der Prinz wieder zu hören, „wie ist Euer Urteil über diesen Mann?"

Nach einigem Zögern sprach der mit der tiefen Stimme: „Er macht unzweifelhaft einen souveränen Eindruck. Was natürlich noch nicht bedeutet …"

In diesem Augenblick quoll dichter Rauch aus dem Loch im Schornstein und blies Philemon ins Gesicht, der das Ohr direkt davorgehalten hatte. Schnell zog er den Kopf zurück, setzte den Verschluss ein und schob die Truhe davor.

Dann verließ er die Kammer.

Unten auf dem Hof traf er den Kaiser und Jörg Morgenstern, die in ein Gespräch vertieft auf dem Rand des Brunnens saßen. Philemon setzte sich daneben.

„Mein lieber Philemon", sagte der Kaiser, „so sehr ich mich freue, wenn du in meiner Nähe bist, muss ich dir doch eine kleine Rüge erteilen." Er lächelte dabei, was den Schreck abmilderte, der Philemon durchzuckte. Wusste der Kaiser etwa, dass er gelauscht hatte?

„Eine Rüge?"

„Wenn der Kaiser mit jemandem im Gespräch ist, darf sich ein Dritter nicht einfach danebensetzen, ohne zu fragen, ob er stört. Es könnte sich ja um wichtige geheime Gespräche handeln."

„Oh – verzeiht, Herr … äh, Majestät …"

„Schon gut!", lächelte der Kaiser. „Es sei deiner Jugend zugutegehalten.“ Und er legte ihm die Hand auf den Arm. „Und wie gesagt: Ich freue mich, dass du hier bist. Ein Mensch, der mich mit meiner eignen Geschichte verbindet und den ich auch dann schätzen würde, wenn dem nicht so wäre.“

„Morgen früh muss ich allerdings abreisen, Herr.“

„Ach, wirklich?“

„Meine Auftraggeberin, die Magistra vom Stift Altenberg, wird schon auf die Antwortbriefe warten, die ich ihr bringen muss.“

„Schade, sehr schade! Aber du kannst doch wiederkommen, wenn dein Auftrag erledigt ist, nicht wahr?“

Philemon blickte unter sich. „Nun, das … ich weiß es noch nicht, Herr.“

„Denk dran, mein Freund, ich würde mich sehr freuen. Nicht nur, weil mir deine Kunstfertigkeit in der Schrift eine Hilfe ist, sondern auch … aber das sagte ich ja schon.“

Jörg ergänzte: „Auch ich würde mich freuen.“

Philemon nickte. „Ich werde sehen, ob es möglich ist. Ich fühle mich Euch auch verbunden.“

Der Kaiser lächelte Philemon noch einmal an und nickte wortlos.

Der stand auf, um nach seinem Pferd zu sehen.

Ah – da bist du ja wieder, Philemon!“, grüßte die Meisterin des Prämonstratenserinnenstifts. „Deine Reise hat länger gedauert, als ich vermutet hatte. Ich habe mir schon Sorgen gemacht. Und Vorwürfe, dass ich so einen jungen Menschen allein fortgeschickt habe.“

„Es ist alles gut gegangen, Meisterin. Es gab nur auf der Rückreise einige Verzögerungen, die …“

„Schon gut, mein Lieber! Es eilte ja nicht. Leg die Post bitte dort auf das Pult! Lass dir den Lohn, wie wir ihn vereinbart haben, von der Kassenverwaltung geben! Das Pferd hast du gesund beim Stallwart abgegeben?“

„Jawohl, Meisterin. Und … wenn Ihr erlaubt … ich habe noch eine Bitte.“

„Geht es darum, dass du dir wieder etwas mit Schreibarbeiten verdienen möchtest? Gern, ich habe einige Schriftstücke von besonderer Bedeutung aufzusetzen. Vielleicht übermorgen?“

„Ich komme gern, Meisterin. Aber meine Bitte …“

Die Magistra legte das Buch zur Seite, in dem sie gelesen hatte, ein kostbares Evangeliar. „Ja? Sprich nur, Philemon!“

„Ich weiß, Ihr seid viel beschäftigt. Wäre es trotzdem möglich, dass Ihr mir gelegentlich einige Minuten widmen könnt?“

„Für ein Gespräch mit seelsorgerischem Charakter? Gern, Philemon. Können wir uns das für übermorgen vornehmen, wenn du zum Schreiben da bist?“

„Ja, danke!“, murmelte Philemon und wandte sich zur Tür.

„Gott sei mit dir, Philemon! Und grüße deine Eltern von mir!“

„Ja, danke!“, sagte er noch einmal und verließ die Stube.

***

Maria trat aus dem Dienstboteneingang des großen Hauses. Endlich! Philemon ging auf sie zu. „Maria!"
„Guten Abend, Philemon", murmelte sie nur, ging aber weiter.
„Warte doch, Maria! Warum läufst du vor mir weg?"
Jetzt blieb sie doch stehen.
„Was willst du? Willst du überhaupt etwas von mir?"
„Was redest du da, Maria! Warum tust du auf einmal so, als wäre ich ein fremder Mensch?"
„Bist du das nicht?"
„Nein! Das weißt du doch! Was soll die Frage?"
„Bist du nicht ein Fremder für mich in einem höheren Stand? Der nur mit Verachtung auf ein Dienstmädchen blickt? Oder mit Herablassung?"
„Die Frage hast du bisher nie gestellt. Es gab auch keinen Grund dafür. Und wenn du sie gestellt hättest, hätte ich mit Nein geantwortet. Was ist los, Maria?"
Sie schaute ihn aus feuchten Augen schweigend an.
„Deine Mutter hat das gesagt."
„Meine Mutter?"
„Sie hat mich abends hier abgefangen, genau wie du heute. Und sie hat gesagt, ich soll mich von dir fernhalten."
„Was?" Philemon fühlte Zorn in sich aufsteigen.
„Dabei hätte sie eher dir sagen sollen, dass du dich von mir fernhältst. Ich habe mich nicht dir an den Hals geworfen."
„Nein, hast du nicht. Was fällt ihr ein, so etwas …"
„Ich habe das auch gesagt. Aber sie hat geantwortet, ein hübsches Mädchen hätte so eine Wirkung auf junge Männer, auch wenn es das gar nicht wollte. Also sollte ich mich von dir fernhalten. Und im Übrigen glaubte

sie nicht, dass ich gar keine Absicht hätte, dich für mich zu gewinnen. Eine einfache Magd, ein Habenichts, hätte bestimmt Interesse an einem jungen Mann aus gutem Hause, in dessen Adern sogar adeliges Blut flösse. Weiß gar nicht, was sie damit meint. Bist du ein Baron oder so was?"

„Unsinn! Sie bildet sich das nur ein."

Maria schien die Unsicherheit in Philemons Antwort zu hören. „Bist du was Besseres? Oder hältst du dich für was Besseres?"

Philemon stand vor ihr und fasste sie an den Händen. „Maria, hör mir zu! Du musst mir glauben, was ich sage! Ich halte mich nicht für besser oder edler oder wertvoller als du. Eher halte ich dich für wertvoller, weil du so … sauber und … aufrichtig bist. Und schön außerdem. Vergiss, was meine Mutter gesagt hat! Es war nicht richtig von ihr. Das werde ich ihr auch sagen. Es war auch falsch – nicht nur, dass sie sich einmischt, sondern auch, was sie sagt."

Maria löste sich von ihm und trat einen Schritt zurück. „Lass uns in Ruhe darüber sprechen, Maria! Ich bringe dich nach Hause, komm …"

„Nein! Also – heute nicht. Ich muss über das alles nachdenken. Und du auch. Ein anderes Mal vielleicht. Wenn du ganz, ganz sicher bist, dass nichts dran ist an dem, was deine …"

„Es ist nichts dran!"

„Wenn du mir versprechen kannst, dass das Wort ‚Standesunterschiede' in deinen Worten mir gegenüber nie vorkommt. Und in deinem Denken auch nicht. Verstehst du? Ich hätte lieber einen Mann, der mit mir auf gleicher Stufe steht, als jemanden, der höher steht und mich das spüren lässt. Ich weiß, dass nicht alle Mädchen so denken, aber ich denke so."

„Aber Maria, ich versichere dir …“
„Versichere mir jetzt nichts! Überlege gründlich. Und dann weißt du ja, wie du mich erreichen kannst.“
Sie wandte sich ab und ging sechs oder acht steife Schritte. Dann blieb sie stehen, drehte sich zu ihm um, zögerte kurz und rannte auf ihn zu. Sie umarmte den völlig verblüfften Philemon und schluchzte laut an seiner Schulter. Nach wenigen Augenblicken riss sie sich los und lief ohne ein weiteres Wort hastig davon.

***

Die vier Personen der Familie des Schreibers Melchior saßen am Tisch und löffelten schweigend ihre Gemüsesuppe: die Eltern, der Sohn Philemon und die Tochter Lea, dreizehn Jahre alt.
„Warum seid ihr denn alle so schweigsam?“, fragte Melchior.
Niemand antwortete.
„Lea, du plapperst doch sonst dauernd!“
Schweigen.
„Seit ich vom Rathaus gekommen bin, hat niemand einen Ton gesagt. Was ist los?“
Lea antwortete endlich. „Mama und Philemon haben gestritten.“
„Ach …?“
„Philemon hat mit Mama geschimpft. Weil sie mit der …“
„Halt den Mund!“, zischte ihre Mutter.
Melchior sah seinen Sohn an, der blickte zu seiner Mutter, die schaute nur auf ihren Teller.
„Meint ihr nicht“, meinte der Hausherr spitz, „dass ich ein Recht hätte zu erfahren, was los ist?“
„Frag deine Frau“, riet Philemon und nahm die Beschäftigung mit dem Suppenlöffel wieder auf.

Die sagte aber nichts, zerbröselte nur den Brotkanten und warf die Brocken in die Suppe mit einer Energie, als müsste der Teller gesteinigt werden. Es spritzte.
„Na schön“, knurrte der Stadtschreiber Melchior. „Dann erzähle ich auch nicht, was heute im Rat Wichtiges beschlossen wurde.“
Seine drei Familienmitglieder stellten sich, als würde sie das auch nicht im Geringsten interessieren.
Als das Geräusch der kratzenden Löffel verstummt war, weil alle Teller leer waren, sammelte Lea – froh, etwas tun zu können und so der lähmenden Stille zu entfliehen – Geschirr und Besteck ein und trug alles in die Küche. Dann stand auch die Mutter auf, so dass Vater und Sohn am Tisch zurückblieben.
Mit einem Blick zur Tür stellte Philemon fest, dass niemand zuhören konnte, wenn sie leise sprachen. „Hinter meinem Rücken hat sie Maria gedroht. Was geht es sie an, um welches Mädchen ich mich bemühe!“
„Die Maria, die bei Tobias Holz …“
„Ja.“
„Hübsches Ding!“
„Ja.“
„Ich kann mir denken, was sie gegen Maria hat. Nicht standesgemäß. Sie hat da wirklich einen Tick.“
„Ja“, sagte Philemon zum dritten Mal.
„Wahrscheinlich nicht nur, weil unsere Familie angesehener ist, sondern auch wegen ihrer verrückten Idee, dass ihr unbekannter Vater der Kaiser war.“
Philemon wusste, dass sein Vater das nicht glaubte. Aber dass er die Möglichkeit so einfach wegschob, war ihm auch nicht recht. Eine Weile schwiegen sie beide.
Dann sagte Philemon: „Jetzt weißt du es. Jetzt erzähle, was im Rat beschlossen wurde!“
Sein Vater schien nur darauf gewartet zu haben, dass

er endlich mit dem Bericht beginnen konnte. „Wir haben beschlossen, uns gegen den König aufzulehnen."
„Was?" Entsetzt sah Philemon seinen Vater an.
„Nicht dass wir gegen ihn in den Krieg ziehen wollen oder so etwas! Aber wir weigern uns, den dreißigsten Pfennig zu bezahlen."
„Den was?"
„Sieh mal, der König hat ja eine Menge Ausgaben. Die Verwaltung des Reiches, die Hofhaltung, die Wachsoldaten … Früher waren die Könige immer reiche Fürsten. Aber die Kurfürsten haben ja mit Rudolf extra nur einen kleinen Grafen zum König gewählt, damit sie ihre Macht behalten. Nun braucht der König Geld. Woher soll er das nehmen? Die Fürsten geben ihm nichts. Da bleiben nur die Städte. Erstens ist da das meiste Geld, und zweitens sind einige reichsunmittelbar. Es gibt keinen Fürsten zwischen den Städten und dem König."
„Da hat er eine Steuer eingeführt."
„So ist es. Er – oder sein Kämmerer – hat den dreißigsten Pfennig erfunden. Also den dreißigsten Teil von allem, was in der Stadt eingenommen wird, soll der König bekommen."
„Und das will Wetzlar nicht bezahlen?"
„Nicht nur wir. Wir haben ja einen Bund der vier Reichsstädte Frankfurt, Friedberg, Gelnhausen und Wetzlar, den Wetterauer Städtebund. Wir haben uns geeinigt, gemeinsam die Zahlung zu verweigern."
„Aber Vater! Seid ihr von allen guten Geistern verlassen? Ihr könnt …"
„Ich doch nicht! Die vierundzwanzig Ratsherren! Ich habe nur mitgeschrieben."
„Das kann doch niemals gut gehen! Der König wird uns alle strafen!"
„Hör zu, Sohn, was sie überlegt haben! König Rudolf

kann nicht gut mit seiner Leibwache eine Stadt angreifen, wenn die eine feste Mauer hat. Er müsste ein Heer zusammenstellen. Das kostet nicht nur Zeit, sondern auch Geld, und zwar vielleicht fünfzigmal so viel, wie ihm der dreißigste Pfennig einbringen würde. Also wird er als kühler Rechner sagen: Es lohnt sich nicht, die Steuer mit Gewalt einzutreiben, also verzichte ich besser darauf."

„Nein, Vater! Das ist zu kurz gedacht! Der König wird sich sagen: Ich muss meine Anordnungen auf jeden Fall durchsetzen, sonst kann ich bald gar nichts mehr erreichen, weil niemand gehorcht. Er muss handeln, sonst ist seine ganze königliche Autorität infrage gestellt."

„Ja, die Befürchtung haben einige Ratsherren auch geäußert. Aber sie wurden überstimmt. Das war in der vorigen Woche. Heute wurde aber bekannt, dass die Stadt Colmar im Elsass sich auch geweigert hat. Rudolf soll jetzt auf dem Weg sein, um sich seine Steuer mit Gewalt zu holen und die Stadt zu strafen."

„Na, das kann ja heiter werden!"

„Man ist im Rat nun doch etwas beunruhigt. Es gibt eine Menge Post zu erledigen in den nächsten Tagen. Willst du mithelfen, für ein paar Münzen?"

„Ja, gerne."

***

„Setz dich, mein lieber Philemon!", sagte Meisterin Gertrud und deutete auf einen mit rotem Samt gepolsterten Stuhl.

Philemon nahm Platz, aber nur auf der vorderen Kante.

„Lass mich vorher Folgendes fragen, Philemon. Du machst den Eindruck, als wärst du bedrückt, als wäre

da irgendeine Schuld. Ich kann die keine Beichte abnehmen und Absolution erteilen. Willst du nicht lieber mit einem Priester sprechen, der …"
„Nein, Meisterin, ich möchte mit Euch sprechen."
Sie nickte. „Also gut, ich höre."
„Um zu verstehen, weshalb ich Rat suche, müsst Ihr die Vorgeschichte kennen."
Er schwieg und die Meisterin nickte ihm aufmunternd zu.
„Meine Mutter weiß nicht, wer ihr Vater ist. Ihre Mutter, also meine Großmutter, war nicht verheiratet und kam mit einem Kind im Leib aus Italien zurück, wo sie zum Tross Eures Vaters, des Landgrafen Ludwig, gehörte, der dann dort starb. Meine Großmutter hat nie gesagt, wer der Vater ihres Kindes war, weil sie das angeblich geschworen hatte. Sie deutete nur an, dass es ein Mann von hohem Adel war. Meine Mutter vermutet, dass es sich da um den Kaiser handelt. Aber es gibt dafür keinen Beweis. Ich nehme an, sie will das gern glauben, weil es sie stolz machen würde, eine Tochter des Kaisers zu sein. Andere meinen, es könne sich auch um – verzeiht, Meisterin –, um den Landgrafen gehandelt haben."
Die Oberin hob die Augenbrauen, ließ sich sonst aber keinen Schrecken anmerken.
„Das würde dann bedeuten", sagte sie langsam, überlegend, „dass ich in gewissem Sinne deine Tante wäre."
Philemon nickte.
„Deshalb bist du mir so sympathisch!", lächelte sie. „Das war nur ein Scherz! Du bist es auch, wenn wir nicht verwandt sind."
Wieder nickte ihr Gegenüber, aber ohne zu lächeln.
„Suchst du meinen Rat, weil du durch eine möglicher-

weise bestehende Verwandtschaft dich mit mir verbunden fühlst?“
„Das hat damit nichts zu tun, Meisterin. Ich schätze Euch einfach als eine fromme und kluge Frau.“
„Danke, mein Lieber! Aber nun lass uns zu deinen Fragen kommen!“
„Es ist eigentlich nicht so, dass ich konkreten Rat suche. Denn dazu müsste ich konkrete Fragen stellen. Das kann ich nicht. Ich brauche nur einen Menschen, der mir mal zuhört. Einen weisen Menschen.“
„Sind das nicht deine Eltern?“
Als sie sah, dass er zögerte, fuhr sie fort: „Ist schon gut, sprechen wir nicht darüber.“
„Bin ich von Adel oder nicht? Das ist nur die Einstiegsfrage. Bin ich ein besserer Mensch als andere? Oder gar ein schlechterer, weil ich den Erwartungen nicht entspreche? Wer oder was bin ich? Der, der seine eigne Mutter beschimpft, weil sein Zorn mit ihm durchgeht, oder der, der einem stinkenden, alten, verwirrten Mann hilft, weil er Mitleid empfindet? Bin ich ehrlich, auch mit mir selbst, oder ein Lügner, der Lügen sogar schriftlich festhält? Ich bin auf der Suche nach meinem Wesen. Nach mir selbst.“
„Jeder junge Mensch ist auf der Suche nach sich selbst. Auch ich habe mich seinerzeit nicht gleich gefunden.“
Als sie sah, dass ihre Worte bei ihm keine Reaktion auslösten, fügte sie hinzu: „Das mag dir jetzt nicht helfen, Philemon. Nun …“ Sie machte eine Pause und suchte nach Gedanken und Worten. „Zunächst vergiss die Sache mit dem Adel! Erstens ist es unsicher, ob du wirklich Enkel eines hohen Adeligen bist. Zweitens bist du sowieso nicht von Adel, wenn dein Vorfahr dich nicht anerkennt. Und drittens hat diese Frage nichts mit deinem Bild von dir selbst zu tun.“

„Nicht? Wieso denn nicht? Es ist doch nicht egal, ob ich …“

„Es gibt drei Fragen, die du dir stellen musst. Wer bin ich vor den Menschen, wer bin ich vor mir selbst und wer bin ich vor Gott. Die Rangfolge dieser Fragen ist wichtig – die letzte ist entscheidend.“

Philemon sah sie mit großen Augen an. Sie las darin Unsicherheit. „Sieh mal“, fuhr sie fort, „meine Mutter Elisabeth …“

„Die heilige Elisabeth, sie war ein Mensch, zu dem man aufschauen kann.“

„Ja, aber warum? Weil sie die Gattin eines Landgrafen war? Weil sie gar die Tochter des ungarischen Königs war? Nein, sondern weil sie ihr Leben in der Verantwortung vor Gott geführt hat und vor seinem Gebot der Liebe …“

„Aber Ihr müsst zugeben, dass ihre hohe Stellung nicht unwichtig war! Wenn eine einfache Bauernmagd solche Liebesdienste getan hätte, hätte kaum jemand Notiz davon genommen, geschweige denn sie heiliggesprochen.“

„Da hast du recht. Und um der Wahrheit die Ehre zu geben, muss man auch sagen, dass der Druck ihres Beichtvaters Konrad von Marburg auch ein Teil ihrer Motivation gewesen sein mag. Aber nur ein Teil. Was ich sagen will, ist: Wer mit seinem ganzen Denken und Tun vor Gott steht, wird sich selbst finden. Wer in Gott ruht, ruht auch in sich. Wie er dann vor den Menschen steht, ist weniger wichtig. Mal wird er geehrt oder zumindest anerkannt oder gar heiliggesprochen, mal wird er verachtet oder gehasst. Aber dann kann er auch das hinnehmen, weil es nicht das Entscheidende ist. Weil Gott ihn nicht verachtet, sondern hoch würdigt. Auch Christus wurde verachtet und sogar getötet.

Wer aber die Reihenfolge umkehrt und in erster Linie darum besorgt ist, vor den Menschen gut dazustehen, wird Mühe haben, eine wirkliche Persönlichkeit zu werden, erst recht, Gott zu gefallen."
Philemon nickte leicht. „Ja", murmelte er dann nur.
„Adel ist etwas, das vor Menschen gilt. Oder glaubst du etwa, dass der allmächtige Gott einen Fürsten mehr liebt als dessen Knecht, der seinen Nachttopf leert oder der das Wasser aus dem Tal auf seine Burg schleppt?"
„Nein, wohl nicht."
„Also gehört auch das, was wir den ‚Stand' nennen, nur in die dritte Kategorie."
„Aber …" Philemon hielt inne.
„Sag nur, was du sagen willst!"
„Ihr nehmt hier in Eurem Stift keine Mägde auf, sondern nur adelige Frauen, soweit ich weiß. Aus den hochgestellten Familien, zum Beispiel von Solms oder von Nassau."
„Das stimmt. Es ist eine menschliche Ordnung, die aber nichts darüber aussagt, wie jede einzelne vor Gott steht. Aber du hast recht, wenn du darauf hinweisen willst, dass unsere Schwestern nicht geistlich hochmütig werden dürfen. Alle Menschen, ob unter Menschen angesehen oder nicht, sind angesehen bei Gott. Und das macht ihren Wert aus."
Philemon nickte wieder und lächelte.
„Ich muss jetzt zum Gebet", sagte die Oberin und erhob sich. „Wir können aber gern unser Gespräch bei einer späteren Gelegenheit fortsetzen."
„Was ich sagen wollte, habe ich gesagt."
„Hast du auch gehört, was du hören wolltest?"
Philemon lächelte, weil die Magistra lächelte. Aber er hätte, falls sie auf einer Antwort bestanden hätte, nichts Rechtes zu sagen gewusst.

Sie reichte ihm die Hand und sagte: „Denk dran, dass auch du von besonderem Adel bist. Du bist ein Kind Gottes. Was kann es Größeres geben!“
Sie ging davon. Philemon folgte ihr hinaus und schloss die Tür.

***

„Ah – unser junger Freund Philemon!“, begrüßte die Köchin Rhode den Reisenden, der diesmal aber nicht hoch zu Ross kam, sondern auf Schusters Rappen.
Da Philemon nicht im Auftrag unterwegs war, musste er zu Fuß gehen. Er hatte allerdings damit gerechnet, dass auf der „hohen Straße“ nach Köln viele Kaufleute unterwegs sein würden und dass einer davon ihn mitnehmen würde. So war es auch gekommen. Nur einen Teil der Strecke hatte er zu Fuß bewältigen müssen.
„Wenn du deine Freunde suchst, den Kaiser und Jörg, dann bist du zu spät. Sie sind in Neuß.“
„Das habe ich fast vermutet.“
„Ach ja? Haben sie gesagt, dass sie dahin wollten?“
„Es war davon die Rede.“ Dass er sein Wissen durch das Belauschen einer Verschwörergruppe erworben hatte, wollte er lieber nicht sagen.
„Komm, Philemon, iss etwas, ehe du weiter wanderst. Er ist noch etwas vom Mittagessen übrig.“
Er setzte sich und genoss einen dicken Brei. Es war seinem eifrigen Löffeln anzusehen, dass er unterwegs gespart hatte.
„Peter Altmann ist auch nicht da. In Geschäften unterwegs.“
„Nicht schlimm“, versuchte Philemon mit vollem Mund zu sagen. „Ich mache mich gleich auf nach Neuß.“
Die hübsche Magd, mit der er getanzt hatte, kam in die

Küche und brachte Eier. „Ah – Philemon! Schön dass du wieder da bist! Der Kaiser ist aber nicht mehr hier."
Rhode, die Köchin, knurrte: „Meinst du, das hätte ich ihm nicht schon gesagt?"
„Leider muss ich gleich weiter." Er lächelte das Mädchen an, aber nur kurz. Zu Rhode sagte er: „Vielen Dank für den Brei! Er hat ausgezeichnet geschmeckt."
Die junge Magd beugte sich herunter und flüsterte ihm ins Ohr: „Entweder sagst du das aus lauter Höflichkeit, oder du musst besonders hungrig gewesen sein."
„Letzteres", grinste Philemon.
Dann stand er auf. „Also – vielen Dank für alles und auf Wiedersehen!"
„So Gott will", antwortete Rhode.
Philemon nahm sein leichtes Bündel und verließ den Hof. Als er sich noch einmal umdrehte, sah er die Magd neben dem Hühnerstall stehen und ihm nachwinken.

***

Rechts der Straße, etwa achthundert Schritte vom Stadttor entfernt, saßen vier Landsknechte um eine Feuerstelle, über der sie sich gerade irgendetwas gebraten hatten. Ihre Pferde waren an einem Baum angebunden und ihre Hellebarden an ein Gebüsch gelehnt. Schilde und Helme lagen neben ihnen im Gras.
Gerade kam ein fünfter Mann von der Stadt her angeritten. Er war genauso wie die vier mit einer ledernen Weste bekleidet, die einen gewissen Schutz gegen Schläge oder Pfeilschüsse bieten sollte. Der Reiter hatte darüber noch einen Kragen, der einmal weiß gewesen war, was Philemon vermuten ließ, dass es sich hier um den Anführer der Truppe handelte.
Philemon kam näher.

Während der Hauptmann aus dem Sattel sprang, schimpfte er: „Unverschämte Bande! Jetzt habe ich's wirklich im Guten versucht."
„Und wir sind extra hiergeblieben, damit wir nicht so bedrohlich wirken", ergänzte einer der vier.
„Genau! Aber es ist nichts zu machen. Sie lassen mich nicht rein."
Philemon blieb stehen. „Verzeiht, meine Herren, dass ich Euch anspreche. Muss ich aus Euren Worten schließen, dass man nicht in die Stadt hineinkann? Da wollte ich nämlich hin."
„Du kannst sicher rein. Zivilisten lassen sie durchs Tor. Nur uns nicht."
„Ach – warum denn nicht?"
Der Anführer wandte sich ab und band sein Pferd an. Einer der anderen, ein kleiner, aber zäh wirkender Mann, der wohl redseliger war als sein Hauptmann, erklärte: „Wir wollen den Kaiser holen. Im Auftrag des Erzbischofs."
Philemon stellte sich ahnungslos. „Den Kaiser? Wir haben doch zurzeit keinen Kaiser, weil Rudolf von Habsburg noch nicht in Rom war, um sich zum Kaiser krönen zu lassen."
„Ganz recht, wir haben keinen Kaiser. Aber da drin haben sie einen, der behauptet, Kaiser zu sein. Unser Herr, der Kurfürst und Erzbischof von Köln, hat uns geschickt, ihn festzunehmen."
„So ein Aufwand wegen eines Witzbolds …"
„Von wegen Witzbold! Er erlässt dauernd Anordnungen gegen die Gebote des Erzbischofs. Das ärgert den natürlich. Da muss er was gegen tun."
„Ach so."
Der Anführer setzte sich zu den anderen und sagte – ob zu Philemon oder zu seinen Kameraden, war nicht zu

erkennen: „Wir haben einen Fehler gemacht. Wir hätten nicht unter dem Wappen des Erzbischofs kommen sollen. Unter flatterndem Wimpel, der jedem gleich zeigt, wer wir sind. Das haben die Neußer gesehen und sofort das Tor geschlossen."
„Aber wir kommen immer unter seinem Wappen. Bisher hat uns das jedes Mal Respekt verschafft."
„Aber wenn wir als schlichte Reisende gekommen wären, die Schwerter unter dem Umhang versteckt und ohne die Langwaffen, dann wären wir sicher reingekommen. Einmal in der Stadt hätte uns niemand hindern können, den Irren zu schnappen, und – raus aus Neuß. Der alte Händler vorhin hat ja gesagt, er hätte nur drei Männer als Wache. Ungeübte Burschen und schlecht bewaffnet. Mit denen wären wir allemal fertiggeworden. Mist! Aber wer hätte denn ahnen können, dass die ganze Stadt dem Kurfürsten den Gehorsam verweigert!"
Philemon mischte sich wieder ein. „Aber irgendwann müssen sie das Tor doch auch wieder öffnen! Sie brauchen Lebensmittel von den Bauern im Land umher, Reisende wollen übernachten, Händler ihre Waren …"
Der Kleine erklärte: „Für die öffnen sie ja. Aber nicht für uns. Wachen sehen sich die Leute genau an. Durchwühlen die Wagen von Bauern und Händlern, die Säcke auf Eseln. Kaum sind die durch – krach: Tor zu!"
Der Hauptmann sprang wieder auf. „Wir lassen uns das nicht gefallen! Auf, Männer! Wir versuchen es mit Gewalt. Vielleicht können wir die Wachen am Tor überwältigen, wenn die irgendwelche anderen Leute reinlassen. Ich will mich doch hier nicht zum Gespött dieser Kerle machen lassen!"
Die fünf Männer stiegen auf ihre Pferde und nahmen ihre Waffen.

Langsam ritten sie auf das Stadttor zu. Philemon folgte in geringem Abstand. Wenn ihn schon der Zufall mit diesen Leuten in Verbindung brachte, wollte er die Gelegenheit nutzen, Erkenntnisse über die Feinde des „Kaisers" zu gewinnen.
Vor dem Tor rief der Hauptmann laut: „He! Aufmachen! Wir kommen im Auftrag des Erzbischofs von Köln."
Keine Antwort.
Der Hauptmann wurde wütend. „Was fällt euch ein, Männer des Kurfürsten einfach auszusperren!"
Der Kleine tippte seinen Anführer an und zeigte nach hinten. Auf der Straße näherte sich eine Gruppe von Frauen. Sie wollten offenbar zum Markt, denn sie trugen Körbe und Kiepen mit Eiern und Mehl und Würsten. Eine hatte sogar zwei lebende Hühner im Korb.
Die Soldaten ließen die Frauen vorbei und schlossen sich ihnen an. Vorsichtig wurde die kleine Tür im großen Tor geöffnet. Dabei wurden hinter den Zinnen über dem Tor zwei Armbrustschützen sichtbar.
„Vorsicht! Oben!", warnte einer der vier.
„Hab's gesehen", knurrte der Hauptmann. Und der andere murmelte, immerhin so laut, dass Philemon es verstehen konnte: „Teuflische Dinger, diese Armbrüste. Schießen durch alle Rüstungen und Schilde durch. Da ist kein ehrlicher Kampf Mann gegen Mann möglich. Der Papst hat die Dinger sogar geächtet, aber das schert niemanden."
Der Hauptmann brüllte: „He! Macht das große Tor auf! Wir haben keine Lust abzusteigen!"
Einer der Wachen rief zurück: „Nicht nötig. Ihr werdet nicht hereingelassen, weder zu Pferd noch zu Fuß."
„Was unterstehst du dich, du …" Krach – da war das Türchen schon wieder zu. Der Hauptmann drängte in

seinem Ärger sein Pferd auf das Tor zu, aber da erhoben sich die Armbrustschützen und zielten drohend auf ihn. Er ließ sein Pferd langsam rückwärtsgehen, den Blick immer auf die Männer über dem Tor gerichtet.
„Ich verlange, mit einem Verantwortlichen zu sprechen! Mit dem Schultheiß!"
Jemand rief: „Wir schicken nach ihm. Aber ihr müsst euch gedulden. Wir wissen nicht, ob er gerade Zeit hat."
„Unverschämtheit!", knurrte der Anführer. Er winkte seinen Männern, sie entfernten sich etwas weiter vom Tor, außerhalb der Reichweite der Armbrustbolzen, stiegen ab und ließen sich im Gras nieder.
Philemon wollte sich gerade von der Gruppe lösen, die ihn bisher kaum beachtet hatte, da sagte der Hauptmann: „He, du! Wie heißt du?"
„Philemon."
„Du könntest uns helfen. Wenn es dunkel geworden ist, schleichen wir uns in die Nähe des Tores. Du rufst, dass du reinwillst, und wenn sie öffnen, springen wir schnell hin und …"
„Wenn es dunkel ist", unterbrach ihn einer seiner Männer, „machen sie das Tor grundsätzlich nicht mehr auf. Da müssen auch die harmlosesten Zivilisten draußen bleiben."
Der Hauptmann schwieg.
Ein Wagen mit Heu fuhr vorbei und wurde in die Stadt gelassen, während Armbrustschützen die Szene überwachten.
Endlich zeigte sich ein Mann auf der Mauer und winkte sie heran. Die fünf stiegen auf ihre Pferde und ritten vor das Tor, Philemon folgte zu Fuß. Ein Mann, der wegen seiner Jugend kaum der Bürgermeister sein konnte, stand auf der Mauer.

„Der Bürgermeister schickt mich und lässt nach Eurem Begehr fragen."
„Nach unserm Begehr fragen? Was soll der Unsinn? Ihr wisst doch, was wir wollen! In die Stadt wollen wir!"
„Zu welchem Zweck?"
„Um den frechen Kerl abzuholen, der behauptet, Kaiser zu sein. Er wagt es, die Befehlsgewalt des Erzbischofs infrage zu stellen. Er soll sich vor ihm rechtfertigen. Wenn er kann."
„Wir kennen keinen frechen Kerl, der behauptet, Kaiser zu sein. So jemanden haben wir hier nicht. Also kehrt um und reitet nach Hause!"
Der Hauptmann konnte seine Wut kaum zügeln. „Ihr kennt ihn nicht? Wer schreibt denn dauernd Erlasse, die dem Erzbischof Ärger bereiten? Wohin gehen denn all die Leute, die von weit her kommen, um den Kaiser zu sehen? Wollt Ihr uns für dumm verkaufen?"
„Ach, Ihr meint wohl den Kaiser Friedrich? Wir haben keinen Kerl, der behauptet, das zu sein. Wir haben aber den Kaiser Friedrich II. von Hohenstaufen."
„Hör zu, junger Mann!" Der Hauptmann holte tief Luft, um seinen Zorn unter Kontrolle zu bringen. „Entweder ist er der Kaiser, dann kann er doch auch ohne Weiteres mitkommen. Dann kann er es sicher beweisen und dann seine Herrschaft antreten über euer lächerliches Neuß hinaus. Oder er ist es nicht, dann muss er für seine Anmaßung bestraft werden. Und was euch da drin betrifft: Entweder ihr glaubt an diesen Kaiser, dann seid ihr blöd, oder ihr tut nur so, dann seid ihr Aufrührer, und die gerechte Strafe des Erzbischofs wird euch treffen! So, jetzt ist genug geredet! Macht endlich das Tor auf!"
„Darüber kann ich nicht entscheiden. Ich muss erst fragen."

„Du musst erst fragen? In drei Teufels Namen, wenn du …“
„Du sollst nicht fluchen! Immerhin bist du ein Mann des Erzbischofs.“
Der Hauptmann grummelte: „Dabei flucht der selbst, wenn er meint, keiner hört ihn.“ Laut rief er: „Also dann frage endlich deinen Bürgermeister! Aber beeile dich!“
„Ich will doch nicht den Bürgermeister fragen!“
„Nicht? Wen denn sonst?“
„Den Kaiser natürlich.“
Fluchend und vor Wut schäumend wendete der Hauptmann sein Pferd und ritt davon. Seine Männer folgten ihm. Als sie bei Philemon vorbeikamen, der sich etwas zurückgezogen hatte, hörte er, wie der Anführer vor sich hin schimpfte: „… lasse mich doch nicht auf den Arm nehmen! Da soll der Erzbischof eine größere Truppe schicken und hier mal gründlich aufräumen! Eine Bande ist das! Unerhört …“

***

„Wo finde ich den Kaiser?“, fragte Philemon einen Mann der Wache am Tor.
„Im Roten Ochsen.“
„Das ist wohl ein Gasthaus? Und wo finde ich den Roten Ochsen?“
„Die Straße runter, und dann siehst du es schon rechts.“
Tatsächlich war das Gasthaus einfach zu finden. Als Philemon eintrat, sprang ein junger Mann auf, der im Flur auf einer Bank gesessen hatte.
„Wohin willst du?“, fragte er und legte die Hand an den Griff seines Schwertes, das ohne Scheide an seinem Gürtel hing und das deutlich sichtbare Rostflecken aufwies.
„Zum Kaiser.“

„Dann muss ich dich erst nach Waffen durchsuchen!“ Philemon merkte, wie der junge Mann sich bemühte, in Rede und Auftreten Autorität auszustrahlen, was ihm aber nur sehr unvollkommen gelang.

In dem Moment trat Jörg Morgenstern aus einer Tür. „Philemon! Schön, dass du wieder da bist!“ Er eilte auf den Ankömmling zu, schob den Wachtposten beiseite und umarmte Philemon. „Du hast uns gefehlt!“

„Gott zum Gruß, Jörg! Bei euch hat sich ja einiges verändert!“

„Ja, wir haben endlich ein Quartier, das eines Kaisers würdig ist. Kein Palast zwar, aber das kommt sicher noch.“

„Und ihr habt sogar eine Wache!“

„Nun, das ist ein Thema für sich. Drei junge Männer, die aber vom Kämpfen und vom Gebrauch der Waffen keine Ahnung haben. Erfahrene Soldaten sind teuer, sagt der Hofmarschall. Darum müssen wir diese Bengel nehmen, und ich soll ihnen das Kämpfen beibringen.“

„Der Hofmarschall? Wer ist denn das?“, wunderte sich Philemon.

„Der ist neu. Komm mit, ich stelle dich ihm vor. Den Kaiser wollen wir jetzt nicht stören, der macht ein Schläfchen. Der Marschall erwartet dich schon, wir haben ihm von dir berichtet.“

Philemon folgte Jörg durch den Flur und eine Treppe hinauf. Oben klopfte der alte Soldat an eine Tür, und auf ein „Herein“ öffnete er.

„Herr Marschall, hier bringen wir unseren Freund Philemon.“

„Ah!“, sagte der Mann in mittlerem Alter, der an einem Tisch saß und mit Papieren beschäftigt war. Er stand auf und kam auf Philemon zu. „Willkommen!“ Sie reichten sich die Hand.

„Danke, Hauptmann!“, sagte er dann und nickte Jörg zu, was wohl heißen sollte, dass er entlassen war. Jörg verstand es auch so und verschwand.
„Hauptmann?“, fragte Philemon staunend.
„Ja, so nennen wir ihn, weil er der Anführer unsrer kleinen Leibwache ist. Und ihnen den Umgang mit den Waffen beibringen soll und was sonst noch wichtig ist. Wir legen uns wohlklingende Titel zu, damit die Leute beeindruckt sind. Jörg ist Hauptmann, ich bin der Hofmarschall, und für Euch habe ich mir den Titel Kanzler überlegt. Seid Ihr einverstanden?“
„Kanzler?“ Philemon verschlug es fast die Sprache.
„Zugegeben, es klingt etwas hochtrabend. Aber immerhin bildet Ihr ja gewissermaßen unsere kaiserliche Kanzlei. Wir haben übrigens schon auf Euch gewartet. Einige wichtige Schriftstücke müssen verfasst werden. Die weniger wichtigen habe ich selbst ausgestellt. Aber sie sehen nicht so aus, wie amtliche Unterlagen eines Kaisers aussehen sollten. Übrigens haben wir inzwischen ein Siegel anfertigen lassen …“
„Einen Moment bitte!“, unterbrach Philemon. „Das ist jetzt alles sehr viel auf einmal.“
„Oh, Verzeihung! Ihr habt recht. Am besten ist es wohl, wenn ich mich zunächst vorstelle und dann von Anfang an erzähle. Setzt Euch doch!“
Beide nahmen Platz und der „Hofmarschall“, der wohl gern und viel redete, stellte sich vor.
„Ich bin Henning Henricius. Advokat. Nun ja, unter uns – die Bezeichnung Advokat habe ich mir selbst zugelegt. Wir beide, Ihr und ich, sind wohl die Einzigen an diesem Kaiserhof, die nicht an die Echtheit des Kaisers glauben, aber trotzdem hier tätig sind. Mich haben die Herren, die dies alles hier gemeinsam finanzieren, angestellt, damit ich die Hofhaltung unauffällig lenke,

die Finanzen verwalte und den Kaiser so beeinflusse, dass er die richtigen Urkunden ausstellt und dabei glaubt, es seien immer seine eigenen Entscheidungen."
„Und ich soll die Urkunden schreiben?"
„Richtig. Und mir bei der Lenkung des Kaisers helfen, da Ihr sein Vertrauen genießt. Vom Herren von Oberfeld weiß ich, dass Ihr Bescheid wisst über unseren Plan, einen falschen Kaiser wie einen echten aufzubauen. Die Gründe kennt Ihr. In diesem Spiel sind Euch die zwei Aufgaben zugedacht. Einmal die kaiserlichen Dekrete zu erstellen. Darin seid Ihr Meister, wie man mir versichert hat. Und dann sollt Ihr immer wieder um Vertrauen werben beim Kaiser, falls er unser Spiel durchschauen sollte oder falls ihm gar Zweifel kommen sollten, ob er wirklich der Kaiser ist. Er schätzt Euch anscheinend sehr. Sicher genauso wie den alten Soldaten Jörg, nur dass der nichts von unserem Spiel weiß."
„Ich muss sagen, Meister Henricius …" Philemon musste überlegen, wie er sein Unbehagen ausdrücken sollte. „Mir ist nicht ganz wohl bei dem Gedanken, dass wir den alten Mann so ausnutzen. Sicher ist er bei dieser Sache im Irrtum, obwohl er sonst klug ist. Er lügt nicht absichtlich, darum spreche ich von Irrtum…"
„Natürlich lügt er nicht! Wenn er das wollte, hätte er sich längst eine glaubwürdigere Geschichte ausgedacht."
„Also ist es irgendetwas anderes, das in seinem Kopf vorgeht. Aber auch wenn er etwas verrückt ist, mag ich ihn. Solange er nicht böswillig seine Umwelt betrügt, sollten wir ihm eher Mitleid als Verachtung entgegenbringen. Ich sage es ungern, aber ist es nicht so, dass wir, wenn wir ihn für andere Zwecke ausnutzen, unmoralischer handeln als er?"

„Streiten wir nicht über Moral! Aber im Übrigen gebe ich Euch recht, mein lieber Philemon. Wir verachten ihn auch nicht. Was geschähe mit ihm, wenn wir ihn nicht ausnutzten? Ihr habt ja selbst erlebt, wie man mit ihm in Köln umgegangen ist. Er würde wahrscheinlich nicht nur verspottet, sondern auch vor Gericht gestellt und zum Tode verurteilt werden. Da geht es ihm doch besser, wenn er hier unter unserem Schutz steht, auch wenn wir einen Nutzen daraus ziehen."

„Da habt Ihr sicher recht. Zumindest vorläufig. Allerdings …"

„Sicher wird die Blase irgendwann platzen. Aber er ist alt, wohl um die achtzig, wenn ich richtig schätze. Er wird in nicht ferner Zukunft sterben. Dann macht es ihm nichts mehr aus, wenn sein Lügengebäude zusammenfällt."

Philemon nickte leicht. Sein Unbehagen wich nicht, aber er hatte dem, was Henricius sagte, keine vernünftigen Argumente entgegenzusetzen. Vielleicht fielen ihm auch nur darum keine ein, weil er gern bei dieser Sache mitmachen wollte. Weil er den Kaiser und Jörg gern hatte und sich auch von ihnen geschätzt wusste, weil er hier seine Fähigkeiten unter Beweis stellen konnte, was ihn stolz machte, und weil es sich hier um ein Abenteuer handelte.

Henricius schob ihm einen Becher hin und goss Wein ein.

„Trinkt etwas, Philemon. Nachher essen … nein, speisen wir gemeinsam. Wir haben dieses ganze Haus gemietet samt Küche und Koch. Es sind zurzeit keine anderen Gäste hier."

„Ihr wolltet Euch vorstellen, Meister Hinricius. Geht es etwas ausführlicher als in den zwei Sätzen, die Ihr zu Anfang sagtet?"

„Aber natürlich! Ich wurde vom Bürgermeister und den anderen mit dieser Aufgabe betraut, weil ich schon etwas Erfahrung in einer königlichen Kanzlei habe. Das kam so: Nachdem Kaiser Friedrich II. – ich meine den echten – im Jahr des Herrn zwölfhundertfünfzig gestorben war, gab es in unserem Land niemanden, der von allen Kurfürsten als König anerkannt wurde. Der Streit begann eigentlich schon fünf Jahre zuvor, als Friedrich von einem Konzil in Lyon für abgesetzt erklärt wurde. Das kümmerte den Kaiser in Italien aber nicht. Jeder Kurfürst wollte einen anderen auf dem Thron sehen. Unsere drei geistlichen Kurfürsten, also die Erzbischöfe von Köln, von Mainz und von Trier, setzten sich für die Wahl des Grafen Wilhelm von Holland ein. Er wurde auch gewählt und in Aachen gekrönt, ohne sich allerdings der Anerkennung des ganzen Reiches erfreuen zu können. Ihr wisst diese Dinge vielleicht wegen Eurer Jugend nicht so genau, Ihr wart da noch ein Kind. Auch der Landgraf von Thüringen mit Namen Heinrich Raspe, Bruder des in Italien verstorbenen Ludwig und Schwager der heiligen Elisabeth, wollte König werden."

„Ihr habt recht, man hat mir davon erzählt, aber ich habe vieles vergessen."

„Ich wurde in die Kanzlei Wilhelms von Holland berufen, freilich nicht als Hofmarschall, sondern in eine untergeordnete Stellung, wie ich zugeben muss. Leider starb Wilhelm von Holland, der halbe König, wenn ich mal so sagen darf. Seine Kanzlei wurde aufgelöst. Als ein Jahr später Richard von Cornwall, der Bruder des englischen Königs, hier König wurde – auch wieder von unserem Erzbischof gefördert und genauso erfolglos –, da wurden eher Leute gebraucht, die der englischen Sprache mächtig waren. Und überhaupt – an meinen Diensten hatte niemand mehr Interesse.

Ich hielt mich mit allerlei juristischen Beratungen über Wasser, mehr schlecht als recht. Bis zum Montag der vergangenen Woche. Da kam der Bürgermeister von Neuß zusammen mit dem Baron von Sylitz zu mir. Wohlgemerkt, sie ließen nicht mich kommen, sondern kamen in meine Kanzlei. Sie nahmen in meiner ärmlichen Schreibstube auf meinen alten, tintenbefleckten Stühlen Platz, zwischen Stapeln von Büchern und Schriften, und fragten mich: Meister, wollt Ihr ein kaiserlicher Marschall werden?

Ich lächelte, da ich die Frage für einen Scherz hielt. Denn erstens lächelte der Bürgermeister auch, was er sonst selten tut, und zweitens war der Gedanke, dass ich König Rudolfs Hofmarschall werden könnte, wenn er Kaiser wäre, so abwegig, als hätte man mich gefragt, ob ich eine kaiserliche Gesandtschaft zum Mann im Mond führen wolle.

Aber dann klärten sie mich auf. Es handele sich keineswegs um einen Scherz, wenn auch um eine Sache, die in gewisser Hinsicht doch etwas mit einem Scherz gemein habe – nun ja, und sie erläuterten mir ihren verschwörerischen Plan.

Es sind jetzt etwa achtzehn bis zwanzig einflussreiche Herren aus dem Regierungsbereich des Kölner Erzbischofs, die sich zusammengetan haben, um diesem einige Knüppel zwischen die Beine zu werfen. Sie legen zusammen und finanzieren dieses Unternehmen. Die beiden erklärten mir, wie sie sich meine Mitarbeit vorstellten. Als Marschall sollte ich das ganze Unternehmen leiten, mir dazu auch immer wieder Weisungen der Geldgeber holen, dabei aber den Kaiser in dem Glauben lassen, er habe die Befehlsgewalt."

Philemon nickte. „Ich weiß. Ich habe die vorbereitenden Gespräche belauscht. Außer manchen politischen und wirtschaftlichen Vorteilen haben Eure Auftraggeber die Absicht, dem Erzbischof ans Bein zu pinkeln. Oh – Verzeihung! Als kaiserlicher Kanzler muss ich wohl meine Ausdrücke sorgfältiger wählen."

Der Marschall grinste und fuhr fort: „Da in meiner Kasse Ebbe herrschte, nahm ich das Angebot an. Und – ehrlich gesagt – ich stellte mir auch vor, dass dieses Abenteuer Spaß machen würde. Wir setzten sogar einen Vertrag auf, in dem die Einzelheiten meiner Tätigkeit festgehalten wurden bis hin zu der Zusicherung der Herren, dass sie mich, sollte ich einmal wegen dieser Sache vor Gericht kommen, nicht im Regen stehen ließen.

Sie beschworen mich, den Kaiser nicht zu vergraulen. Auch den alten Soldaten nicht. Den brauchen wir als wichtigen Zeugen."

„Hat man denn versucht, noch andere Zeugen zu finden, die den richtigen Kaiser kannten?"

„O nein! Am Ende hätte so jemand bezeugt, dass unser Kaiser nicht der richtige ist."

„Was ist mit der Wache, die …"

Philemon wurde unterbrochen. Es klopfte. Die Tür öffnete sich und ein Mädchen stand im Raum. „Verzeiht die Störung, Herr Hofmarschall. Ich soll sagen, dass aufgetischt ist. Sollen wir für Euren Gast auch decken?"

„Aber ja!", sagte Henricius. „Mein Gast ist der künftige Kanzler des Kaisers!"

Der Kaiser saß auf einem Stuhl mit Armlehnen, dessen grünes Polster schon etwas verschlissen war. Rechts von ihm saß der Hofmarschall und links der Kanzler.
Philemon wusste nicht so recht, ob er sich bei diesem Theater schämen oder ob er daran Spaß haben sollte. Der Kaiser nahm die Sache jedenfalls ernst, und Henricius bemühte sich auch, sie ernst zu nehmen.
Einer der neu angeworbenen Männer führte einen anständig gekleideten Herrn herein. Der sank auf ein Knie nieder, murmelte: „Majestät!", und erhob sich wieder, als der Kaiser ihm ein entsprechendes Zeichen gab.
Henricius ergriff das Wort: „Verzeiht, mein Herr, dass Ihr einen Tag warten musstet. Aber der Kaiser wollte Euer Anliegen gern in Gegenwart seines Kanzlers hören, der noch unterwegs war." Dabei deutete er auf Philemon, und der Kaiser nickte bestätigend dazu. „Aber nun tragt Euer Anliegen vor!"
„Ihr wisst, Majestät, dass dem Stift von Essen die Reichsunmittelbarkeit zugesprochen wurde. Im Lauf der Zeit hat sich der Landbesitz des Stifts durch Schenkungen sehr vergrößert. Es musste ein Vogt eingesetzt werden, der diese Güter verwaltet, damit die Äbtissin und die frommen Schwestern sich weiterhin dem Gebet widmen können, statt wegen weltlicher Beschäftigungen ihre heiligen Pflichten zu vernachlässigen. Nachdem unsere Äbtissin einen geeigneten Vogt gefunden hatte und alles seinen guten Gang ging, forderte der Erzbischof plötzlich das Recht, einen Vogt zu ernennen, für sich. Wir vermuten, dass es ihm nicht nur um dieses Recht geht, sondern dass er einen Mann einsetzen will, der seine …", er machte mit den Fingern die Geste des Geldzählens, „Interessen wahrt."

„Wie begründet er seinen Anspruch?“, fragte der Kaiser.
„Er sagt, es handele sich hier nicht um ein geistliches, sondern um ein weltliches Amt. Und da das Stift und der Landbesitz in seinem Herrschaftsbereich als Kurfürst liege, sei er dafür zuständig. Die Äbtissin lässt Euch, Majestät, untertänig grüßen und Euch diesen Brief überreichen …“ Er hielt eine Schriftrolle hin. Philemon nahm sie entgegen. „… mit der Bitte, den Fall zu prüfen und ihr ein Privileg auszustellen, auch die weltlichen Angelegenheiten des Stifts in eigner Verantwortung zu regeln.“
„Hm“, machte der Kaiser. „Hm, dieses Anliegen scheint mir durchaus berechtigt. Findet Ihr nicht, meine Herren?“
„Zweifellos!“, bestätigte der Hofmarschall rechts vom Thron. Und als alle ihn fragend anblickten, sagte Philemon: „Durchaus!“
„Wir werden den Brief der verehrten Äbtissin lesen“, versprach Henricius, „und ihr eine entsprechende Urkunde ausstellen.“
„Ja, das werden wir!“, nickte der Kaiser.
„Geduldet Euch bis morgen“, fuhr der Marschall fort, „dann könnt Ihr das Dokument unterschrieben und gesiegelt mitnehmen.“
„Ja“, bestätigte der Kaiser, „und entbietet der ehrwürdigen Äbtissin meinen Gruß!“
„Ich danke Euch, Majestät!“
Der Bote verneigte sich und ging. Philemon beobachtete ein Lächeln in seinem Gesicht. Aber er wusste nicht, ob sich darin Zufriedenheit mit dem Ausgang des Gesprächs ausdrückte oder Spaß an diesem Mummenschanz. Jedenfalls konnte sich Philemon kaum vorstellen, dass die kluge Äbtissin ernsthaft an den wieder-

aufgetauchten Kaiser Friedrich glaubte. Ihr ging es vermutlich auch nur um einen geschickten Streich im Gefecht mit dem Erzbischof.
Eine halbe Stunde später saß Philemon in einer Schreibstube und verfasste mit Formulierungshilfe des Hofmarschalls in seiner schönsten Schrift eine Urkunde. Dann siegelte er sie mit dem neuen Siegel, auf dem man deutlich „fredericus rex" lesen konnte.

***

„Nein, nein, nein!", rief Jörg Morgenstern. „Du vernachlässigst wieder deine Deckung!"
Philemon schaute schon eine Weile zu, wie zwei der jungen Männer mit kräftigen Stöcken fechten übten. Jörg gab Anweisungen, kritisierte streng, lobte gelegentlich einen geschickten Schlag und nahm auch mal selbst einen Stock, um eine Bewegung vorzuführen.
Neben Philemon stand der dritte Waffenknecht, noch leicht außer Atem und rot im Gesicht, weil er seine Übungen erst vor wenigen Minuten beendet hatte.
„Hauptmann Jörg kann das wirklich gut trotz seines Alters. Findet Ihr nicht, Herr Kanzler?"
„Das macht die langjährige Erfahrung. Aber sag doch einfach Philemon zu mir!"
Der junge Mann sah ihn verblüfft an. „Oh nein, Herr Kanzler, das werde ich nicht tun! Das ist ungehörig."
„Ich bin jünger als du, Moritz! Erzähle mir etwas über dich!"
„Da gibt es nicht viel zu erzählen, Herr."
„Dann erzähle mir das wenige!"
„Ich bin der Sohn eines Müllers in der Eifel. Ich sollte eigentlich mal die Mühle übernehmen. Rrrrchch. Entschuldigung, ich muss immer husten. Irgendetwas sitzt

da im Hals oder in der Lunge. Also ich sollte Müller werden, aber das ging nicht wegen dem Mehl, das da immer … Meine Mutter ist als Erste darauf gekommen, dass mein Husten von dem Mehl kommen könnte. Mein Vater wollte das nicht glauben. Er arbeitet seit seiner Jugend in der Mühle, sagt er, und hat nie gehustet. Außer bei einer Erkältung. Aber Mutter meint, das besagt gar nichts, der eine verträgt es eben und der andere nicht."

„Da hat deine Mutter sicher recht."

„Jemand hat mir erzählt, dass der Kaiser Leute sucht. Da habe ich mich gemeldet. Ich wusste nicht, was ich sonst machen sollte. Also habe … rrrchch … also bin ich hergekommen nach Neuss. Ich bin zwar manchmal krank mit meinem Husten, aber sonst bin ich stark. Vom Schleppen der Getreidesäcke. Mein Vater sagt: Mach, was du willst, dann wird eben dein Bruder der zukünftige Müller, der macht nicht so ein Theater wie du mit deinem Husten. Aber Mutter war nicht so glücklich mit meinem Entschluss. Weil sie … na ja, nicht so wichtig."

„Soll ich raten? Weil sie nicht glaubt, dass er ein echter Kaiser ist."

Moritz sah Philemon erschrocken an und blickte dann zu Boden.

„Sagt nichts davon dem Kaiser, bitte!"

„Nein. Aber verrate mir: Glaubst du, dass er wirklich Kaiser Friedrich ist?"

Eine Weile schwieg der Gefragte. Als er merkte, dass Philemon die Frage nicht auf sich beruhen ließ, sondern geduldig auf eine Antwort wartete, murmelte er: „Ja, schon, irgendwie …"

Philemon lachte. „Du glaubst es irgendwie? Also mit anderen Worten, du zweifelst daran."

Moritz schüttelte den Kopf. „So kann man das ... rrrchch ... kann man das nicht sagen."
„Ich verspreche dir, niemandem von deinen Zweifeln zu erzählen", versicherte Philemon. „Du hast Angst, dass man dich wieder fortschickt, wenn deine Zweifel bekannt werden, nicht wahr?"
„Ich brauche doch den Sold, auch wenn es wenig ist. Und es macht auch Spaß, etwas Neues zu lernen."
„Was denkst du über den Kaiser?"
„Ich weiß es eben nicht. Er weiß viel über den Kaiser Friedrich, sehr viel, sagt Hauptmann Jörg. Und ich finde ihn auch sehr majestätisch. Aber es ist auf der anderen Seite komisch, dass ein Kaiser nur hier im Gasthaus wohnt statt in einem Schloss. Und dass er keine Armee hat. Gut, das kann damit zusammenhängen, dass er erst gar nicht erkannt werden wollte. Nun muss er erst wieder die Macht zurückholen, die er freiwillig aufgegeben hat. Wenn es wirklich so ist, bin ich natürlich fein raus, weil ich schon in der ersten Stunde an seiner Seite stand."
Er machte eine Pause, weil einer seiner Kollegen aufgeschrien hatte, als ihn ein Schlag ans Schienbein traf. Sie hörten Jörg schimpfen: „Habe ich dir nicht gesagt, du sollst auch auf deine Beine achten?"
Moritz fuhr fort: „Meine Mutter hat gesagt: Sieh dir alles genau an! Lass dich nicht nur von Gefühlen leiten und lass dich nicht von Reichtum beeindrucken, sondern beobachte und denke gründlich nach. Am liebsten wäre sie mitgekommen, um dem Kaiser auf den Zahn zu fühlen, aber das ging nicht."
„Kluge Frau, deine Mutter! Und – hast du gründlich nachgedacht und beobachtet? Was ist dabei herausgekommen?"
„Es gibt drei Möglichkeiten. Entweder er ist wirklich

der Kaiser Friedrich. Das wäre natürlich das Beste. Oder er ist ein … rrrchch …"
„Er ist ein Betrüger. Ein Lügner."
„Verzeiht, Herr, aber ich behaupte das ja nicht. Ich sprach nur von der zweiten Möglichkeit."
„Ich weiß. Und was ist die dritte?"
„Dass er weder der echte Kaiser ist noch ein Betrüger. Sondern dass er selbst glaubt, der Kaiser zu sein, obwohl er es nicht ist. So etwas gibt es. Da!"
Er zeigte auf seine beiden Kameraden, die sich am Boden wälzten.
„Johann ist stärker", stellte Philemon fest. „Aber weiter! Du sagst, so etwas gibt es, dass jemand sich etwas einbildet …"
„Ich war mal verliebt. Susanna war ein wunderschönes Mädchen. Sie warf mir öfter mal Blicke zu und lächelte mich so warm an, dass mir ganz heiß wurde. Ich wusste ganz sicher: Susanna wird meine Frau. Wir hatten das nicht besprochen, jedenfalls nicht so klar. Das war auch nicht nötig, meinte ich. Ich wusste auch so: Wir sind füreinander bestimmt. Das ist ganz gewiss. Aber dann tanzte sie immer wieder mit einem anderen. Macht nichts, dachte ich oder redete ich mir ein, niemand kann uns auseinanderbringen. Aber das war ein Irrtum. Sie zog fort und heiratete einen Fremden. Vielleicht war ja mein Husten schuld, der damals anfing."
„Und du meinst, so wie du dir damals eingebildet und fest geglaubt hast …"
„So glaubt auch der Kaiser, dass das alles stimmt, was er gern so haben möchte. Das ist dann nicht gelogen, aber eben doch nicht wahr. Versteht Ihr, was ich meine?"
„Ja, das verstehe ich."

„Aber das ist natürlich nur eine Möglichkeit. Wahrscheinlich ist das alles Unsinn, was ich mir da überlegt habe, und er ist wirklich der echte …“
„Moritz!“, rief Jörg. „Jetzt du wieder!“
Moritz sprang auf. „Ich muss üben. Hoffentlich kriege ich nicht zu viele blaue Flecken. Und Ihr vergesst, was ich gesagt habe, Herr, nicht wahr? Ihr habt es versprochen!“
„Du kannst dich darauf verlassen, Moritz!“

***

„Kommen noch mehr Leute, die den Kaiser sehen wollen?“, fragte Philemon leise den jungen Waffenknecht Johann, der heute an der Tür Wachdienst hatte.
„Ja. Soll ich sie hereinbitten?“
„Wenn's sein muss …“ Philemon nahm seinen Platz neben dem Kaiser ein, der sich angeregt mit dem Hofmarschall unterhielt. Es ging um die Anschaffung von besseren Rüstungen und Waffen für die Wache.
Die Tür öffnete sich und eine Frau trat schüchtern ein, die rechts und links je ein Töchterchen an der Hand hielt. Sie hatte glänzende Augen, mit denen sie verklärt auf den Kaiser schaute.
„Ich grüße Euch, gute Frau“, sagte dieser. „Kommt doch ruhig näher!“
Stumm vor Staunen und Ergriffenheit trat die Frau zwei Schritte vor und zog die kleinen Mädchen mit.
„Das sind wohl Eure Töchter?“
Alle drei nickten. Das war ja nicht schwer zu raten.
„Und Ihr nennt mir auch sicher Euren Namen, gute Frau.“
Da fand sie endlich ihre Stimme wieder. „Frieda!“, antwortete sie, und da es noch nicht so richtig geklun-

gen hatte, räusperte sie sich und wiederholte: „Frieda."
„Ich bin Ernestine", sagte das Mädchen an der rechten Hand der Mutter.
Als es daraufhin still war, ruckte die Frau mit der linken Hand, und da sagte das andere Kind: „Ich heiße Clothilde."
„Schöne Namen habt ihr", lächelte der Kaiser. „Kommt doch mal zu mir, Ernestine und Clothilde!"
Die Mädchen sahen zu ihrer Mutter auf, und als die ihnen aufmunternd zunickte, gingen sie näher heran. Der Kaiser beugte sich vor und strich ihnen über das hellblonde Haar, Ernestine mit der Linken und Clothilde mit der Rechten.
„Seid Papa und Mama immer schön gehorsam!", ermahnte er sie. „So wie die Untertanen ihrem König."
Die Mädchen nickten, soweit das unter den kaiserlichen Händen möglich war.
„Wo kommt ihr denn her?"
„Von Eschenfurt", antwortete Ernestine.
„Ach, das kenne ich gar nicht. Ist es weit von hier?"
„Ja, sehr. Wir sind ganz früh aufgestanden und mit einem Fuhrwerk mitgekommen."
„So weit!", staunte Majestät. „Da freue ich mich aber, dass ihr extra früh aufgestanden seid, um mich zu besuchen. Habt ihr denn wenigstens inzwischen gut gefrühstückt?"
„Nein", bekannte Ernestine.
„Wir haben ziemlich Hunger", klagte Clothilde.
„Dann geht mal in die Küche, bestellt dem Koch einen schönen Gruß von mir und sagt ihm, er soll euch ein Stück Brot geben und auch noch ein Stück Wurst dazu."
„O ja!", freute sich Clothilde.
„Vielen Dank, Herr Kaiser!", rief die Mutter. „Kommt,

Ernestine und Clothilde, wir wollen den Kaiser nicht so lange aufhalten. Er hat sicher viel zu tun. Ich wünsche Euch alles Gute, Herr Kaiser!“ Und dann verließen alle drei überglücklich den Thronsaal.
Henricius sagte: „Majestät, nun habt Ihr wieder die Herzen einer Familie gewonnen. Vielleicht eines ganzen Dorfes, dieses … wie heißt es?“
„Eschen… irgendwas“, konnte Philemon sich erinnern.
Und der Kaiser stellte zufrieden fest: „Das Wertvollste, was ein Monarch haben kann, sind die Herzen seiner Untertanen.“
Johann fragte: „Kann ich noch jemanden bringen? Ich meine Audienz … also wollt Ihr ihm Audienz gewähren?“
„Nur herein!“
Ein älterer Herr trat ein. Er hatte einen schlichten, aber sauberen Mantel an und trug gute Stiefel. Als er sich tief verbeugte, glänzte dem Kaiser und seinen Leuten eine große Glatze entgegen.
„Es ist mir eine Ehre, Majestät, von Euch empfangen zu werden! Noch nie, soweit ich weiß, hat es in unsrer Stadt so hohen Besuch gegeben. Ich erlaube mir darum als Zeichen des Dankes und der Ehrerbietung …“
Er zog einen länglichen Gegenstand aus seinem Mantel. In diesem Moment stürzte sich Johann von der Seite auf ihn und warf ihn zu Boden. Mehrere Schreie ertönten, es war schwer festzustellen, aus wessen Mund sie kamen. Der Fremde lag bewegungslos auf den Dielen. Er konnte auch nicht anders, denn Johann lag auf ihm und hielt seine Arme fest.
Der Gegenstand, den er hervorgeholt hatte, war zur Seite geflogen. Es war ein Messer. Ein Krummdolch mit einem schön verzierten Griff, in den am Ende ein Bergkristall eingelassen war.

„Du wolltest den Kaiser ermorden!“, keuchte Johann vorwurfsvoll.
„Nein, nein!“ Der Mann keuchte noch mehr. „Ich wollte ihm den Dolch schenken!“
Philemon trat heran und sagte: „Lass ihn, Johann!“ Und als der Söldner aufstand, half Philemon dem Besucher hoch.
„Majestät! Bitte!“ Er musste erst kräftig durchatmen. „Ich hatte keine Mordabsichten! Ich doch nicht! Niemals! Ich wollte Euch diesen Zierdolch schenken als Zeichen meiner …“ Er brauchte wieder eine Pause. „Er hängt schon seit Langem bei uns an der Wand. Ein Erbstück. Einer meiner Vorfahren soll es von einem Kreuzzug mitgebracht haben.“
„Ich glaube Euch“, sagte der Kaiser sanft. „Und ich danke Euch! Nennt Ihr mir auch Euren Namen?“
„Otto Aumüller bin ich, Majestät, meines Zeichens Kaufmann. Ich handle mit Wein und anderen Gütern und besitze zwei Rheinschiffe. Ich bin Euch so dankbar, dass durch Euren Erlass ich nun mit den Glaswaren bis nach Flandern …“
Der Kaiser winkte ab. „Schon gut, Meister Aumüller, schon gut!“
„Jedenfalls erweist Ihr mir eine große Ehre, Majestät, wenn Ihr mein Geschenk annehmt.“
„Ich danke Euch, mein Lieber! Und du, Johann, entschuldige dich bei Meister Aumüller!“
„Bitte verzeiht, Herr! Ich sah das Messer und …“
„Oh – entschuldigt Euch nicht! Ich war unbedacht, und darum ist es meine Schuld, was geschehen ist.“
„Es ist ja nichts Schlimmes passiert“, beruhigte der Kaiser. „Oder habt Ihr Euch verletzt?“
„Nein, nein! Alles in Ordnung.“ Aber als er den Saal verließ, hinkte er etwas und hielt sich mit der rechten Hand den linken Ellenbogen.

Als die Tür geschlossen war, sagte der Kaiser: „Und dir spreche ich ein besonderes Lob aus, Johann. Du warst sehr wachsam und reaktionsschnell, auch wenn es sich dann als unnötig herausstellte. Lass dir zum Dank heute Abend einen großen Krug vom besten Wein geben auf meine Kosten!"
Henricius hob bei diesem letzten Satz kurz die Augenbrauen.

***

„Gehst du zur Messe, Philemon?"
Ludwig hatte, anders als Moritz, keine Hemmungen, den Kanzler, der ja jünger war als er, mit du anzusprechen, nur weil er einen klangvolleren Titel trug und lesen konnte.
„Ja", antwortete Philemon. „Willst du mit?"
„Ja, gern. Ich habe frei."
Sie verließen das Gasthaus zum Roten Ochsen und traten auf die Straße.
„Der Kaiser würde auch gern sonntags in die Kirche gehen. Aber der Hofmarschall hat es ihm ausgeredet. Ich habe das gestern Abend mitbekommen."
„Ja", bestätigte Philemon. „Er fürchtet, dass es zu Unruhen kommt, wenn der Kaiser in der Kirche erscheint. Die einen verehren ihn und die anderen verachten ihn."
„Weil sie glauben, er sei ein Betrüger. Ich höre solche Stimmen manchmal, wenn ich abends in Gasthäusern mit Leuten ins Gespräch komme. Ich glaube aber, dass er der echte Kaiser ist."
Philemon sah ihn von der Seite an, um möglichst in seinem Gesicht zu lesen, ob er das ernst meinte. Sein Gesicht verriet nichts.

„Du bist also abends oft in anderen Gasthäusern?"
„Nicht oft, nur manchmal. Ich spiele dann mit meiner Laute und singe Lieder. Dann kriege ich etwas zu trinken, ohne dass ich es bezahlen muss. Du weißt ja, unser Sold ist ziemlich bescheiden."
„Ja, da hast du recht. Du spielst Laute? Warum unterhältst du uns nicht mal mit deinem Spiel?"
„Wegen Jörg. Der mag das nicht. Die Laute war ja auch schuld daran, dass ich den Mann mit dem Messer nicht gehindert habe, zum Kaiser vorzudringen."
„Erzähle!"
„Mir war langweilig. Darum wollte ich nur schnell in unsere Stube, um die Laute zu holen. Als ich zurückkam, war der Mann schon an der Tür zum Saal, und Johann hatte ihn in Empfang genommen. Da konnte ich ihn nicht mehr zurückrufen. Danke übrigens, dass du mich deswegen nicht geschimpft hast. Auch der Kaiser war freundlich. Aber der Hofmarschall war wütend und unser Hauptmann noch mehr. Er hat mir auch verboten, Laute zu spielen, wenn ich Wache habe. Ich halte mich natürlich daran. Aber verstehen kann ich es nicht. Warum soll ich nicht spielen können, während ich aufpasse? Er sagt: Ein musizierender Wachtposten – das geht gar nicht! Warum nicht, frage ich dich!"
„Frag mich so was nicht, davon verstehe ich nichts."
Sie waren beim Quiriniusmünster angekommen und gingen hinein. Beide waren beim folgenden Gottesdienst nicht so recht bei der Sache. Es gab zu vieles, das ihre Gedanken beschäftigte.
Nachher, als sie noch vor dem Portal standen und den Bau bewunderten, sprach der Pfarrer sie an.
„Meine jungen Herren, irre ich mich oder gehört Ihr zu dem Mann, den sie den Kaiser nennen?"

„Das stimmt“, sagte Philemon nur, und Ludwig ergänzte: „Philemon ist sein Kanzler und ich gehöre zur Wache.“
„Aha“, bemerkte der Pfarrer nur, während Philemon auch in seinem Gesicht nach verräterischen Spuren von Zustimmung oder Ablehnung suchte. Er entdeckte ein leichtes Zucken der Mundwinkel.
In diesem Moment trat der Bürgermeister heran.
„Gott zum Gruß, Hochwürden!“, sprach er den Pfarrer an. „Wie gut, dass ich Euch zufällig hier treffe! Welch eine Freude! Wir haben uns lange nicht gesehen.“
„Ich grüße Euch auch, Bürgermeister. Aber die Freude, mich zu treffen, könnt Ihr jeden Sonntag haben.“
„Wohl wahr“, lächelte das Stadtoberhaupt verlegen. „Wohl wahr. Ach, wo wir schon mal … hättet Ihr ein paar Minuten für ein kleines Gespräch?“
„Selbstverständlich.“ Dass Philemon und Ludwig danebenstanden, schien den Pfarrer nicht zu stören, und dem Bürgermeister war es offenbar sogar recht.
„Habt Ihr nicht den Eindruck, Hochwürden, dass bedauerlicherweise ein – wie soll ich es nennen? –, ein Riss durch unsere Stadt geht, beziehungsweise durch die Bürgerschaft? Die Haltung zu dem seit einigen Wochen in unseren Mauern weilenden Kaiser Friedrich spaltet unser Gemeinwesen in zwei Gruppen. Ein Teil der Bürger verehrt ihn, der andere Teil lehnt ihn ab.“
„Das ist richtig beobachtet. Und Ihr wisst, dass ich zu der letzteren Gruppe zähle.“
„Ach ja, so ist es wohl. Aber darüber wollte ich nicht mit Euch die Klingen kreuzen – bildlich gesprochen. Mir liegt es am Herzen, dass unsere gesegnete Stadt gesegnet bleibt und nicht Unfriede Einzug hält.“
„Das deckt sich ganz mit meinen Wünschen, Bürgermeister. Auch ich bemühe mich als Hirte meiner Ge-

meinde, die Einigkeit im Geist zu fördern, so wie es der Herr selbst sagte, als er auf der Erde weilte: Ich will, dass sie alle eins seien."

Der Bürgermeister wand sich etwas. „Das will ich nicht bestreiten, Hochwürden. Aber es gibt da diesen einen Punkt – die unterschiedliche Einstellung zu Kaiser Friedrich ..."

„Den ich nicht für einen Kaiser halte."

„Das ist mir bekannt. Aber könntet Ihr nicht trotzdem in Euren Predigten darauf verzichten, diese Eure Ansicht immer wieder kundzutun? Um der Einigkeit der Gemeinde willen! Ja, könntet Ihr nicht sogar versöhnlich predigen, indem Ihr ... nun, wie soll ich sagen ...?"

„Ich kann doch nicht gegen die Wahrheit ..."

„Gegen das, was Ihr für Wahrheit haltet!"

„Meinetwegen. Also, entgegen dem, was ich für die Wahrheit halte, kann ich nicht zur Verehrung dieses Betrügers auffordern! Was verlangt Ihr von mir!"

„Nein, nein, so ist das nicht gemeint! Aber vielleicht gibt es eine Möglichkeit, in den Predigten ..." Er hielt inne.

Nach einigen Augenblicken des Schweigens bemerkte Hochwürden: „Nun bin ich gespannt, Herr Bürgermeister, was Ihr mir für meine Predigten vorschlagt. Ich wusste noch gar nicht, dass Ihr Euch mit Homiletik auskennt."

„Oh, ich will Euch selbstverständlich nichts vorschreiben oder auch nur vorschlagen, jedenfalls nichts Konkretes. Ich dachte nur, es wäre doch zum Beispiel möglich, den Kaiser wie nebenbei zu erwähnen, ohne seine Anwesenheit positiv oder negativ zu kommentieren. Ich denke etwa so: Advent und Weihnacht stehen ja nun bevor. Da wird doch gewöhnlich davon gesprochen, dass unser König Christus auf die Erde kam. Da ließe sich doch die Ankunft unseres Kaisers in Neuss gewissermaßen als Beispiel erwähnen. Dies würde, denke ich mir, ein versöhnendes Element im Streit um die Person Friedrichs bedeuten, und Versöhnung liegt Euch doch auch am Herzen!"

Philemon hatte den Eindruck, dass der Pfarrer gern geschmunzelt hätte, sich dies aber selbst verbot. „Nun", antwortete er mit ernster Miene, „mir liegt zwar die Versöhnung am Herzen, aber nicht auf Kosten der Wahrheit. Euch, verehrter Bürgermeister, scheint weder die Versöhnung und noch viel weniger die Wahrheit am Herzen zu liegen, vielmehr der Gewinn für unsere Stadt. Da nun viele Fremde kommen, die den angeblichen Kaiser sehen wollen und hier Geld ausgeben."

„Das ist ja auch nicht verwerflich! Im Gegenteil, es ist meine Pflicht, die mir mein Amt auferlegt."

„Im Übrigen", fuhr der Geistliche fort, „werde ich diesen falschen Kaiser sicher nicht als Beispiel für das Erscheinen unseres Herrn verwenden. Ich würde es auch nicht tun, wenn ich den Kaiser für echt hielte."

„Warum nicht?"

„Weil es allzu viele deutliche Unterschiede gibt. Ja, weil das, was hier geschieht, geradezu das Gegenteil ist von dem, was beim Kommen des Messias geschah. Darum ist es als Beispiel völlig ungeeignet."

„Ach ja?"

„Ja. Euer Friedrich, wenn er denn überhaupt so heißt, kam aus dem Elend, wie ich aus Köln erfuhr, und wurde von Euch erhoben. Unser König Christus aber kam aus der Herrlichkeit des Himmels, wo er zur Rechten Gottes, des Vaters, saß, und kam als Kind auf die Erde in einem ärmlichen Stall. Wie sollte man das vergleichen, wo es doch genau das Gegenteil ist? Euer Kaiser

erhebt einen Machtanspruch. Oder seid nicht gar Ihr es, der durch ihn einen Machtanspruch erhebt? Christus aber entäußerte sich aller Macht. Ließ sich sogar ans Kreuz schlagen. Erst am Ende aller Tage wird seine Macht sichtbar werden."
„Ach – so seht Ihr das …"
„Allerdings. Und wo wir gerade vom Ende sprechen – fürchtet Ihr nicht, dass die Macht Eures Kaisers bald zu Ende sein wird? Der Erzbischof wird sich dieses Schauspiel nicht lange bieten lassen. Und König Rudolf wohl auch nicht."
„Nun … das …" Philemon hatte den Eindruck, als wäre es dem Bürgermeister peinlich, dass er dem kein stichhaltiges Argument entgegensetzen konnte. „Äh, sprecht Ihr so, weil Ihr unter dem Befehl des Erzbischofs steht?"
„Der Erzbischof in Köln weiß nicht, was ich predige. Es sei denn, er lässt es sich durch Spitzel berichten, aber darüber ist mir nichts bekannt. Ich fürchte es auch nicht. Nein, ich predige, was ich für richtig und nützlich halte, wie es mir vom Herrn aufgetragen ist."
„Nichts für ungut, Hochwürden. Wollen wir darauf achten, dass wegen diese Sache nicht eine persönliche Feindschaft zwischen uns entsteht."
„Das deckt sich ganz mit meinem Wunsch, Bürgermeister."
Die beiden gaben sich die Hand und der Bürgermeister ging.
Der Pfarrer sah die beiden jungen Männer an. „Ich bedaure es, meine Söhne, wenn ich euch erschreckt und verwirrt habe mit dem, was ich sagte. Aber ich meine, es ist …"
Philemon unterbrach ihn, weil er nicht wollte, dass er seine Ablehnung des Kaisers noch weiter erläuterte.

Ludwig könnte noch mehr in Zweifel gestürzt werden. „Wir haben verstanden, wie Ihr darüber denkt. Es ist wohl nicht weiter nötig, darüber zu reden. Nicht wahr, Ludwig?"
Der wusste nicht, was er antworten sollte, und nickte nur unsicher.
„Aber was meint Ihr, Hochwürden, warum sind so viele Menschen so begeistert, wenn sie mal einen Kaiser sehen können? Egal, ob er nun echt ist oder nicht! Da kommen Menschen, knien ehrfürchtig vor ihm, staunen mit glänzenden Augen und gehen wieder, ohne dass ihnen das einen messbaren Vorteil bringt. Außer dem, dass sie zu Hause damit angeben können, den Kaiser von Angesicht zu Angesicht gesehen zu haben. Was treibt sie an? Was veranlasst sie, einem fremden Mann zu huldigen, als wäre er der Messias?"
„Es gibt wohl eine verborgene Sehnsucht in unsrer Seele, einem Größeren zu dienen, als wir selbst sind. Vielleicht brauchen auch manche Menschen einen, der ihnen sagt, was zu tun ist, der die Verantwortung trägt, dem sie sich anvertrauen, der ihnen das Gefühl von Geborgenheit gibt. Dabei sollten solche Gefühle sich doch auf den lebendigen Gott richten und auf seinen Sohn Jesus Christus. Warum begreifen sie nicht, dass nur er unsre Anbetung verdient und unsre Sehnsüchte stillen kann!"
„Wahrscheinlich weil man ihn nicht sieht."
„Das ist wahr. Glauben geschieht nicht mit den Augen. Und als der Herr sichtbar auf der Erde war, geschah es nicht mit der Pracht, die die Menschen so lieben und die ihnen imponiert, sondern in Niedrigkeit. Ich muss in meinen Weihnachtspredigten versuchen …"
Der Pfarrer versank ins Grübeln. Philemon und Ludwig murmelten ein „Auf Wiedersehen" und gingen.

***

Vor dem „Thronsaal“ entstand ein Tumult.
„Was ist da los?“, fragte der Kaiser und unterbrach dafür ein ernsthaftes Gespräch über die Jagd mit Falken, das er mit dem Soldaten Johann führte.
Johann ging zur Tür, öffnete, erkundigte sich und berichtete: „Majestät, da ist ein Mann, der eine Audienz wünscht.“
„Wo ist das Problem? Lass ihn herein!“
„Das Problem besteht darin, dass er seine Frau und seine sieben Kinder mitbringen will. Das wollte Moritz ihm nicht gestatten.“
„Ach was! Lass sie nur alle herein!“
Und dann traten sie ein. Ein ärmlich gekleideter Mann trug das jüngste Kind auf dem Arm, seine magere Frau das zweitjüngste, und fünf weitere Kinder reihten sich daneben auf wie die Orgelpfeifen.
Henning Henricius schnappte nach Luft, aber der Kaiser lächelte der Familie freundlich entgegen.
„Gott zum Gruß, Herr Kaiser“, sagte der Mann und verbeugte sich tief, den Säugling auf seinem Arm dabei gut festhaltend.
„Ich danke dir“, antwortete der Kaiser.
„Na, Kinder – was habe ich euch gesagt, was ihr machen sollt, wenn ihr vor dem Kaiser steht?“
Darauf verbeugten sich die fünf, sagten „Guten Tag“, und sein Weib schloss die Zeremonie ab, indem sie sagte: „Der Allmächtige segne Euch, Kaiser Friedrich!“
„Was führt euch zu mir?“, fragte der und lächelte den Drittjüngsten an, ein etwa dreijähriges Bübchen mit blonden Locken, das ihm mit der Hand freundlich zugewinkt hatte.
„Ich heiße Konrad“, sagte der Mann. „Ich bin Fischer.“

„Konrad – so hieß auch mein Großonkel, der auch einmal König war."
„Ich fische so viel ich kann, aber oft reicht es nicht, um die hungrigen Mäuler meiner Familie zu stopfen. Wir sind nämlich zehn, da man noch meine alte Schwiegermutter dazurechnen muss."
„Das sind ja wirklich viele!"
„Ja, und darum habe ich gelegentlich Leute mit meinem Boot über den Rhein gebracht, wenn die zum Beispiel nach Düsseldorf wollten. Dafür kriegte ich ein paar kleine Münzen oder etwas Butter, wenn es ein Bauer war, oder so etwas. Da konnte ich dann manches Loch stopfen."
„Das freut mich für dich", nickte der Kaiser.
„Aber", fuhr der Fischer Konrad fort, „eines Tages kam der Mann, der die große Fähre betreibt, etwas weiter flussabwärts. Er zeigte mir ein Papier. Ich kann ja nicht lesen, aber es war ein großes Siegel vom Erzbischof darauf. Der Fährmann sagte, da stände geschrieben, ich dürfe keine Menschen über den Rhein bringen. Nur er dürfe das. Und er müsse den zehnten Teil von dem, was er dabei verdient, an den Erzbischof abgeben."
„Also kannst du dir nichts mehr dazuverdienen. Schade!"
„Ja, und wir hungern. Er sagte, wenn ich noch einmal Leute über den Rhein brächte – es sei denn, völlig umsonst –, dann würde er Soldaten des Erzbischofs schicken, die nähmen mir mein Boot weg."
„Das ist ja furchtbar!", stöhnte der Kaiser. „Da müssen wir etwas gegen tun!" Und er winkte Philemon, der schon mit der Feder in der Hand am Schreibpult stand und nun gleich zu schreiben begann.
„Also habt ihr alle Hunger?", fragte der Kaiser die Kin-

der. Sie nickten eifrig, außer den zwei Kleinsten, und die Dritte von oben ergänzte: „Mir tut oft der Bauch weh."
„Na so was! Da muss man doch etwas gegen tun!" Er murmelte etwas zu Johann und der ging.
Nun fragte der Kaiser die Kinder nach ihren Namen. Die sagten auch alle ordentlich der Reihe nach, wie sie hießen, außer den zwei Kleinsten. Dann fragte er noch, was sie denn am liebsten spielten.
„Reiterspiele", sagte der Größte, der etwa dreizehn Jahre alt sein mochte.
„Reiterspiele? Aber habt ihr denn Pferde?"
„Nein, die brauchen wir nicht."
„Nicht? Beim Reiten? Aber wie ... macht es doch mal vor!"
Da nahm der Erste die Dritte auf die Schulter und der Zweite den Vierten. Vater Konrad half dabei, nachdem er den Säugling an der Seite abgelegt hatte, was den zu lautem Protestgeschrei veranlasste.
Dem Hofmarschall schien diese Darbietung denn doch zu unwürdig für eine Audienz beim Kaiser. „Aber Majestät, wir sollten doch nicht ..."
Aber Majestät winkte ab. „Lasst nur, Meister Henricius! Ich freue mich! Spielende Kinder sind doch ein viel schönerer Anblick als schuftende oder kämpfende oder Geld scheffelnde oder keifende Erwachsene."
Nun versuchten die Kinder, die die Reiter darstellten, sich gegenseitig vom Pferd zu werfen. Ihr Vater stand dabei, um schwere Stürze zu verhindern, da es ja hier kein weiches Gras gab. Auch Johann stand zur Sicherheit daneben. Der Kaiser sah zu und hatte großen Spaß. Er spornte die Kinder an und klatschte bei jedem geschickten Griff. Der Hofmarschall blickte verschämt. Dann wandte er sich demonstrativ ab und beobachtete Philemon beim Schreiben.

Als das Mädchen, die Dritte von oben, als Siegerin feststand, erhob sich der Kaiser, ging auf sie zu und reichte ihr die Hand.
„Wie heißt du, tapfere Reiterin?“
„Adelheid.“
„Ich gratuliere dir zu deinem Sieg, Adelheid!“
In diesem Moment brachte Johann auf einer großen Platte neun Brote und neun große Stücke Ziegenkäse.
„Esst euch satt!“, forderte der Kaiser auf. „Nach so einer Anstrengung muss man gut essen! Und da der Säugling sicher noch kein dickes Brot essen kann, schlage ich vor, dass Adelheid das neunte Brot als Siegespreis bekommt. Sie kann es sich ja mit ihrem Pferd teilen.“
„Danke!“, riefen alle durcheinander und begannen zu essen. Henricius sagte: „Ihr könnt ja draußen …“ Aber er wurde gar nicht beachtet.
„Fertig!“, sagte Philemon und reichte sein Papier dem Kaiser. Der schrieb seinen Namen darauf und drückte das Siegel in das rote Wachs, das Philemon darauftropfen ließ.
„So, mein Lieber“, erklärte der Kaiser, während Philemon Sand auf die Urkunde streute, „kannst du lesen?“
„Nein.“
„Hier steht, dass der Kaiser dir erlaubt, jederzeit – ob gegen Entgelt oder ohne – Menschen über den Rhein zu bringen. Erlasse anderer, dem Kaiser untergeordneter Herren, die etwas anderes besagen, werden hiermit für ungültig erklärt.“
„Vielen, vielen Dank, Herr Kaiser!“, stammelte Konrad, der Fischer, überglücklich. Er sank sogar in die Knie und sein Weib tat es ihm gleich. Auf seinen Wink hin und sein „Bedankt euch!“ riefen fünf Kinder, also alle, außer den zwei Kleinsten: „Danke!“ Der kleine blonde Bub, der fünfte, kam sogar und reichte dem

Kaiser die Hand. Als Konrad, der Fischer, den kleinen Schreihals vom Boden aufgelesen und das Papier entgegengenommen hatte, verließen alle der Reihe nach den Audienzsaal. In der Tür drehte Konrad sich noch einmal um und versicherte: „Ich werde Euch, Herr Kaiser, jeden Abend in mein Nachtgebet einschließen!“ Dann schloss sich die Tür und es kehrte wieder Stille ein.

***

Jörg Morgenstern hatte mit Kreide mehrere konzentrische Kreise auf das Tor des Schuppens gemalt, in dem der Wirt des „Roten Ochsen“ seine Vorräte hortete.
Nun zeigte er Moritz an der einzigen Armbrust, die sie besaßen, wie man die Waffe spannen und laden und anlegen musste. Moritz wagte einen Schuss, der aber noch nicht einmal das Tor traf, geschweige denn den inneren Kreis.
„Total daneben!“, stellte Ludwig lachend fest, der dabeistand.
„Das sehe ich auch“, knurrte Moritz. „Wir werden ja sehen, ob du es besser kannst.“
Philemon ging mit Johann neben dem Schießstand auf und ab. Sie mussten sich bewegen, weil es unangenehm kalt geworden war. Still sitzend hätten sie gefroren.
„Willst du denn auch mal schießen?“, fragte Johann.
„Wenn Jörg mich lässt – warum nicht? Es kann sicher nicht schaden, wenn ich auch diese Kunst einigermaßen beherrsche. Vielleicht kann ich in einem Krisenfall schießen, während ihr drei mit Schwertern kämpft. Das kann ich nämlich nicht.“
„Würde es dir Spaß machen zu kämpfen?“
„Ich glaube nicht. Auf das Tor schießen – ja. Aber auf Menschen?“

„Ich kämpfe gerne."
„Das glaube ich dir. Du wirkst auch so wie ein Held aus den alten Sagen – groß und stark."
Johann blieb stehen und sah Philemon an. „Kennst du die Sage auch?"
„Welche Sage?"
„Die von Siegfried."
„Nein. Was ist damit?"
Sie gingen weiter. „Weißt du, eigentlich habe ich zwei Namen. Siegfried Johannes haben sie mich getauft. Weil das zu lang ist, hat mein Vater mich immer Siegfried genannt, und meine Mutter hat mich Johannes gerufen. Als ich größer wurde, kam es vor, dass Leute mich ausgelacht haben oder dass sie dachten, ich mache einen Scherz, wenn ich sagte, ich bin Siegfried aus Xanten. Ich wusste nicht, weshalb. Dann erzählte mir unser Priester, es gäbe da so eine alte Sage von einem Siegfried aus Xanten, der ein Held war."
„Die kenne ich nicht."
„Der Siegfried soll einen Drachen getötet haben. Und als er in seinem Blut badete, wurde er mit einem Schutz umgeben wie mit einer eisernen Rüstung. Dann war da noch ein Zwerg, von dem hatte er einen Schatz mit viel Gold und eine Mütze. Wenn er die aufsetzte, wurde er unsichtbar."
„Unsinn!"
„Na ja, ist halt nur so eine Sage. Aber weil ich nicht wollte, dass die Leute immer grinsen, wenn sie hörten: ‚Siegfried aus Xanten', stelle ich mich nur noch als Johann vor."
„Aber insgeheim wärst du gern ein Held, stimmt's?"
„Na ja, so was gibt es ja nicht wirklich. Drachen und Tarnkappen."
„Und Goldschätze."

„Die gibt es schon eher, denke ich. Aber nicht für unsereinen."

Ludwig schoss und traf tatsächlich in den äußeren Kreis. Er vermied aber jeden triumphierenden Blick zu Moritz. Der murmelte nur: „Glückstreffer."

Jörg hörte es und widersprach. „Von Treffer kann man hier nicht reden! Mit so einem Schuss erledigst du keinen Feind. Also noch einmal!"

„Weißt du", setzte Johann das Gespräch fort, „manchmal weiß ich nicht, ob ich Siegfried bin, der Held, oder Johannes, der Apostel der Liebe, wie unser Priester immer gesagt hat. Ich will natürlich gern mutig und stark sein und bewundert werden. Aber andere zu töten, das ist mir auch zuwider. Ich weiß, ein Soldat sollte so nicht reden …"

„Ich verstehe dich. Ich meine, darin, dass du dich nicht verstehst. Es geht mir so ähnlich. Wahrscheinlich denken viele über sich selbst nach, fragen, woher, wohin und wozu und wer bin ich – und kommen zu keinem Ergebnis."

Johann nickte. „Nur der Kaiser scheint sich das nicht zu fragen, obwohl er wohl den meisten Grund dazu hätte."

Philemon sah ihn lächelnd an. „Nein, er stellt sich nicht infrage. Dafür tun wir das."

„Du auch?"

Philemon nickte. Eigentlich wollte er den anderen nichts von seinen Zweifeln sagen. Aber es hatte sich nun so ergeben. Und er wollte ja auch ehrlich sein. Aber ehe sie das Thema vertiefen konnten, rief Henricius aus einem der oberen Fenster auf den Hof hinunter: „Herr Kanzler, würdet Ihr bitte mal heraufkommen?"

Philemon nickte Johann zu und ging die Treppe hinauf. In dem Raum, den sie als eine Art Schreibstube eingerichtet hatten, saßen außer Henricius der Bürgermeister, der Herr von Oberfeld und zwei andere Herren, von denen Philemon wusste, dass sie zu dem Kreis der Unterstützer des Kaisers gehörten.

Philemon begrüßte alle fünf mit Handschlag.

„Meister Matthias hat uns etwas zu berichten", begann Henricius das Gespräch. „Und dann müssen wir eine Entscheidung treffen. Bitte, Meister Matthias!"

Der Mann, der als Händler viel herumkam und in vielen seiner Handelsniederlassungen in deutschen Städten Informationsquellen besaß, ergriff das Wort.

„Zurzeit findet in Nürnberg unter Leitung von König Rudolf der Reichstag statt. Alle Kurfürsten sind da, natürlich auch unser Erzbischof Siegfried. Mir wurde berichtet, dass unser Erzbischof König Rudolf bedrängt habe, er möge doch diesem Spuk mit dem falschen Kaiser ein Ende machen. Das sei schließlich noch eher die Aufgabe des Königs als die des Kurfürsten. Er, der Kurfürst Siegfried, sehe sich außerstande, eine Armee so auszurüsten, wie es für die Erstürmung der Mauern von Neuss nötig wäre. Dazu war König Rudolf auch grundsätzlich bereit. Ihm sei dieser Mann auch ein Dorn im Auge. Er habe nur, sagte er, noch zuvor einige andere wichtige Dinge zu erledigen."

„Wurde ein Zeitpunkt genannt, wann der König herkommen soll?", fragte Oberfeld.

„Nein. Aber wenn der Winter, wo ja kein Heerführer gern Kriege führt, vorbei ist, also im Frühjahr oder Anfang des Sommers, werden wir wohl damit rechnen müssen."

„Es ist klar", sagte der Bürgermeister von Neuss, „dass wir dann so verfahren müssen, wie wir es von Anfang an geplant haben. Unser Kaiser muss die Stadt rechtzeitig verlassen. Wenn König Rudolf mit einer Armee vor der Stadt steht, will ich ihm die Tore öffnen. Ich will ja keinen Krieg, den wir sowieso nicht gewinnen könnten."

Einer der anderen Herren meinte: „Wenn der König die Herausgabe fordert, hat die Stadt fünfundvierzig Tage Zeit, seiner Forderung nachzukommen. Es soll da so ein Gesetz geben, habe ich gehört."

„Aber wo schicken wir unseren Schützling hin?"

„Wir schicken ihn nirgendwo hin", sagte der Kaufmann Matthias. „Es bleibt ihm überlassen, wohin er geht. Wir haben dann nichts mehr mit ihm zu tun."

Der Herr von Oberfeld schüttelte den Kopf. „Nein, verehrter Meister Matthias, damit bin ich nicht einverstanden. Wir haben ihn aufgebaut, hatten manchen Nutzen von ihm, und nun lassen wir ihn einfach fallen? Sieh zu, wo du bleibst? Nein, das wäre unmoralisch."

„Habt Ihr einen besseren Vorschlag?"

Der Gefragte schwieg und alle anderen auch.

Nach einer Weile meldete sich Philemon. „Wenn ich einen Vorschlag machen dürfte …"

„Natürlich!" Alle blickten ihn gespannt an.

„Als ich in meiner Heimatstadt Wetzlar war, hörte ich, dass einige Reichsstädte sich gegen die neue Steuer des Königs auflehnen wollen, den dreißigsten Pfennig. Ich weiß es nur von dem Wetterauer Städtebund, zu dem Wetzlar gehört. Außerdem noch Frankfurt, Friedberg und Gelnhausen. Ich könnte mir denken, dass einer, der des Königs Feind ist, in so einer Stadt, die sich gegen Rudolf auflehnt, am besten aufgehoben wäre. Da wäre dann Wetzlar am besten geeignet, weil es am weitesten nördlich liegt und wohl auch besser befestigt ist als Friedberg oder Gelnhausen."

„Das ist ein ausgezeichneter Vorschlag!", freute sich der Herr von Oberfeld. „War es nicht eine gute Idee", frag-

te er in die Runde, „diesen jungen Mann zu unserem Mitarbeiter zu machen?“ Und wieder an Philemon gewandt: „Meint Ihr, dass sie ihn in Wetzlar aufnehmen?“
„Das kann ich natürlich nicht sagen. Ich kann aber, wenn es so weit ist, nach Wetzlar vorausgehen und mich umhören.“
Der Bürgermeister meinte: „Wenn wir unsern Kaiser also dann – sagen wir, im März – losschicken, früher wird es nicht nötig sein, dann muss das heimlich geschehen.“
„Heimlich? Warum?“
„Wenn es dem Erzbischof bekannt würde, dass der Kaiser unsere schützenden Mauern verlassen hat, würde er sofort seine Soldaten schicken und ihn gefangen nehmen. Dafür brauchte er dann keine große Armee.“
„Das stimmt“, nickte Henricius. „Die Flucht muss sorgfältig geplant werden. Und dann ist da noch ein weiteres Problem zu lösen: Wie bringen wir es dem Kaiser schonend bei, dass er fliehen soll? Er fühlt sich hier wohl und glaubt, dass alle seine Untertanen seien.“
Alle nickten und dachten angestrengt nach, wie sie dem Mann, dem sie selbst eingeredet hatten, wie mächtig er sei, nun die Flucht schmackhaft machen könnten.
„Ich würde auch hier unserem jungen Freund Philemon …“, Oberfeld klopfte dem „Kanzler“, der neben ihm saß, auf die Schulter, „das nötige Fingerspitzengefühl zutrauen. Der Kaiser schätzt ihn und wird – hoffe ich – in dieser Sache auf ihn hören.“
„Wollen wir es hoffen“, murmelte der Bürgermeister.

Es war der erste Frühlingstag, an dem die Sonne sich alle Mühe gab, die letzten Spuren der kalten Jahreszeit zu vertreiben. Erstes Grün spross zaghaft aus den Büschen, und irgendwo sang ein einzelnes Vögelchen, als wollte es alle anderen ermutigen, mit ihm den Frühling zu begrüßen.

Der Kaiser saß auf einer Bank in dem schmalen Gartenstück hinter dem „Roten Ochsen“, wo dessen Koch seine Küchenkräuter heranzog. Er grübelte still vor sich hin.

Als Philemon sich neben ihn setzte, lächelte er. „Fast so warmes Wetter wie in Apulien.“

„Ich war noch nie in … da unten. Ist es da schön?“

„Sehr schön. Allerdings gibt es manchmal auch zu viel von der Wärme.“

„Ich muss etwas mit Euch besprechen, Majestät.“

„Ach, mein lieber Philemon, sag doch nicht immer Majestät zu mir! Wir sind doch Freunde!“

„Ja, das sind wir. Aber was soll ich denn sonst sagen? Ich kann doch zu einem Kaiser nicht einfach Friedrich sagen!“

Der Kaiser überlegte. „Hm. Nun ja, dann sag meinetwegen Majestät. Was willst du mit mir besprechen, Philemon?“

Der holte tief Luft, weil er nicht recht wusste, wie er anfangen sollte. „Ihr wisst ja, Majestät, dass das Heilige Römische Reich Deutscher Nation zurzeit von König Rudolf von Habsburg regiert wird. Eure Herrschaft wird … nun, von nur sehr wenigen Menschen anerkannt.“

Der Kaiser nickte betrübt. „Ja, so ist es wohl. Ich weiß nicht, warum König Rudolf … nun ja, ich will es ihm nicht übel nehmen. Er weiß es nicht besser.“

„Nun haben wir Nachricht bekommen, dass König Rudolf Euch gefangen nehmen will. Es heißt, er wolle mit einem Heer nach Neuss kommen und die Stadt zwingen, Euch auszuliefern."
„Das wird die Stadt doch nicht tun!"
„Doch, das wird sie tun, Majestät. Denn gegen das Heer des Königs ist sie machtlos. Ihr würdet Rudolf in die Hände fallen und wahrscheinlich hingerichtet werden. Wegen Amtsanmaßung oder Revolution oder so etwas."
Der alte Mann sah seinen jungen Freund lange an. Seine Augen wurden nicht feucht, aber sie spiegelten tiefe Trauer.
„Was habe ich denn Schlimmes getan? Ich habe doch nur den Menschen geholfen! Habe ich einen einzigen Übeltäter verprügeln oder foltern lassen? Oder gar an den Galgen geschickt? Habe ich nicht alle freundlich behandelt?"
„Das habt Ihr, Majestät. Aber König Rudolf will nun mal allein regieren."
Eine Weile saß der Kaiser still da und spielte mit einem jungen Grashalm. Dann sagte er: „Willst du mir etwas versprechen, Philemon?"
„Gern, wenn ich kann."
„Wenn ich getötet werde – kannst du dann dafür sorgen, dass mein Leichnam nach Palermo gebracht und in den Porphyrsarg gelegt wird?"
„Ihr werdet vorläufig weiterleben, Majestät, wenn Ihr mit dem Vorschlag einverstanden seid, den ich Euch machen will."
„Du weichst mir aus, Philemon! Irgendwann bin ich doch tot. Bringst du mich dann nach Sizilien?"
„Ich will ehrlich mit Euch sein, Majestät: Das Versprechen kann ich Euch nicht geben. Man kann einen

Leichnam nicht vom Rhein bis nach Sizilien bringen. Das … nun, das geht eben nicht. Außerdem hätte ich dazu gar nicht die Möglichkeiten. Ich brauchte Geld, Helfer, Pferde …“

Der Kaiser nickte leicht vor sich hin, atmete tief, nickte noch einmal und murmelte dann: „Natürlich, du hast recht. Es war töricht von mir, dir ein solches Versprechen abnehmen zu wollen.“

Er spannte den Grashalm zwischen beide Daumenballen und blies daran, so dass ein pfeifender Ton entstand. Philemon wunderte sich, dass der Mann so ein ernstes Thema mit so einer kindlichen Spielerei beendete.

„Welchen Vorschlag wolltest du mir machen, Philemon?“

„Dass Ihr flieht. Es gibt ein Gesetz, das der Stadt nach einer Aufforderung des Königs fünfundvierzig Tage Zeit lässt. Aber die sollten wir nicht abwarten. Wir sollten sehr bald, in den nächsten Tagen, die Stadt verlassen. Und zwar heimlich, am besten bei Nacht.“

„Warum heimlich?“

„Wenn der Erzbischof von Köln mitbekommt, dass Ihr den Schutz der Stadt verlassen habt, wird er Jagd auf Euch machen. Er wird sich rächen wollen für alle Eure Anordnungen, die ihm geschadet haben. Also solltet Ihr besser verborgen bleiben, bis Ihr anderswo in Sicherheit seid.“

„Ja, das sehe ich ein. Aber wohin sollen wir fliehen?“

„In die Freie Reichsstadt Wetzlar. Die hat nämlich zurzeit eine Fehde mit König Rudolf. Es könnte sein, allerdings ist das nicht sicher, dass man Euch dort aufnimmt – nach dem Grundsatz: Der Feind meines Feindes ist mein Freund.“

„Gut“, nickte der Kaiser. „Fliehen wir also!“ Er pflückte einen neuen Grashalm, um darauf zu pfeifen, aber diesmal klappte es nicht.

***

„Es tut mir leid", sagte Henning Henricius, „ich werde nicht mitfliehen."

Sie saßen zu einer abschließenden Beratung zusammen – der Kaiser, Henricius, Philemon, der Bürgermeister und Jörg Morgenstern mit seinen drei Soldaten.

„Warum nicht?", fragte der Kaiser. „Wer soll denn dann meine Hofhaltung organisieren?"

„Es wird keine Hofhaltung mehr geben, wenn Ihr flieht. Ich bin angestellt worden für Eure Zeit hier in Neuss. Sobald Ihr die Stadt verlasst, endet meine Arbeit."

Der Bürgermeister ergänzte: „Wir würden ihn ja auch nicht weiter bezahlen. Ihr habt nun kein Geld mehr von uns zu erwarten. Vielleicht finanziert dann die Stadt Wetzlar Eure Hofhaltung."

Sein schlecht verborgenes Grinsen machte deutlich, dass er vom Gegenteil überzeugt war.

„Aber wie sollen wir bis nach Wetzlar kommen?", empörte sich Philemon. „Wir müssen essen, wir brauchen Herberge für die Nächte …"

„Das ist nun nicht mehr unser Problem", stellte der Bürgermeister fest. „Ihr werdet schon zurechtkommen. Ich nehme an, Ihr, Philemon, werdet ihn nach Wetzlar begleiten? Zwei Personen finden überall eine Scheune für die Nacht …"

„Zwei Personen?", rief Jörg dazwischen. „Glaubt Ihr etwa, ich bleibe hier, wenn mein Kaiser fliehen muss? Habt Ihr noch nie etwas von Vasallentreue gehört? Und meine drei Soldaten hier …"

„Die werden sicher nicht mitreisen, weil sie nämlich keinen Sold mehr bekommen."
„Keinen Sold?", fragte Johann, und seine Stimme hatte einen bedrohlich klingenden Unterton. „Ihr wollt uns von einem Tag auf den anderen entlassen?"
Philemon legte ihm die Hand auf den Arm, um ihn zu beruhigen. Moritz sagte: „Ich gehe mit dem Kaiser. Wenn er bisher meinem Schutz anvertraut war, kann ich ihn doch nicht ausgerechnet jetzt, wo es gefährlich wird, allein lassen."
„Ich bleibe auch bei ihm!", ergänzte Ludwig. „Hier würde ich ohne Arbeit auch hungern. Da kann ich auch in Begleitung des Kaisers und meiner Freunde hungern."
„Ich danke Euch, meine lieben Freunde!", sagte der Kaiser.
„Ich auch", nickte Jörg.
Johann sagte: „Es ist ganz selbstverständlich, dass ich auch dabei bin! Aber es ist auch selbstverständlich, dass Ihr uns Sold zahlt!"
Philemon bemühte sich, seiner Stimme einen festen Klang zu geben und den Bürgermeister streng anzusehen. „Wenigstens erwarten wir, dass Ihr uns so viel gebt, dass wir damit bis nach Wetzlar kommen. Das ist nur recht und billig. Schämt Ihr Euch nicht, den Kaiser für Eure Zwecke zu gebrauchen und, sobald er Euch nichts mehr nützt, ihn fallen zu lassen?"
Der Bürgermeister antwortete sichtlich verlegen: „Nun, es ist ja nicht so, dass ich allein … Ich werde noch einmal mit den anderen Geldgebern reden und sehen, ob ich eine Summe zusammenbekomme. Ich … äh … ich wünsche jedenfalls Euch allen, meine Herren, eine gute Reise."

***

Es war fast stockdunkel. Nur etwas Licht von wenigen Sternen, das den Weg durch die aufgelockerte Wolkendecke fand, zeigte den sechs Männern den Weg durch die Gassen.

Sie gingen möglichst leise, die zwei Alten und die vier Jungen. Als das Stadttor zu erkennen war, flüsterte Philemon: „Los, Ludwig! Deine Aufgabe!“

Während Ludwig vorausging und die anderen warteten, fragte der Kaiser: „Was tut Ludwig?“

„Er will den Wächter überreden, das Tor zu öffnen. Das ist nicht ganz einfach.“

„Das kann ich doch machen mit meiner Autorität als Kaiser!“

„Ludwig kennt den Mann. Der ist ihm noch einen Gefallen schuldig.“

„Einen Gefallen?“

„Vor einer Woche hat der Mann sich verlobt. Ludwig hat die Feier mit Singen und Lautenmusik verschönt. Er hat extra ein Lied über den Bräutigam gedichtet.“

Jetzt war mehr zu hören als zu sehen, dass das Tor geöffnet wurde.

„Los!“ Die fünf eilten voran. Das Tor stand nicht weit offen, aber so, dass sie hindurchkonnten.

Sie hörten, wie Ludwig leise sagte: „Danke, Robert! Und viel Glück mit deiner Theresa!“ Dann schloss er sich ihnen an und das Tor bewegte sich wieder – leise, weil es offenbar gut geölt war. Sie hörten, wie der schwere Balken innen in die eisernen Bügel fiel.

„Und wohin jetzt?“, fragte Jörg.

„Nach rechts!“, flüsterte Johann.

„Bist du sicher, dass du den Weg findest? Den Rhein werden wir wohl finden, aber auch den Fischer Konrad?“

„Ganz sicher. Er freut sich schon, dass er dem Kaiser seinen Dank beweisen kann."
Sie wanderten los. Es ging nicht schnell. Die jungen Männer wollten eilig gehen, aber sie merkten bald, dass der alte Kaiser das Tempo nicht mithalten konnte.
Es dauerte eine knappe Stunde, bis Johann, der vorher den Fischer gesucht und vorbereitet hatte, vor einer kleinen Hütte stehen blieb. Auf sein Klopfen öffnete ohne lange Verzögerung der Fischer Konrad die Tür. Er hatte offenbar nicht im Bett gelegen, obwohl Johann ihm nicht genau den Tag hatte nennen können.
„Es ist mir eine große Freude, Herr Kaiser!", sagte leise der Fischer. Seine Frau stand angekleidet hinter ihm. Nur die sieben Kinder und die Schwiegermutter schienen zu schlafen.
„Ich danke dir, mein lieber Robert!"
„Konrad, Herr Kaiser."
„Ach ja, Konrad. Dass du uns über den Rhein bringen willst."
„Kein Dank, Herr! Ihr habt mir so freundlich geholfen."
Philemon sagte, während sie zum Fluss hinuntergingen: „Es ist dir aber doch klar, Konrad, dass dir die Urkunde, die dir der Kaiser ausgestellt hat, bald nichts mehr nützt? Wenn er fort ist, haben seine Befehle keine Bedeutung mehr."
„Das weiß ich wohl, Herr Kanzler. Aber wenigstens in den letzten Monaten hat mir das Papier geholfen. Einmal kam ein Mann, den der Fährmann geschickt hat, um mich zu kontrollieren. Als ich ihm den Brief zeigte, war er unsicher und zog wieder ab. Vielleicht wäre er sowieso bald wieder …"
„Wie denn?", wurden sie von Jörg unterbrochen, als sie ans Ufer kamen. „So klein ist dein Boot? Da müssen wir wohl zweimal fahren?"

„Nein, nein, keine Sorge! Ich habe einen Freund gebeten, mir sein Boot für diese Nacht zu leihen."
In diesem Moment kam Konrads dreizehnjähriger Sohn angerannt, den seine Mutter offenbar schnell aus dem Bett geholt hatte. Er verbeugte sich etwas außer Atem, lief einige Schritte am Ufer entlang, schob ein Boot, das dort lag, ins Wasser und sprang hinein.
„Ah – der junge Mann, der das Pferd gespielt hatte!", freute sich der Kaiser. Das zweite Boot wurde herangerudert. Jörg, Johann und Ludwig stiegen hinein, der Kaiser mit Philemon und Moritz in das von Konrad. Beide Boote setzten sich in Bewegung. Philemon fragte leise: „Alles in Ordnung, Majestät?"
„Ich habe mich selten so wohlgefühlt!", antwortete der.
Moritz meinte leise: „Das kann ich leider nicht sagen … rrrchchch … Ehrlich gesagt, so schwankend durch die Dunkelheit zu schippern …"
„Ich traue Konrad zu, dass er weiß, wohin er steuert", meinte Philemon. „Aber hoffentlich findet der Junge das Ziel!"
Alle Sorge war umsonst. Ein leichter Ruck zeigte an, dass sie offenbar Kies unter dem Kiel hatten.
„Hier ist leider keine richtige Anlegestelle", sagte der Fischer. „Es tut mir leid, Herr Kaiser, aber Ihr werdet nasse Füße bekommen."
„Das macht doch nichts, mein lieber Robert!"
„Konrad, Herr!"
„Ach ja, Konrad. Jedenfalls danke ich dir sehr!"
„Es ist gern geschehen, Herr! Sehr gern!"
Philemon stieg als Erster aus und reichte dem Kaiser die Hand. Der nahm die Hilfe dankbar an und trat auch ins flache Wasser. Als sie alle drei auf das trockene Ufer gestapft waren, drehten sie sich um.

„Alles Gute für dich und deine Familie!“, sagte Philemon.
„Auch Euch alles Gute! Gott sei mit Euch!“ Konrad stieß das Boot ab, das ohne das Gewicht der drei Männer nicht mehr aufsaß, und ruderte davon.
Und dann standen auch die drei aus dem zweiten Boot neben ihnen.
„Tüchtiger Junge, der Kleine!“, sagte Jörg und deutete zu der Stelle, wo sie angekommen waren. Aber es war in der Dunkelheit kein Boot mehr zu sehen.

***

Philemon kam zurück zu der Gruppe, die am Wegrand lagerte. Sie hatten heute schon eine beachtliche Strecke zurückgelegt. Der Kaiser wirkte sehr erschöpft und lehnte mit geschlossenen Augen mit dem Rücken an einem Baum. Auch Jörg hätte nicht mehr viel weiter gekonnt.
„Ich habe mit dem Herbergswirt ausgemacht, dass der Kaiser und Jörg ein Bett bekommen. Ich hoffe, dass es nicht verlaust ist. Wir andern können in der Scheune schlafen. Abendessen gibt es auch, es ist nicht teuer.“
„Dann ist es vermutlich auch nicht gut“, murmelte Johann.
Jörg stand auf, nahm Philemon am Arm und führte ihn etwas zur Seite. „Es kommt gar nicht infrage, Philemon, dass du im Heu schläfst und ich im Bett! Ich bin ein einfacher Soldat, aber du bist der Enkel eines Landgrafen …“
„Das wissen wir nicht! Jedenfalls nicht sicher.“
„Der Brief, den wir erwarten, wird es beweisen. Ich bin jedenfalls überzeugt davon!“
„Egal – ich schlafe im Heu! Vielleicht habe ich einen

Großvater von Adel, aber auf jeden Fall bin ich jung. Du brauchst ein Bett mehr als ich.“
Jörg schwieg. Philemon hatte den Eindruck, dass es ihm so ganz recht war.
„Auf jetzt!“, sagte Philemon laut. Nicht der Kaiser hatte die Führung der Gruppe, sondern er. Sie hatten nicht darüber gesprochen, aber es ergab sich so.
Sie griffen nach ihrem wenigen Gepäck – wobei das Schwerste die Waffen waren – und gingen zu der Herberge.
In der Gaststube saßen schon einige Leute. Es war dämmrig, da es nur ein kleines Fenster gab, und die Luft war schlecht. Eine dicke Wirtin versorgte ihre Gäste mit dünner Suppe.
Philemon setzte sich an einen Tisch, an dem schon drei Männer saßen.
„Guten Abend!“, grüßte er.
„Guten Abend“, erwiderte der Mann neben ihm mit einem fremden Akzent. Er war mit einem kostbaren Wams bekleidet. Er aß die Suppe, die vor ihm stand, langsam und in gerader Haltung, während die andern beiden fast auf dem Tisch lagen mit den Mündern dicht über dem Teller, so dass sie die Suppe leichter hineinschaufeln konnten.
„Mein Name ist Philemon“, stellte Philemon sich vor. „Unsere Gruppe ist auf dem Weg nach Wetzlar.“
„Je suis un marchand français. Ich bin ein Händler aus Frankreich. Maurice. Hast du gesehen die zwei Wagen im Hof? Sie sind meine. Ich bringe Tuch nach Frankfurt, zu verkaufen auf die Messe.“
„Ah – eine wertvolle Fracht also!“
„Oui, très précieux – sehr wertvoll.“
„Habt Ihr keine Angst vor Räubern?“
„Räuber? Ah – des brigants? Ja, ich habe immer zwei

Bewaffnete ge... gemietet. Die begleiten mich, begleiteten mich. Aber viele Male ist kein Räuber. Darum ich habe heute nur meine zwei Helfer.“ Er zeigt auf die Männer am Tisch. „Es ist teuer, einen Schutz mieten.“
Die Wirtin stellte Philemon einen Teller mit Suppe hin, leckte den Daumen ab, der hineingeragt hatte, und lief, um auch die anderen neuen Gäste am Nebentisch zu bedienen.
Philemon löffelte und stellte fest, dass die Suppe besser schmeckte, als er befürchtet hatte. Nach einigem Rühren fand er sogar ein winziges Stück Hühnerfleisch.
„Wir haben morgen den gleichen Weg“, sagte er zu dem Franzosen. „Wir könnten zusammen reisen. Unsere gut bewaffnete Gruppe wird jede Räuberbande abschrecken.“
Der Händler schwieg eine Weile und widmete sich seiner Mahlzeit.
Philemon lachte plötzlich laut auf. „Ah – ich verstehe! Ihr könntet zwar einen Schutz gut gebrauchen – aber wer sagt Euch, dass wir nicht selbst Räuber sind!“
Der Mann sah von seinem Teller auf und lächelte verlegen.
„Ich versichere Euch, dass wir keine böse Absicht haben. Aber das würde ein wirklicher Räuber vermutlich auch sagen. Nun gut, entscheidet selbst, ob Ihr das Angebot annehmen wollt!“
„Wir haben schon eine lange Reise hinter uns“, sagte der Händler. „Morgen wir wollen etwas ruhen.“
Das glaubte Philemon nicht so recht, aber er nickte dazu.
Bald hatten die drei Franzosen aufgegessen und erhoben sich. Sie redeten französisch miteinander, aber Philemon vermutete, dass Monsieur Maurice Wachen einteilte, obwohl die Wagen im Innenhof standen. Denn

einer der Fuhrleute ging nach draußen und der andere begleitete den Kaufmann die Treppe hinauf.

***

Die Sonne schien, es war heiß. Die zwei alten und vier jungen Männer schwitzten auf ihrer Wanderung. Da große Hitze zu erwarten war, waren sie extra früh aufgebrochen, um die Kühle des Morgens zu nutzen. Aber nun war es früher Nachmittag, und sie hatten schon zweimal eine Pause im Schatten eines Baumes einlegen müssen.

Moritz ging neben Philemon. „Hast du noch Geld?"

„Etwas. Aber wir müssen sparen, wenn wir bis Wetzlar jeden Tag etwas essen wollen."

„Es reicht wohl nicht, um ein Pferd zu kaufen?"

„Nein, auf keinen Fall. Du denkst an den Kaiser?"

„Er kann kaum noch. Schließlich ist er ein sehr alter Mann. Jörg auch, aber der scheint noch etwas mehr Kraft zu haben."

„Du hast recht. Es wäre auch gut, wenn der Kaiser wenigstens in Wetzlar einreiten könnte, statt sich müde zu Fuß hineinzuschleppen. Aber woher sollen wir ein Pferd nehmen?"

Ludwig hatte das Gespräch mit angehört und sagte: „Die Lösung des Problems naht schon! Seht euch mal um!"

Sie blickten zurück. Da kamen zwei hoch beladene Wagen, je von zwei Pferden gezogen, hinter ihnen her.

„Das ist der Franzose, der letzte Nacht mit uns in der Herberge war!" stellte Philemon fest.

„Vielleicht kann er den Kaiser ein Stück mitnehmen."

„Ich frage ihn. Er heißt Maurice."

Jetzt standen alle sechs still und blickten den zwei Wa-

gen entgegen. Der Kaiser ließ sich erschöpft am Wegrand nieder.
„Merkwürdig!", sagte Jörg. „Warum haben die es so eilig? Die Pferde sind schon erschöpft, aber die Kutscher treiben sie erbarmungslos an!"
Das Trappeln der Hufe und das Rasseln der Räder waren nun laut zu hören, und Einzelheiten waren zu erkennen.
Ludwig hielt die Hand über die Augen. „Nein!"
„Was ‚Nein'?"
„Das sind nicht die Leute von gestern Abend!"
„Doch!", behauptete Johann. „Ich habe mir die Wagen genau angesehen."
„Die Wagen sind es, aber nicht die Männer!"
Philemon hatte einen Verdacht. „Vielleicht sind es Räuber! Da waren gestern noch andere in der Gaststube – die könnten ausspioniert haben, wo jemand mit einer wertvollen Ladung kommt. Sie haben die Franzosen überfallen, und jetzt beeilen sie sich, um mit der Beute davonzukommen."
„Haltet sie an!", rief Jörg. „Ludwig, spann die Armbrust! Ihr andern zieht die Schwerter und stellt euch auf die Straße!"
Sie taten wie befohlen. Philemon sah den abgebrochenen Ast eines alten Apfelbaums am Rand liegen. „Johann, hilf mir!" Gemeinsam zogen sie ihn auf die Straße.
Die Männer auf den Böcken – auf dem ersten Wagen zwei, auf dem andern einer – zügelten die Pferde. Etwa zwanzig Schritte vor dem Hindernis blieben die Wagen stehen.
„Was soll das?", rief einer, der ein altes, rostiges Kettenhemd anhatte. „Macht den Weg frei!"
„Wer seid ihr?", rief Philemon zurück. „Ihr seid nicht die Eigentümer dieser Wagen! Ihr habt sie geraubt!"

Der mit dem Kettenhemd sprang ab und die beiden anderen danach auch. Einer trug einen Bogen, der andere eine Axt und der, der wohl der Anführer war, ein Schwert.
Als sie sich den vier jungen Männern gegenübersahen, von denen drei bewaffnet waren, dazu einem Greis mit einem Schwert, schienen sie zu überschlagen, ob sie eine Chance hätten, Sieger zu bleiben. Zwei kamen offenbar zu einem negativen Ergebnis. Sie schritten langsam rückwärts.
„Hier geblieben!“, befahl der mit dem Kettenhemd. Aber seine Mahnung hatte wenig Erfolg. Als Jörg wortlos, nur mit Handzeichen, Ludwig nach rechts schickte und Moritz nach links, um die Gegner einzukesseln, drehten sich die zwei Räuber um und rannten davon. Ludwig und Moritz stürmten ihnen nach.
Der Anführer aber blieb stehen und blickte finster auf Johann, der mit dem Schwert in der Hand auf ihn zukam.
„Halt!“, rief Jörg. „Lass mich das machen! Damit du mal siehst, wie man einen Schwertkampf führt.“
„Aber Hauptmann …!“
Jörg stieß Johannes zur Seite und sprang auf den Räuber zu. Sie kreuzten die Klingen so heftig, dass es laut klirrte. Der Fremde, ein kräftiger Mann in mittleren Jahren, grinste, als er merkte, wie der Alte zu keuchen begann. Dann aber erschrak er, als der seine Deckung durchbrach und ihn an der Schulter traf. Aber das Kettenhemd verhinderte eine Verletzung.
Jörg wurde langsamer in seinen Bewegungen. Jetzt musste er das Schwert mit beiden Händen fassen. Der andere merkte es und drang heftig auf ihn ein. Ein Schlag, den Jörg nicht abwehren konnte, traf ihn an der Schulter, rutschte dort ab und riss ihm den Arm

auf. Sofort spritzte Blut heraus. Jörg ließ die Waffe fallen.
Gerade als der Räuber zu einem tödlichen Schlag ausholen wollte, sprang Johann ihn an und riss ihn zu Boden. Der Mann verlor seine Waffe. Philemon nahm sie, warf sie weit weg und half Johann, den Räuber niederzuringen und mit seinem eignen Gürtel zu fesseln.
Erst als der Mann wehrlos am Boden lag, kümmerte sich Philemon um Jörg. Der hockte auf der Erde und der Kaiser beugte sich über ihn.
Das Blut floss aus seinem Arm wie Wasser aus einem Brunnen. Philemon und Johannes banden den Arm oberhalb der Wunde ab, aber das gelang schlecht, weil der Schnitt fast bis an die Schulter ging.
„Jörg!“, rief der Kaiser eindringlich. „Jörg! Mein lieber, treuer Jörg!“
Der alte Krieger wurde ganz bleich im Gesicht. „Verzeiht, Majestät! Ich habe Euch enttäuscht. Ich weiß auch nicht … Philemon, mein Freund, weißt du, warum …“
„Leg dich lang hin, ins Gras! Wir … wir holen einen Medikus. Oder besser, wir bringen dich mit einem der Wagen in den nächsten Ort. Das geht schneller.“
„Ich verstehe das nicht. Was ist da passiert? Ich habe mit Normannen und Mamelucken gekämpft und immer gesiegt. Und da kommt so ein dreckiger Straßenräuber … Wie kommt das?“
„Das ist das Alter, mein Freund“, antwortete der Kaiser. „Das Alter. Du bist nicht mehr der, der gegen Schwerter und Krummsäbel gesiegt hat. Das Alter macht aus uns andere Menschen.“
Johann zog die Plane auf dem vordersten Wagen zur Seite. Der französische Händler hätte sicher aufgeschrien, wenn er gesehen hätte, wie Johann von einer

der wertvollen Tuchballen ein Stück mit dem Schwert abschnitt. Er brachte das Tuch und sie legten Jörg gemeinsam darauf. Dann hoben sie ihn vorsichtig auf den Wagen.
Moritz und Ludwig kamen zurück. Sie führten einen der Räuber mit sich, die Arme hinter dem Rücken gefesselt.
„Einen haben wir. Der andere ist uns entwischt", riefen sie schon von Weitem. Sie machten ein triumphierendes Gesicht. Aber als sie herankamen und sahen, was geschehen war, verstummten sie erschüttert.
„Hört her, was wir machen!", sagte Philemon, und alle, einschließlich dem Kaiser, waren froh, dass jemand entschied, was nun getan werden sollte.
„Ihr alle vier – Verzeihung, auch Ihr, Majestät –, ihr fahrt mit diesem Wagen mit dem verletzten Jörg und den zwei Gefangenen in den nächsten Ort. Dort sucht ihr nach einem Medikus für Hauptmann Jörg. Bringt ihn in einer ordentlichen Herberge unter und übergebt die Räuber jemandem, der dafür zuständig ist. Ich spanne die beiden Pferde des zweiten Wagens aus und reite zurück. Vielleicht finde ich den Händler, ich hoffe, dass sie ihn und die Fuhrleute nicht ermordet haben. Wir kommen zu viert auf zwei Pferden hierher zurück, spannen sie wieder vor den Wagen und suchen euch im nächsten größeren Ort. Wir werden sicher den Wagen an der Straße stehen sehen und dann wissen, wo ihr seid."
„Das ist ein guter Plan!", sagte der Kaiser. „Macht schnell, damit mein treuer Jörg nicht verblutet!"
Die Gefangenen wurden mit Schlägen und Tritten angetrieben. Sie stiegen mit Mühe auf den Wagen, alle anderen auch, Moritz nahm die Zügel und trieb die ohnehin schon erschöpften Pferde zu größter Eile an.

Als sie um die nächste Wegbiegung verschwunden waren, spannte Philemon die beiden anderen Pferde aus, schwang sich auf eins, führte das andere am Zaumzeug mit und ritt den Weg zurück, den sie gekommen waren.
Nachdem er eine Weile schnell geritten war, ließ er die Tiere in Trab fallen, sah sich gründlich nach beiden Seiten um und rief: „Monsieur Maurice! Monsieur Maurice!“
„Hier, Monsieur!“, antwortete jemand aus dem Gebüsch. Philemon stieg ab, folgte der Stimme und fand die drei Franzosen an Bäume gefesselt. Er befreite sie unter den lauten Klagerufen des Händlers.
„Alle meine … mein ganze … Zwei Wagen voll Tuch und andere Sachen! Alles haben genommen!“
„Seid still, Monsieur! Es ist alles da! Wir haben die Räuber gesehen und ihnen alles abgenommen.“
„Oh – Dank! Merci! Dank!“ Der Mann umarmte Philemon und küsste ihn rechts und links auf die Wangen.
„Dies sind Eure Pferde. Wir müssen zu zweit auf einem Pferd sitzen.“ Und er berichtete, während sie auf die sattellosen Pferderücken stiegen, was sich ereignet hatte.

***

Im nächsten Städtchen waren die Kameraden nicht schwer zu finden. Vor einer Herberge stand der erste Wagen. Die Fuhrleute stellten den zweiten Wagen, mit dem sie gekommen waren, dahinter ab und versorgten die Pferde, während Philemon und der Händler ins Haus gingen.
Ludwig kam auf Philemon zu. „Der Medikus ist eben gegangen. Es sagt, es stehe nicht gut um Hauptmann

Jörg. Er will heute Abend noch einmal vorbeikommen."
„Wo liegt Jörg?"
„Dort hinten. Eigentlich sind die Zimmer für Gäste oben, aber der Wirt hat es möglich gemacht, dass er nicht die Treppe hinaufgetragen werden musste. Der Kaiser ist bei ihm."
„Gut. Ich weiß nur nicht, wie ich den Wirt und den Medikus bezahlen soll."
Das hörte der französische Händler. „Oh – mach keine Sorgen! Ich bezahle alles! Ihr habt meine Sachen gerettet. Und euer Freund malade wegen des… deswegen."
„Danke Monsieur! Das hilft uns sehr."
„Aber was heißt: der Kaiser?"
„Das kann Euch Ludwig erklären." Philemon ging zu der Tür, hinter der die Krankenstube sein sollte.
Leise öffnete er, ging hinein und schloss die Tür hinter sich.
Der Kaiser saß auf dem Rand des Bettes und sprach leise mit Jörg. Der hörte mit geschlossenen Augen zu. Seine Gesichtszüge änderten sich immer wieder. Mal lächelte er leicht, wenn der Kaiser etwas aus Italien erzählte, dann wirkte er verbissen, wenn Schmerz ihn überkam, dann beruhigte er sich wieder bei der leisen Stimme seines Herrn.
Philemon sah und hörte eine Weile schweigend zu.
Er musste sich selbst eingestehen, dass in der letzten Zeit sein Zweifel noch einmal gestiegen war, dass der Kaiser wirklich war, was er zu sein vorgab. Aber, sagte er sich, das mag daran liegen, dass der alte Mann in seiner Erschöpfung bei den langen Fußwegen viel von seiner Energie verloren hatte, so dass er nicht mehr so souverän und sicher wirkte. Auch dass er viele Entscheidungen, die er früher selbst getroffen hätte, Philemon überlassen hatte, mochte dazu beigetragen haben.

Aber darüber wollte er jetzt nicht weiter nachdenken. Es bewegte ihn zu sehen, mit welcher Fürsorge der Kaiser sich seinem Soldaten widmete. Eigentlich mehr, als es ein echter Kaiser tun würde.

„Hast du eigentlich mal mein Jagdschoss gesehen, Jörg Morgenstern? Das Castel del Monte?"

„Nein, Herr. Ich habe nur davon gehört", antwortete Jörg leise. „Erzählt mir davon!"

„Es ist eigentlich nur ein Jagdschloss, zum Aufenthalt bei Jagden in Apulien. Aber es ist trotzdem so gebaut, dass man sich darin gut verteidigen kann. Du weißt ja, ich musste oft mit Angriffen verschiedener Feinde rechnen."

„Ja, so war es leider. Und ich bin stolz, dass ich mithelfen konnte, Gefahren für Euch abzuwehren." Es machte Jörg sichtlich Mühe zu reden. Aber schweigen wollte er nicht, damit das Gespräch nicht erstarb.

„Dafür danke ich dir heute, mein Lieber. Spät, aber nicht minder herzlich."

„Erzählt von Euren Jagden und dem Schloss, bitte!"

„Ich habe es selbst entworfen. Alle fanden den Entwurf zunächst seltsam, weil das Schoss achteckig werden sollte."

„Vieles, was Ihr gemacht habt, Majestät, wurde von den Leuten zunächst für seltsam gehalten. Ihr hattet eben immer ungewöhnliche Ideen."

„Weißt du, wie ich auf die Form kam, Jörg? Je mehr Ecken eine Außenmauer hat, desto günstiger ist das Verhältnis von Innenfläche zur Mauerlänge. Je mehr sich die Form dem Kreis nähert, desto weniger Mauer braucht man, um einen bestimmten Innenraum zu umschließen. Und entsprechend auch weniger Verteidiger. Wusstest du das, Jörg?"

„Ich habe noch nie darüber nachgedacht, Herr."

„Ich aber. Ich habe mich immer gescheut, etwas auf eine bestimmte Art zu machen, nur weil es schon immer so war."
„Ich weiß, Herr. Ihr habt auch viele Versuche gemacht. Man erzählt, Ihr hättet mit einem Experiment herausbekommen wollen, ob der Mensch eine Seele hat …"
„Ja, aber darüber möchte ich nicht gern reden, mein lieber Jörg. Es war nicht gut und ich schäme mich dafür."
„Ihr müsst nicht über den Versuch reden, Herr. Aber sagt mir, ob Ihr jetzt überzeugt seid, dass jeder Mensch eine Seele hat. Verzeiht … ich frage Euch, weil es heißt, Ihr hättet ein gestörtes Verhältnis zur Kirche …"
„Aber nicht zu dem, was der Kern ihrer Lehre ist!"
„Der Mensch hat eine Seele?"
„Davon bin ich überzeugt. Aber das hat nichts mit dem Experiment zu tun."
„Und dass die Seele weiterlebt, wenn der Körper stirbt? Glaubt Ihr das auch, Herr?"
Der Kaiser drückte dem Kranken fest die Hand. „Das ist bestimmt so, Jörg. Und für einen Treuen wie dich gilt es sicher besonders. Du weißt, dass ich oft im Streit lag mit dem Papst, und dass er mehrmals den Bann über mich verhängt hat. Trotzdem – vielleicht sogar gerade deswegen – lebe ich in der Hoffnung auf die Auferstehung nach unserem leiblichen Tod. Und du, mein Freud, solltest diese Hoffnung auch haben, diese freudige Erwartung."
„Ich danke Euch für … für alles, Herr."
„Mach mal die Augen auf, Jörg! Da ist jemand gekommen. Ich überlasse ihm meinen Platz an deinem Lager."
„Philemon!"
Der Kaiser stand auf und ging. Philemon setzte sich auf die Bettkante.
„Es tut mir so leid, was passiert ist, Jörg!"

„Ich fürchte", antwortete der leise, „ich bin selbst schuld. Ich hätte ..." Er musste tief atmen, wartete eine Weile und fuhr fort: „Ich hätte es Johann überlassen und nur zum Eingreifen bereitstehen sollen. Aber es ist der Ehrgeiz ... ich habe es nicht wahrhaben wollen, dass ich zu alt bin."
„Mach dir keine Vorwürfe, Jörg! Wer sein Leben als Krieger geführt hat, muss froh sein, wenn er so alt geworden ist wie du."
„Philemon ..."
„Ja?"
„Du musst mir etwas versprechen."
„Was?"
„Ich kann den Kaiser nicht mehr beschützen. Selbst wenn ich wieder gesund würde, könnte ich es nicht. Das weiß ich jetzt. Aber ich werde nicht mehr gesund ..."
„Sag das nicht, Jörg! Wenn ..."
„Versprich mir, dass du unseren Kaiser beschützt!"
Philemon zögerte. „Ich will ehrlich sein, Jörg: Das kann ich nicht versprechen. Es sind so viele Menschen, mächtige Menschen, an seinem Schicksal beteiligt, dass ich keinen Einfluss darauf habe. Oder kaum Einfluss. Was ich dir aber versprechen kann, ist, dass ich alles mir Mögliche tun werde zu seinem Schutz."
„Ja, das ist gut." Jörg verzog wieder das Gesicht vor Schmerz. „Dann versprich mir noch etwas anderes!"
Philemon fragte nicht nach, um ihn nicht zu drängen.
„Wenn du den Brief bekommst von dem Freund, der damals Landgraf Ludwigs Knappe war ... Du weißt, ich habe ihn gebeten, die Antwort an das Prämonstratenserinnenstift Altenberg zu senden. Er wird dir wahrscheinlich bestätigen, dass du ein Enkel des Landgrafen bist ..."
„Das wissen wir nicht."
„Aber ich vermute es. Ich bin sogar ziemlich sicher.

Dann mach etwas daraus, Philemon! Kämpfe darum, dass du anerkannt wirst als Mitglied der landgräflichen Familie!"

Philemon schüttelte den Kopf, obwohl Jörg das nicht sehen konnte. „Ich fürchte, das wird nicht gelingen. Adelsfamilien nehmen nicht gern Bastarde auf, wenn nicht das Oberhaupt selbst sich dazu bekennt."

„Bitte, Philemon!"

„Ich kann dir versprechen, dass ich mich bemühe, etwas Gutes aus meinem Leben zu machen. Ganz gleich, was in dem Brief stehen wird."

„Gut, Philemon. Und nun reich mir bitte noch das Wasserglas, und dann lass mich schlafen. Ich bin sehr müde."

***

Es nieselte leicht aus tief hängenden Wolken. Die Hitze der vergangenen Tage war vorbei.

Philemon stellte fest: Das Wetter passte zur Trauerstimmung.

Neben ihm standen Johann und Moritz. Ludwig hatte unter einem nahen Baum Schutz gesucht, damit seine Laute nicht nass wurde. Auf der anderen Seite des Grabes standen der Kaiser und der französische Händler. Dessen zwei Fuhrleute waren nicht da, sie hätten sowieso nichts verstanden.

Neben dem Grab stand der Priester. Sie hatten ihn über Jörg informiert, aber vom Kaiser nichts erwähnt, auf dessen eigenen Wunsch hin. Das hätte zu viele Fragen ausgelöst, und es hätte den armen toten Jörg aus der Mitte der Aufmerksamkeit gerückt. Das wollte niemand.

Der Priester war ein kleines Männchen, das Philemon

höchstens bis an die Schultern reichte. Allerdings hatte er eine kräftige Stimme, so dass jeder, der ihn erst sah und dann hörte, erschrak und zunächst meinte, da spreche ein anderer.

„Liebe Trauernde“, sagte er, „wir sind hier, um den sterblichen Leib von Jörg mit dem Beinamen Morgenstern zu bestatten. Wir werden das auch gleich tun nach dem Ritus, den die heilige Mutter Kirche vorschreibt. Aber erlaubt mir, dass ich vorher noch etwas sage, das mir durch den Kopf ging, als Ihr mir von eurem verstorbenen Freund berichtet habt.

Ich habe noch nie so eine Waffe gesehen, die man Morgenstern nennt. Aber ich habe sie mir beschreiben lassen. Eine schwere Eisenkugel mit gefährlichen Stacheln an einem Stab und einem Stück Kette. Man hat wohl den Morgenstern am Himmel mit seinen Strahlen, den man manchmal kurz vor Sonnenaufgang sehen kann, als Vorbild genommen, um diese Waffe so zu nennen.

Da denke ich an eine Bibelstelle, in der der Morgenstern auch als Vorbild genommen wird. Christus selbst sagt, dass er der helle Morgenstern sei. Aber er bringt nicht Tod und Verderben wie die eiserne Kugel mit den Spitzen, sondern im Gegenteil Segen und Leben. Seine Strahlen bedeuten nicht Feindschaft und Gefahr, sondern Liebe.

Jörg wurde getötet, zwar nicht mit einem Morgenstern, sondern mit einem Schwert. Wer das Schwert nimmt, wird durch das Schwert umkommen, sagte unser Herr Christus. Der Wert von Jörgs Leben bestand sicher auch in seiner Treue und Freundschaft, aber zu einem großen Teil auch in seinem Geschick mit todbringenden Waffen. So habt Ihr es mir berichtet. Davon ist nun nichts mehr da. Was aber immer noch da

ist, ist die Gnade unsres Morgensterns Jesus Christus. Wie der Morgenstern am Himmel den baldigen Aufgang der Sonne ankündigt, so kündigt Christus, wenn wir an ihn glauben, nach der Nacht des Todes ein neues Leben in Gottes Licht an.
So wollen wir nun mit Petrus sagen: Lasst uns festhalten an Gottes Wort und auf sein Licht achten, das in dieser dunklen Welt scheint, bis der Tag anbricht und der Morgenstern aufgeht in unseren Herzen."
Der Priester sprach nun lateinische Worte, die keiner der Anwesenden außer dem Kaiser verstand. Während Ludwig unter dem Baum eine getragene Melodie spielte, senkten Johann, Moritz und Philemon den Leichnam ihres Hauptmanns und Freundes Jörg in das Grab.
Später saß Philemon vor dem Gasthaus auf einer Bank unter einer alten Linde, um die wohl bei Dorffesten die jungen Leute Reigen tanzten. Der Regen hatte aufgehört, es tropfte nur ab und zu etwas von den Blättern des großen Baumes. Monsieur Maurice setzte sich neben ihn. Eine Weile schwiegen beide, dann sagte Philemon: „Ich danke Euch, Monsieur, dass Ihr noch die zwei Tage gewartet habt mit der Weiterreise."
„Eins", sagte der und streckte den Daumen hoch, „wir haben müssen dem Richter erklären, war geschehen ist. Und zwei", er hob den Zeigefinger, „es war ganz wichtig zu ehren Jörg, der mir gehelft – geholfen hat. Warten bis zu Begrabung heute. Und drei", er streckte den Mittelfinger, es sah aus wie bei einem kleinen Kind, das mit der einen Hand versucht, die Finger der anderen Hand zu sortieren, „drei: Wir wollen mitnehmen den Kaiser auf meinem Wagen. Er kann nicht so gut laufen."
Philemon nickte. „Ich danke Euch für das alles, Monsieur! Und auch dafür, dass Ihr unseren Aufenthalt hier

in der Herberge bezahlt. Das war auch für uns sehr gut. Wir konnten uns ausruhen, besonders der Kaiser, uns satt essen, unsere Wäsche waschen lassen, und in Ruhe von Jörg Abschied nehmen."
Die beiden Helfer des Kaufmanns führten die Pferde aus dem Stall vor das Haus und begannen, sie vor die Wagen zu spannen.
„Gleich nach dem Essen wir fahren", erinnerte der Franzose. Sie hatten das schon so ausgemacht. „Ich gehe zu dem Wirt – bezahlen." Er holte einige goldene und silberne Münzen aus der Jackentasche und zeigte sie lächelnd Philemon. „Das Geldbeutel hat der Räuber weggeworfen und den Geld nur in seine Tasche gesteckt. Aber da habt ihr es gefunden, voll... vollständig." Er ging ins Haus.
Nach einer Weile setzte sich der Kaiser zu Philemon auf die Bank. „Danke, mein lieber Philemon, dass du das alles vorbereitet hast. Ich war zu ... verstört, um ... na, du weißt schon."
„Das ist gern geschehen, Majestät. Ich stelle fest, dass Ihr einen deutlich gesünderen und kräftigeren Eindruck macht als vor zwei Tagen."
Der alte Mann nickte. „Die Ruhe hat mir gutgetan, meinem alten Körper. Meiner Seele hat gutgetan, was der Priester gesagt hat."
Philemon meinte: „Er wusste ja nicht viel über Jörg und konnte darum nicht mehr über ihn sagen."
„Es ist ja auch bei einer Beerdigung besser, man spricht über die ewigen Dinge als über das vergangene Leben des Verstorbenen."
Philemon antwortete nicht. Er musste erst überlegen, ob er dem zustimmen wollte. Vielleicht denkt man im Alter eher als in der Jugend an das, was über dieses Leben hinausgeht.
„Ich will dir etwas erzählen, Philemon", sagte der Kai-

ser. Er wurde dabei leiser, als wollte er verhindern, dass jemand anders zuhört, obwohl niemand in der Nähe war.
„In der Nacht, als Jörg starb, hatte ich einen merkwürdigen Traum. Sehr klar und mit vielen Einzelheiten, an die ich mich nach dem Aufwachen noch erinnern konnte. Ich war in Italien und wurde von Feinden angegriffen. Ich schrie – ich glaube, im wirklichen Leben habe ich bei Gefahr nie geschrien. Jörg kam mir zu Hilfe, vertrieb die Feinde und wurde dabei getötet."
„Es ist nicht erstaunlich, dass Ihr das träumtet, Majestät, denn so ähnlich ist es ja auch geschehen."
„Warte, das Erstaunliche kommt noch. Auf einmal – wie das in Träumen manchmal so ist – war Jörg wieder lebendig. Plötzlich saß er auf dem Thron und war der Kaiser. Ich war sein Diener. Anscheinend so eine Art Mundschenk, denn ich trank aus dem Becher mit dem Wein für den Kaiser. Es war Gift darin. Ich merkte es sofort, dass sich mein Magen verkrampfte. Ich hatte Angst zu sterben. Der Kaiser legte mir die Hand auf den Kopf und sagte: Du stirbst für mich, dafür danke ich dir. Du nimmst meine Stelle ein, Dietrich. Das sagte er: Du nimmst meine Stelle ein, Dietrich! Und dann starb ich offenbar. Im Traum. Aber ich wachte erschrocken auf. Nachher stellte ich fest, dass in Wirklichkeit Jörg gestorben war."
„Dietrich? Er nannte Euch Dietrich?"
„Ja. Ich weiß nicht, warum." Der Kaiser sah eine Weile vor sich auf den Boden in einige kleine Pfützen, die noch vom Regen übrig waren. Dann stand er auf und ging ohne ein weiteres Wort. Es wirkte auf Philemon, als wollte er nicht weiter über den Traum reden.

Das ist die Burg Greifenstein!“, rief Philemon zu dem Händler hinauf, der auf dem Kutschbock saß. Die jungen Leute waren neben den Wagen hergelaufen, um es den Pferden nicht noch schwerer zu machen, als sie es ohnehin schon hatten.

„Hier wollt ihr uns verlassen?“

„Ja, Monsieur. Ich kenne mich hier aus. Es ist weniger als ein Tagesmarsch nach Wetzlar. Ich will zunächst allein hingehen und sicherstellen, ob der Kaiser willkommen ist.“

Der Franzose gab entsprechende Anweisungen, die Pferde wurden angehalten, der Kaiser und der Händler stiegen ab. Alle verabschiedeten sich und bedankten sich gegenseitig. Dann stieg der Händler wieder auf, die Wagen setzten sich in Bewegung, und sogar die etwas verschlossenen Fuhrleute winkten den Zurückbleibenden zum Abschied.

Der Kaiser und seine vier jungen Begleiter verließen die „Hohe Straße“ und gingen zu der Burg hinüber, die hoch über dem Tal des Flüsschens Dill erbaut war. Philemon beobachtete, dass der Kaiser, nachdem er ausgeruht war, wieder deutlicher die Führung der Gruppe übernahm, weil er das für seine Pflicht hielt. Das musste man ja wohl auch von einem Kaiser erwarten.

Sie pochten an das verschlossene Burgtor. Zunächst rührte sich nichts. Erst nach mehrmaligem Klopfen und Lärmen erschien ein bärtiges Gesicht an einem kleinen Fensterchen.

„Was wünscht Ihr?“

„Öffnet das Tor! Wir erbitten ein Quartier für die kommende Nacht und vielleicht noch für eine weitere“, antwortete der Kaiser.

„Nehmt es uns nicht übel, Fremder“, knurrte es aus

dem Guckloch. „Aber wenn wir jedem Quartier gewähren wollten, der auf der Hohen Straße vorbeikommt, müssten wir ein großes Gasthaus anbauen. Wir sind nicht für so viele Gäste eingerichtet."
„Wenn Ihr wüsstet, wer Einlass begehrt, würdet Ihr schnell öffnen. Vor Euch steht Kaiser Friedrich II.! Also lasst uns nicht warten!"
Der Bärtige lachte laut. „Ach so, ein Kaiser seid Ihr! Nun, dann kann ich Euch freilich erst recht nicht reinlassen, denn für eine so hochgestellte Person ist unser Quartier viel zu bescheiden. Wir müssten uns schämen für das Strohlager, das wir Euch anbieten müssten. Keine Daunenfedern, keine Seidenvorhänge, kein edles Waschgeschirr, vom Nachttopf ganz zu schweigen. Noch nicht mal einen anständigen Wein hätten wir. Also macht Euch schnell auf, ehe es ganz dunkel wird, und sucht ein besseres Nachtlager in Wetzlar. Das ist die nächste Stadt. Oder, wenn Euch das noch zu weit ist, geht ins Tal der Dill hinunter. Ich kann Euch eine Fackel geben für den Fall, dass Ihr vor Einbruch der Dunkelheit nichts Geeignetes findet. Da seht Ihr, dass wir Euch in aller Untertänigkeit zu helfen bereit sind."
„Seid Ihr der Herr der Burg?"
„Nein, der Herr von Greifenstein sitzt in seinem Gemach und darf nicht gestört werden, weil er mit dem Mönch Hieronimus Schach spielt."
„Stört ihn trotzdem und fragt ihn, ob er bei seinem Spiel gern einen Bauern opfern würde, um den König zu retten. Wenn er darauf Ja sagt, richtet ihm aus, dann sei es doch selbstverständlich, dass er ein kleines Opfer bringt, um seinen Kaiser zu bewirten."
Der Mann knurrte etwas Unverständliches und schloss das kleine Fenster.
„Hoffen wir, dass er seinen Herrn jetzt fragt", sagte

Philemon. „Wenn nicht, müssen wir tatsächlich etwas anderes suchen."
Die fünf warteten. Sie gingen auf und ab, ließen sich ins Gras nieder und standen wieder auf. Gerade als Philemon erneut klopfen wollte, öffnete sich das Fensterchen wieder.
„Na endlich!", murmelte Johann, und Moritz hustete: „Ich dachte schon – rrrchchch –, wir müssten im Straßengraben schlafen."
„Der Herr von Greifenstein gibt sich die Ehre" – es war nicht zu überhören, dass die unterwürfige Ausdrucksweise Spott war – „Eurer Majestät ein bescheidenes Nachtquartier anzubieten. Auch Eure Begleiter dürfen kommen, vorausgesetzt, sie reichen mir vorher ihre Waffen herein."
Der Kaiser winkte seinen Soldaten, und die schoben Schwerter, Dolche und Streitaxt durch die kleine Öffnung. Nur die Armbrust passte nicht hindurch. So begnügte der Mann sich damit, den Köcher mit den Pfeilen entgegenzunehmen.
Dann wurde das große Tor geöffnet. Außer dem Bärtigen standen da zwei Männer mit Hellebarden.
„Der Herr von Greifenstein bittet Euch in sein Gemach. Wenn Ihr mir bitte folgen wollt …
Eure Begleiter können dort hinter dem Haus unsrer Burgmannen im Heu nächtigen."
„Ich danke Euch", sagte der Kaiser. „Aber ich habe die Bitte, dass dieser junge Mann, der mein Kanzler ist, mich begleiten darf."
Der Mann zog die Augenbrauen hoch, knurrte dann aber: „Wartet hier! Ich werde den Herrn fragen."
Die Ankömmlinge standen herum und warteten. Ludwig nahm vor Langeweile seine Laute und sang zu Versen, die ihm spontan einfielen:

„Der gute Herr von Greifenstein
lädt uns in seine Scheune ein.
Hier schöpfen wir nun neue Kraft
nach unsrer langen Wanderschaft
und lassen uns für unsre Klingen
nun Bier und Brot und Käse bringen.
Ein Lob dem Herrn, der seine Gäste
so gut bewirtet auf der Feste!“

Die zwei Hellebardenträger lachten und schienen an den Ankömmlingen Gefallen zu finden, die eine Abwechslung im tristen Burgalltag zu werden versprachen. Einer von ihnen führte die drei Soldaten zu ihrer Schlafstätte. Dem Kaiser und seinem Kanzler wurde die Einladung des Hausherrn übermittelt.
Sie folgten dem Bärtigen über verschiedene Treppen und Gänge bis zu einer Tür, an die er klopfte. Auf ein „Ja“ trat er ein. „Hier sind Eure Gäste, Herr.“
Der Burgherr, ein Mann in mittleren Jahren, saß in einem Sessel mit Armlehnen. Ihm gegenüber hockte ein Mönch in dunkler Kutte auf einem bescheideneren Sitzmöbel. Zwischen ihnen auf einem schön geschnitzten Tischchen war ein Schachspiel aufgebaut. Beide Herren erhoben sich, was ein Mindestmaß an Höflichkeit bedeutete, knieten aber nicht vor dem Kaiser, was sie sicher getan hätten, wenn sie überzeugt gewesen wären, den echten Kaiser vor sich zu haben.
„Ich heiße Euch willkommen auf der Burg Greifenstein“, sagte der Burgherr mit einem leichten Kopfnicken. „Mein Name ist Kraft von Greifenstein und dies ist Vater Hieronimus.“
„Ich danke Euch, Kraft von Greifenstein. Ich bin Friedrich II. von Hohenstaufen, durch Gottes Gna-

de Kaiser des Heiligen Römischen Reiches Deutscher Nation. Dies ist Philemon, mein Kanzler."
„Aha. Soso. Bitte, nehmt Platz!"
Der Bärtige zog eine Bank von der Wand mehr in die Mitte des Raumes, und die beiden setzten sich. Der Burgverwalter oder Truchsess, oder was er sonst sein mochte, ging.
„Ihr kommt aus Neuss, nicht wahr?"
„So ist es. Woher wisst Ihr das?"
„Man hat so seine Informationsquellen. Erst recht, wenn man nahe bei einer Fernstraße wohnt. Es wird gesagt – verzeiht, wenn ich das so deutlich ausdrücke –, Ihr wärt ein Scharlatan."
„Ihr beleidigt mich nicht, Kraft von Greifenstein. Ihr wisst es eben nicht besser. Und dass viele mir nicht glauben, weiß ich natürlich längst. Umso mehr interessiert es mich, warum Ihr mich trotzdem aufnehmt. Scharlatanen gibt man gewöhnlich kein Quartier."
Der Burgherr grinste etwas, wurde dann aber gleich wieder ernst. „Das will ich Euch gern erklären, Herr. Für den unwahrscheinlichen Fall, dass Ihr tatsächlich der Kaiser Friedrich seid, ist es gut, wenn ich Euch beherberge. Das muss ich nicht näher erläutern. Wenn Ihr es aber nicht seid – und ich gebe zu, dass ich das für sehr viel wahrscheinlicher halte –, folge ich diesen Überlegungen: Zwar würde ich, wenn ich Euch unterstütze, den Ärger von König Rudolf heraufbeschwören. Aber der König ist weit weg und wird sich kaum dafür interessieren. Wer aber nahe ist, das ist das Haus Nassau. Die Nassauer haben mich schon zweimal vertrieben, bevor ich mich hier oben eingerichtet habe. Nun geht das Gerücht, Adolf von Nassau wolle der nächste König werden. König Rudolf ist einundsechzig Jahre alt. Ich vermute, die Kurfürsten werden nicht seinen

ehrgeizigen Sohn Albrecht zum nächsten König wählen, weil sie verhindern wollen, dass seine Dynastie zu stark wird, sondern den nicht allzu mächtigen Adolf von Nassau. Wenn ich also jetzt Rudolf ärgere, mache ich mir Adolf gewogen. Sicher versteht Ihr als Kaiser, dass für einen kleinen Ritter und Burgherrn solche diplomatischen Winkelzüge notwendig sind, wenn er nicht zwischen den Mühlsteinen der Großen zerrieben werden will."

Der Kaiser lächelte. „Das verstehe ich durchaus. Und es stört mich auch nicht, dass Ihr mich, den Kaiser, in Eurem diplomatischen Spiel als Bauern gebraucht. Hauptsache, Ihr überlasst mir ein Nachtlager und ein bescheidenes Mahl."

„Das Mahl ist schon in der Küche bestellt für Euch und Eure Leute, und ein Bett wird hergerichtet. Es gibt natürlich nicht ein Schlemmermahl, wie Ihr es vielleicht gewöhnt seid …"

„Macht Euch nichts draus! Ich kenne auch ärmliche Verhältnisse, seit ich als Kind in den schmutzigen Gassen von Palermo gespielt habe, wo der königliche Einfluss meiner normannischen Mutter immer mehr schwand."

„Da bin ich ja beruhigt. Bis das Essen fertig ist, erweist mir die Freude, Euch ein wenig mit mir zu unterhalten. Das vertreibt meine Langeweile sicher eher als das Schachspiel mit Vater Hieronimus, bei dem ich nie weiß, ob er wirklich so dumm ist oder ob er mich nur immer gewinnen lässt, damit ich ihm nicht böse bin."

Der Mönch lächelte und begrüßte den Gast mit einigen lateinischen Worten, und der antwortete in derselben Sprache.

Kraft von Greifenstein bat: „Würde es den Herren etwas ausmachen, sich der deutschen Sprache zu bedie-

nen? Sonst bekomme ich nämlich nichts mit, weil ich des Lateinischen nicht mächtig bin."
Der Kaiser lachte leicht. „Selbstverständlich! Euer Pater wollte sich sicher auch nicht länger auf Lateinisch mit mir unterhalten, zumal er, wie mir scheint, nicht sehr sicher in dieser Sprache ist. Er wollte mich nur prüfen."
„Prüfen?"
„Es ist ja bekannt, dass Kaiser Friedrich mehrere Sprachen fließend beherrscht, auch Lateinisch. Hätte ich dem Pater nicht antworten können, hätte er gleich triumphiert: Dieser Mann ist nicht der Kaiser!"
Der Mönch grinste etwas verlegen. „Ihr habt recht, ich gebe es zu."
Der Burgherr lachte. „Ja, Pater Hieronimus, so leicht ist unser Gast nicht aufs Glatteis zu führen. Leider fällt mir nichts ein, womit ich Euch auf die Probe stellen könnte, Herr."
„Die Proben, die Ihr nicht vorher ankündigt, wären auch die besseren. Aber wenn Euch gar nichts einfällt – es ist doch auch bekannt, dass Kaiser Friedrich ein Buch über die Falkenjagd geschrieben hat. Vielleicht lasst Ihr mich morgen ein wenig mit Euren Falken arbeiten. Wenn ich mich ungeschickt anstelle, bin ich nicht der Staufer."
„Das wäre ein guter Vorschlag, wenn ich Falken hätte. Aber leider ist dieses Vergnügen der Fürsten und Könige für mich armen Ritter zu teuer. Aber vielleicht habt Ihr das ja schon vermutet und darum diesen Vorschlag gemacht?"
Philemon, der still zuhörte, merkte, dass dieses Wortgeplänkel den Beteiligten Spaß machte. Dieses geschickte Vorgehen, Zurückweichen, Fallenstellen im Gespräch mit einem klugen Gegenüber war wie Schachspielen. Der Mönch schlug nun aber einen anderen Ton an.

„Da ich im Dienst der heiligen Mutter Kirche stehe, Herr, versteht Ihr sicher, wenn ich Euch gegenüber eine gewisse Zurückhaltung an den Tag lege. Solltet Ihr wirklich der Kaiser Friedrich sein, liegt über Euch noch der Kirchenbann."
„Ist das der letzte Stand?", fragte lächelnd der Kaiser. „Ich habe bei dem mehrfachen Hin und Her von Bann und dessen Auflösung die Übersicht verloren."
„Ihr scherzt, Herr!", meinte der Pater, entsetzt darüber, dass der Fremde den Bann des Papstes so wenig ernst nahm.
„Ja, ich scherze. Seid Ihr beruhigt? Aber ganz ohne Scherz: Der Papst verfolgte mit seinem Bann gegen mich politische Ziele …"
„Aber er ist der Stellvertreter Christi!"
„Darüber will ich nicht mit Euch streiten, Pater. Aber manchmal – glaubt mir, als Kaiser habe ich da Erfahrungen –, manchmal handelt ein Stellvertreter nicht unbedingt im Sinne dessen, den er vertritt. Der Heilige Vater war zum Beispiel, so wie er gegen mich war, auch gegen Franz von Assisi. Aber wenn ich entscheiden muss, wem ich eher zutraue, die Stimme Gottes in dieser Welt zu sein …"
„Aber meine Herren!", unterbrach der Burgherr. „Unser Gespräch soll sich nicht zu einem Streit entwickeln! Lasst uns über etwas anderes reden! Nehmt Ihr etwas Wein? Und Euer junger Begleiter auch? Es ist zugegebenermaßen kein besonders edler Tropfen, aber immer noch besser als Wasser."
Als eingeschenkt war, alle getrunken und ihre Becher wieder abgestellt hatten, bat der Herr von Greifenstein: „Erzählt von Euren Kämpfen, Herr! Ihr habt doch sicher manche Schlacht geschlagen …"
„Von Schlachten spreche ich nicht!", sagte der Kaiser

mit plötzlich sehr harter Stimme. Er stand auf, trotz Alter und Müdigkeit energisch, trat ans Fenster und sah hinaus, wo der letzte Rest des Tageslichtes über den Wäldern und Wiesen langsam schwand. Alle, auch Philemon, waren peinlich berührt von dieser plötzlichen Wendung der Stimmung des Alten. Aus Verlegenheit zündete der Burgherr an der einzigen Kerze, die brannte, drei weitere an, damit es im Raum nicht zu dunkel wurde.

Nach einigen Augenblicken kam der Kaiser zurück und setzte sich wieder. Er sah niemanden an, sondern blickte nur in seinen Becher.

Greifenstein sagte: „Verzeiht! Ich wusste nicht, dass Euch das Thema unangenehm ist. Ihr seid ohnehin hierzulande mehr bekannt für Euer großes Interesse an allem Wissen der Welt. Man sagt, Ihr hättet nicht nur die gelehrten Schriften vieler Weiser aus Griechenland, Ägypten und Arabien studiert, sondern auch selbst Versuche gemacht."

„Ja", ergänzte der Mönch. „Zum Beispiel um zu erforschen, welche Sprache im Himmel gesprochen wird."

Der Kaiser lächelte wieder. Offenbar war die Missstimmung verflogen. „Das ist nur eine ungenaue Beschreibung, Vater Hieronimus."

„Könnt Ihr es genauer beschreiben? Die Informationen verändern sich oft deutlich auf dem langen Weg über die Alpen."

„Es gab diesen Streit, ob im Himmel Lateinisch oder Hebräisch gesprochen würde. Oder Griechisch, wie die Apostel, oder noch eine ganz andere Sprache, nämlich die, in der sich die Menschen vor dem Turmbau zu Babel unterhielten. Ich dachte, das müsste sich feststellen lassen mit einem Versuch. Ich bin heute nicht stolz darauf, aber ich ahnte damals nicht, wie es enden würde.

Ich ließ neugeborene Kinder von ihren Müttern trennen. Sie wurden mit allem versorgt, was sie zum äußeren Überleben brauchten. Aber die Pflegerinnen durften kein Wort mit den Kindern sprechen. Ich meinte, wenn ihnen keine Gelegenheit gegeben würde, eine Sprache zu übernehmen, müsse sich die Ursprache herausbilden, die von der Schöpfung an in jedem Menschen liege. Aber das war ein schrecklicher Irrtum. Alle Kinder starben."

„Wie furchtbar!", stöhnte der Burgherr auf. Auch Philemon erschrak, er hatte davon noch nichts gehört.

„Die Erkenntnis, die ich mir davon versprochen hatte, gewann ich also nicht. Aber eine andere: Offenbar braucht der Mensch nicht nur Nahrung und Sauberkeit und Wärme, um zu leben und sich zu entwickeln. Er braucht auch die Ansprache anderer Menschen. Er kann nicht für sich allein sein, jedenfalls am Anfang seines Lebens nicht. Aber das ist eine Erkenntnis, die für diese Welt gilt, sie hat nichts mit der Sprache des Himmels zu tun."

Das stimmt wohl auch für größere Leute, dachte Philemon. Und er freute sich, dass er, nachdem das Gespräch mit seinen Eltern so schwierig war, öfter Gelegenheit hatte, mit der Meisterin Gertrud vom Altenberg zu sprechen. Und seltsam – in diesem Moment trat ihm auch das Bild von Maria vor Augen. Der Gedanke, sie in den nächsten Tagen zu sehen, ließ sein Herz einen kleinen Freudensprung machen.

Der Mönch meinte: „Jeder Mensch braucht auch die Ansprache von Gott. Wie der Säugling die Worte des Erwachsenen zum Leben braucht, braucht er für sein geistliches Leben das Gegenüber des Ewigen, Worte aus der anderen Welt."

Auch das stimmt, dachte Philemon. Das Reden Gottes und die Antwort des Menschen.

„Noch von einem anderen Versuch habe ich gehört“, sagte der Pater. „Ihr hättet beweisen wollen, dass der Mensch eine Seele hat.“
„Auch das ist nicht ganz richtig“, antwortete der Kaiser. „Ich wollte beweisen, dass er keine hat. Noch genauer: Ich wollte prüfen, ob er eine hat. Denn es ist immer gefährlich, eine Meinung zu haben und sie dann mit einem Versuch beweisen zu wollen. Zu leicht ist man geneigt, ohne dass es einem bewusst wird, den Versuch so zu gestalten oder das Ergebnis so zu deuten, dass die vorher gefasste Meinung bestätigt wird. Ich fürchte, so sehe ich das heute, dass ich diesem Irrtum erlegen bin.“
„Erzählt uns davon!“
Der Kaiser zögerte. „Ungern“, sagte er schließlich. „Aber da ich Euch zu Dank verpflichtet bin, will ich es tun, obwohl ich auch dieses Experiment heute für einen Fehler halte. Ein zum Tode Verurteilter wurde in eine Tonne gesteckt, die dann luftdicht verschlossen wurde, so dass er erstickte. Als man sicher war, dass er nicht mehr lebte, wurde vorsichtig das Spundloch geöffnet. Wenn seine Seele ihn beim Tode verlassen hatte, musste sie ja noch im Fass sein und nun versuchen, durch das einzige Loch hinauszuschlüpfen.“
Er schwieg. Schließlich fragte der Ritter von Greifenstein: „Und? War etwas zu sehen? Oder zu riechen oder zu hören oder zu fühlen?“
„Nein.“
Der Pater meinte: „Das hätte ich auch nicht erwartet. So wie Gott und der Heilige Geist nicht zu sehen ist, ist auch die Seele nicht zu sehen, die in die unsichtbare Welt gehen soll.“
Philemon wagte auch einmal etwas zu sagen, so dass die Gastgeber ihn überrascht ansahen, als hätten sie ihn bisher für stumm gehalten. „Es sind ja noch nicht

einmal die Gedanken zu sehen, von denen doch niemand bestreitet, dass es sie gibt."
Der Kaiser nickte. „Ich hielt mich damals für ziemlich schlau. Aber heute bin ich schlauer, weil ich weiß, dass ich doch nicht so schlau bin. Ich weiß, dass es nicht nur Dinge gibt, die sich unseren Sinnen entziehen, sondern auch unserem Verständnis."
Alle nickten, schwiegen, und tranken dann noch einen Schluck. Der Kaiser fügte noch hinzu, ehe er seinen Becher abgestellt hatte:
„Menschen, die nur gelten lassen, was ihnen bewiesen erscheint und was sie verstehen – wie ich –, haben es darum schwer mit dem Glauben. Ich beneide darum jene mit einem ganz schlichten Gottvertrauen, wie etwa dieser Franziskus von Assisi."
Niemand beendete so richtig das Gespräch. Es hörte einfach auf. Der Burgherr sagte nur, dass ein Mahl in ihren Räumen bereitet sei. Er zog an einer Schnur, die nach irgendwo außerhalb des Zimmers führte. Darauf kam eine etwa sechzigjährige Frau, die dem Kaiser sein Turmzimmer zeigte und Philemon das Nachtlager der drei Freunde.
Es kam Philemon selbst seltsam vor, aber nach diesem Gespräch war er beinahe überzeugt, dass es sich bei dem Kaiser wirklich um den Staufer Friedrich handelte.

***

Philemon stand wieder da, wo er immer stand, wenn er auf Maria wartete. Es war ein schöner, ruhiger Ort am Ufer der Lahn, und sie musste hier vorbeikommen, wenn sie von ihrer Arbeitsstelle bei dem reichen Kaufmann Tobias Holz nach Hause wollte. Sie wohnte bei ihren Eltern, nicht weit vom Dom.

Frauenstimmen waren zu hören. Da kam sie, zusammen mit einem anderen Mädchen, das etwas älter war als sie.
„Maria!“ Philemon trat auf den Weg.
Das andere Mädchen stieß einen leisen Schrei aus.
„Was schreist du da?“, sagte Maria. „Es ist doch nur Philemon.“
„Ich hab mich erschrocken.“
„Geh schon mal weiter, Hilde!“
„Gut, ich gehe. Aber sei vorsichtig, Maria! Das ist eine verschwiegene Ecke hier, und es wird langsam dunkel, und man weiß ja, was junge Männer so alles …“
„Geh schon, Hilde!“
Die Freundin verschwand.
„Wo warst du so lange?“, fragte Maria. „Wochenlang warst du weg, ohne dich zu verabschieden oder zu sagen, wo du bist!“
„Mit dem Verabschieden war das nicht so einfach, Maria. Du wirst dich erinnern, dass du von mir weggelaufen bist.“
„Ich hatte meine Gründe. Das habe ich dir doch erklärt. Deine Mutter …“
„Ich weiß. Ich habe ihr sehr deutlich gesagt, dass sie sich nicht einmischen soll, wenn ich ein Mädchen … na ja …“
„Was? Wenn du ein Mädchen … was? Schön findest? Magst? Oder vielleicht liebst? Wolltest du das sagen?“
„So ungefähr, ja.“
„Warum sagst du es dann nicht?“
„Ich liebe dich, Maria!“
In einer blitzschnellen Bewegung beugte sie sich zu ihm hinüber und küsste ihn auf die Wange.
„Oh – das war aber sehr flüchtig. Könnten wir uns nicht etwas mehr Zeit nehmen …?“
„Erst wenn du mir sagst, wo du warst. Versetz dich mal

in meine Lage! Wie soll ich denn einen Mann lieben und ihm vertrauen, wenn der dauernd in der Welt herumreist und mich ahnungslos zu Hause sitzen lässt!"

„Hm, ja, das sehe ich ein. Ich war in Neuss."

„Wo ist denn das?"

„Am Rhein."

„Aha, und was hast du da gemacht? Lass dir doch nicht alles aus der Nase ziehen!"

„Das ist eine längere Geschichte …"

„Mir reicht fürs Erste die Kurzfassung."

Philemon zog sie am Arm etwas zur Seite und sie setzten sich nebeneinander auf ein niedriges Mäuerchen.

„Es gibt da einen alten Mann, der sagt, er sei der Kaiser. Kaiser Friedrich, der meistens in Italien war. Es wird ja gesagt, der sei gestorben, aber er behauptet …"

„Ach, davon habe ich gehört. Es schwirren so Gerüchte umher, niemand weiß etwas Genaues. Vor allem weiß niemand, ob es stimmt oder nicht. Bei dem warst du?"

„Ja. Das war ein merkwürdiger Zufall, dass ich ihn kennenlernte. Ich gehörte in den letzten Wochen zu seiner Mannschaft. Er würde sagen, zu seiner Hofhaltung. Habe Briefe für ihn geschrieben, Erlasse und solche Sachen."

„Du? Heißt das, du glaubst ihm? Ist er wirklich der Kaiser?"

„Das ist eine schwierige Frage. Viele glauben ihm, viele aber auch nicht."

„Und du? Was glaubst du?"

Philemon schwieg eine Weile und sagte dann: „Ganz ehrlich, Maria, ich weiß es nicht."

„Du weißt nicht, ob er ein Betrüger ist, ein Hochstapler, und dienst ihm trotzdem?"

Er nickte nur.

„Warum, Philemon?"

Der überlegte. Eigentlich rief er sich nur ins Gedächtnis zurück, was er schon vorher immer wieder überlegt hatte. Da war die Sache mit dem Adel. War er bei einem Kaiser, auch wenn er vielleicht unecht war, und einem alten Soldaten, der ihm helfen wollte, seine Herkunft zu klären, nicht besser aufgehoben als hier, wo er nur Hilfsarbeiten für seinen Vater und gelegentlich für das Stift machte? Aber das mit dem Adel wollte er Marie lieber nicht sagen, da begab er sich auf dünnes Eis. Aber es gab ja auch noch andere Gründe. Wichtigere sogar.

„Wenn du den Kaiser kennenlernen würdest, Maria, würdest du mich verstehen. Und Jörg auch …"

„Jörg?"

„Ein alter Soldat, der ihn noch aus Italien kennt. Sie sind für mich zu Freunden geworden. Sie haben mich aufgenommen und mir Aufgaben gegeben. Ich kann schön schreiben und organisieren. Ich bin anerkannt und sie loben mich für das, was ich kann. Mein Vater dagegen mäkelt nur an mir rum …"

„Das Gefühl kenne ich."

„Und nicht nur der Kaiser braucht mich, auch die, die das Geld … Aber das würde jetzt zu weit führen, ich erkläre dir das später. Zuletzt gab es Schwierigkeiten. König Rudolf will unseren Kaiser gefangen nehmen. Da mussten wir fliehen. Auf meinen Vorschlag hin kommt er nun nach Wetzlar."

„Hierher? Der Kaiser? Oder der Betrüger?"

„Ja, weil doch Wetzlar dem König den Gehorsam verweigert. Beziehungsweise den dreißigsten Pfennig. Da meinten wir, er wäre hier vor König Rudolf sicher."

„Wenn ihr euch da mal nicht irrt!"

„Wie meinst du das?"

„Ich habe mitgekriegt … du weißt ja, manchmal reden

die Herrschaften, als wäre die Dienerschaft gar nicht da. Und Tobias Holz gehört ja zum Rat der Stadt und …“

„Was hast du mitgekriegt?“

„Dass dem Wetterauer Städtebund die Knie schlottern. Da war nämlich eine andere Stadt – ich weiß nicht, wie die heißt …“

„Colmar?“

„Ja, so heißt sie, glaube ich. Die wollte auch keine Steuern zahlen. Aber der König ist mit einem großen Heer aufgezogen, da haben sie schnell die Tore geöffnet und sich unterworfen.“

„Ah – ich ahne, was dann geschah: Wetzlar und Frankfurt fürchten nun, dass der König auch hierherkommt …“

„Tut er schon. Mit einer stattlichen Armee. Da haben sie schnell den Grafen von Katzenelnbogen gebeten, dem König entgegenzureiten und Friedensverhandlungen anzubieten.“

Philemon murmelte: „Hm. Das sieht nicht gut aus für den Kaiser.“

„Na ja, noch ist nicht sicher, ob sie sich unterwerfen.“

Eine Weile schwiegen beide. Dann fragte Maria: „Hat dein Kaiser dich vorausgeschickt, um die Lage zu sondieren?“

„So ungefähr.“

„Wo ist er denn jetzt?“

„Auf Greifenstein.“

„So nah schon! Was sagt denn dein Vater dazu?“

„Ich war noch gar nicht zu Hause.“

„Du bist erst zu mir gekommen, ehe du nach Hause …“

„Du bist mir wichtiger. Da fällt mir ein: Meinen Bericht habe ich jetzt abgegeben.“

„Ja, und?“

„Hast du es vergessen? Wir wollten uns für einen or-

dentlichen Kuss Zeit nehmen, sobald ich dir alles erzählt habe."
„Ach ja, stimmt."
„Na, dann …"

***

„Und? Was sagt der Rat?" Philemon sprang auf und ging seinem Vater entgegen, als er die Haustür hörte.
„Langsam, langsam!", antwortete der.
„Nehmen sie den Kaiser in Wetzlar auf? Du brauchst doch nur Ja oder Nein zu sagen."
„Der Beschluss der vierundzwanzig Schöffen ist aber weder Ja noch Nein. Gut, wohl etwas mehr Ja."
Sie setzten sich in die Küche, wo Philemons Mutter am Herd beschäftigt war.
„Also", begann der Stadtschreiber Melchior, „zunächst waren sie beeindruckt von dem Brief, den dein Kaiser geschickt hat. Den du mir mitgegeben hast. Ich sage es ungern, weil ich dich oft kritisiert habe, denn ich liebe den schnörkellosen Stil mehr als den kunstvollen, aber das hast du gut gemacht. Jedenfalls haben sich die Schöffen dahingehend geäußert. Natürlich habe ich nicht verraten, dass du den Brief geschrieben hast. Denn dann hätte er gleich viel von seiner Wirkung verloren."
„Wer sagt denn, dass ich ihn geschrieben habe?"
„Das sehe ich auf den ersten Blick. Ich vermute auch, dass von dir viele Formulierungen stammen. ‚Wir, Friedrich von Hohenstaufen, durch Gottes Gnade Kaiser des Heiligen Römischen Reiches Deutscher Nation, entbieten dem Rat und den Bürgern der Freien Reichsstadt Wetzlar unseren Gruß' – das kommt doch von dir, oder?"
„Ich gebe es zu."

„Wahrscheinlich hätte ein Kaiser, ein echter, in Latein geschrieben. Aber das beherrschst du ja nicht."
„Er schon."
„Also, um das Ergebnis vorwegzunehmen: Ich soll einen Brief zurückschreiben, an den anderen Friedrich, wie er bei uns heißt. Dass er uns unter gewissen Einschränkungen willkommen ist. Die beiden Bürgermeister haben mir den Text diktiert. Aber ins Reine schreiben kannst du ihn ja. Das Siegel habe ich."
„Das ist lustig: Ich schreibe den Brief des Kaisers an die Stadt und die Antwort der Stadt an den Kaiser."
„Du musst nicht! Ich dachte nur …"
„Doch, das mache ich gerne! Was für Einschränkungen?"
„Am besten, ich erzähle kurz, wie sich die Sitzung abgespielt hat. Ich habe mir in Stichworten notiert, was die einzelnen Schöffen gesagt haben. Eigentlich darf ich ja niemandem erzählen, was im Rat vorgeht, aber da du ja sowieso den Antwortbrief schreibst …"
Er zog ein Papier aus seiner Tasche. Auf der Rückseite eines inzwischen unwichtig gewordenen Textes standen seine Notizen in kleinen schnell hingekritzelten Buchstaben.
„Natürlich wussten alle gerüchtweise, dass es da in Neuss diesen Mann gab, der behauptet, der Kaiser zu sein. Es herrschte wohl die Ansicht vor, dass es sich um einen Betrüger handeln müsse, der nur die Dummheit des einfachen Volkes und seine Sehnsucht nach einer väterlichen Führungspersönlichkeit ausnutzte. Aber sicher waren sie sich nicht. Der Brief – dein Brief – hat offenbar durch seine seriöse Form dazu beigetragen, die Anfrage zumindest ernst zu nehmen. Der alte Bürgermeister, also der Meister der einen Hälfte des Rates, die sich aus den Vertretern der einflussreichen Fami-

lien zusammensetzt, eröffnete die Sitzung. Der Brief wurde herumgereicht. Es gab ein Stimmengewirr, das man schon fast einen Tumult nennen kann. Der Bürgermeister bat mehrmals um Ruhe und sagte, es solle jeweils nur einer sprechen. Das haben sie dann auch weitgehend beherzigt.

Der erste sagte, es sei geradezu lächerlich, dass man diesen Betrüger überhaupt ernst nähme. Jeder wisse doch, dass der Kaiser Friedrich anno 1250 in Italien verstorben sei und in Palermo begraben liege. Ob wir uns denn zum Gespött des ganzen Landes machen wollten, indem wir so einen Scharlatan als Kaiser ehrten!

Der zweite widersprach. Ob denn jemand von uns dabei gewesen sei, als der Kaiser Friedrich starb. Nein! Die meisten wüssten ja nicht einmal, wo Palermo liege! Also könne man nichts Sicheres wissen. Von so weit her kämen selten zuverlässige Nachrichten.

Und wenn man nichts Sicheres wissen könne, meinte der dritte Schöffe, könne das doch nur heißen, dass man es prüfen müsse. Und wie? Anno 1236 sei doch der Kaiser, als er in Deutschland war und das Grab der heiligen Elisabeth in Marburg besuchte, bei seinem Rückweg durch Wetzlar gekommen. Es würden sich doch sicher noch viele Bürger finden lassen, die ihn damals gesehen haben und die ihn nun wiedererkennen könnten.

Oder auch nicht, warf der vierte Redner ein. Entweder, weil er nicht der echte Kaiser sei, oder weil das nun ein halbes Jahrhundert her sei. In so einer langen Zeit verändere sich das Aussehen eines Menschen stark. Was sei dann also mit der Erkenntnis gewonnen, wenn ihn niemand erkenne?

Der fünfte erhob sich, wartete, bis wieder Ruhe einge-

kehrt war, und sagte, das Streitgespräch ginge in die falsche Richtung. Sicher sei es ganz nützlich zu wissen, was die Wahrheit sei. Aber wenn man es eben nicht wisse, gebe es viel wichtigere Überlegungen. Nämlich die Frage, was es für Folgen habe, wenn wir ihn aufnähmen, oder eben nicht.
Jawohl, bestätigte der sechste Schöffe. Es komme einer Katastrophe gleich, wenn wir dem Mann die Tore öffneten, ganz gleich, ob er der Kaiser sei oder nicht. König Rudolf müsse sich brüskiert fühlen, wenn wir dem Mann Kaiserwürde zusprächen.
Genau, meinte der siebte, dies sei Politik. Die entscheidende Frage sei nicht, wer der rechtmäßige Herrscher sei, sondern wer die Macht habe, seinen Anspruch auch durchzusetzen. Und bei wem diese Macht liege, darüber müsse ja nun nicht gestritten werden. Der andere Friedrich komme, wenn die Gerüchte zuträfen, nur mit einer lächerlich kleinen Truppe. Rudolf aber habe ein ganzes Heer.
Der achte Redner ergänzte: Jawohl! Und ob wir denn vergessen hätten, warum der König mit seinem ganzen Heer anrücke. Nämlich weil er die Städte des Wetterauer Städtebundes disziplinieren wolle wegen deren Weigerung, den dreißigsten Pfennig zu bezahlen. Wir wüssten doch alle, dass der Graf Eberhard von Katzenelnbogen und der Herr Gerlach von Breuburg sich in einem Gespräch mit dem König um eine versöhnliche Lösung bemühten. Da sei es doch das völlig falsche Signal, den König zu verärgern.
Der neunte erhob sich und schüttelte den Kopf so lange, bis alles Gemurmel wieder verstummt war. Sicher sei es richtig, dass der König durch eine Aufnahme dieses Mannes in Wetzlar verärgert würde. Aber sei das denn schlimm? Wir hätten doch bei der Steuerforde-

rung des Königs auch nicht nachgegeben, jedenfalls bis jetzt nicht. Warum sollten wir denn in dieser Sache gleich kuschen? Wenn wir einen anderen Herrscher – nun, nicht direkt anerkennen, aber doch eine Anerkennung nicht ausschließen, meinte er, sei das doch ein zusätzliches Druckmittel gegen Rudolf. Das würde ihn wohl nicht versöhnlich stimmen, aber zu einem gewissen Entgegenkommen nötigen. Wenn wir den anderen Friedrich hier hätten, sei er eine Art Faustpfand, mit dem man handeln könne.
Der zehnte – der fromme Hannes, der sich immer für die Barfüßer einsetzt – kam mit seinem Beitrag noch einmal auf den Anfang zurück. Wir sollten uns schämen, meinte er, nur nach dem diplomatischen Nutzen zu fragen. Ob denn die Frage nach der Wahrheit völlig gleichgültig sei? Solches Denken sei unmoralisch und zutiefst unchristlich. Es sei dafür, den Mann erst einmal freundlich aufzunehmen gemäß dem Bibelwort ‚Herbergt gern!' und zu prüfen – nach dem Bibelwort ‚Prüft alles und das Gute behaltet'. Und wenn die Wahrheit feststehe, sei immer noch Zeit, entsprechende Entscheidungen zu treffen.
Damit war aber noch nicht Schluss. Es wurde weiter gestritten, geschimpft und wieder beruhigt. Alle Argumente wurden wiederholt, manche auch drei oder vier Mal. Als der Abend kam und die meisten Ratsherren nach Hause wollten, wurde schließlich dieser Beschluss gefasst:
Man will den anderen Friedrich zunächst freundlich aufnehmen. Der Schöffe Tobias Holz erklärte sich bereit, ihn in seinem geräumigen Anwesen zu beherbergen. Wenn man ihn dann geprüft hat, und wenn man auch Nachricht aus Mainz von den Verhandlungen des Städtebundes mit dem König hat, dann sollen diese In-

formationen in die endgültige Entscheidung einfließen. Der Rat soll dann erneut zusammentreten.
Alle schworen, sich an diesen Plan zu halten. Obwohl, mahnte der fromme Hannes, in der Bibel stehe, dass man nicht schwören solle. Der Bürgermeister diktierte mir, was ich dem anderen Friedrich schreiben soll. Mehr oder weniger zufrieden tranken die vierundzwanzig Schöffen ihr Bier aus und gingen nach Hause."

***

„Interessant, was du mir da erzählt hast, mein wahrscheinlicher Nichtneffe", lächelte die Meisterin Gertrud vom Orden der Prämonstratenserinnen. „Und du weißt nicht, ob der Kaiser echt ist? Selbst du nicht, der du dich so lange in seiner Nähe aufgehalten hast?"
„Nein, Meisterin Gertrud. Und darum habe ich die Bitte an Euch, ob Ihr Euch mal mit ihm treffen könnt. Ihr wart ja noch ein Kind, als Kaiser Friedrich damals in Deutschland war, um am Grab Eurer Mutter zu beten. Aber Euer Blick auf ihn war sicher gründlicher als bei Wetzlarer Bürgern, die damals nur am Straßenrand standen und ihn haben vorbeireiten sehen."
„Ich habe fast keine Erinnerung an die Begegnung."
„Bitte, Meisterin, versucht es! Vielleicht kommt die Erinnerung wieder, wenn Ihr ihn seht. Und Ihr seid der einzige Mensch, der in einem Gespräch mit ihm die Wahrheit herausfinden könnte."
„Könnte – vielleicht!"
„Der Rat der Stadt wäre Euch sicher auch dankbar."
„Gut, ich will es versuchen. Gib mir Bescheid, wenn er da ist."
„Danke, Meisterin Gertrud!"
„Ist noch etwas, Philemon? Mich rufen meine Pflich-

ten." Sie stützte die Hände auf die Armlehnen ihres Stuhls, als wolle sie aufstehen.

„Ich habe noch eine Bitte. Würdet Ihr mir die Stute ausleihen, auf der ich nach Köln und Aachen unterwegs war? Für zwei oder drei Tage? Ich möchte gern, dass der Kaiser auf einem Pferd nach Wetzlar einreitet. Selbst das wird einen ärmlichen Eindruck machen, aber wenn er zu Fuß käme, als alter Mann vom Weg erschöpft, wäre das Bild noch schlimmer."

„Gut, auch diese Bitte sei dir erfüllt. Ich vertraue dir, dass du das Tier unversehrt wieder zurückbringst. Bis dahin wird es wohl hier nicht gebraucht."

Unter wiederholten Dankesbezeugungen verabschiedete sich Philemon. Er ging zum Stall, ließ sich das Pferd geben und ritt los.

Nach einer guten Stunde konnte er schon die Mauern der Burg Greifenstein sehen, und kurz darauf ritt er in den Hof ein. Seine drei Freunde Moritz, Ludwig und Johann waren gerade dabei, sich mit einigen Gefolgsleuten des Greifensteiners im Schwertkampf mit hölzernen Waffen zu üben. Sie unterbrachen ihre Gefechte und begrüßten Philemon mit lautem Hallo.

„Wo ist der Kaiser?", fragte der und sprang ab. Moritz kümmerte sich um das Pferd.

„Beim Ritter. Sie spielen Schach", antwortete Ludwig. „Der Herr von Greifenstein soll gesagt haben, endlich spiele er mal mit einem ebenbürtigen Gegner."

„Soll ich ihn holen?", fragte Johann. „Oder besser: jemanden bitten, ihn zu holen?"

„Ja. Aber sie sollen erst ihr Spiel zu Ende bringen – wenn der Ritter so viel Vergnügen daran hat."

Eine halbe Stunde später saßen Philemon und der Kaiser in dem Turmzimmer zusammen, das man dem Gast zugewiesen hatte. Philemon übergab den Brief, den er

selbst geschrieben, aber sein Vater gesiegelt und der Rat diktiert hatte. Und er berichtete ihm, was er sonst noch erfahren hatte: dass er zwar in Wetzlar willkommen war, sein Ritt dorthin aber durchaus gefährlich sein konnte, und dass König Rudolf auf dem Weg nach Wetzlar war.
„Ich komme trotzdem“, entschied der Kaiser. „Was wäre das für ein Herrscher, der sich nur versteckt? Wenn sie mich anerkennen, ist es gut. Wenn nicht, wenn sie mich an Rudolf übergeben und hinrichten, dann muss ich auch das hinnehmen. Ich bin ein alter Mann, der wahrscheinlich sowieso bald stirbt. Dann will ich wenigstens erhobenen Hauptes mein langes und erfülltes Leben abschließen.“
Darauf wusste Philemon nichts zu antworten. Das war aber auch nicht nötig. Beide Männer, der sehr alte und der sehr junge, schwiegen, standen nebeneinander an dem kleinen Fenster und schauten in die Weite des Tales, das unter ihnen im Sonnenschein lag.
„Ich habe ein Pferd mitgebracht, Majestät. So könnt Ihr morgen nach Wetzlar reiten. Das macht einen besseren Eindruck, als wenn Ihr zu Fuß kommt. Unsere drei Soldaten müssen allerdings laufen.“
„Und du?“
„Ich gehe heute Abend wieder zurück, um einiges vorzubereiten. Ich rechne dann am frühen Nachmittag mit Euch. Einer der Schöffen, ein wohlhabender Kaufmann mit Namen Tobias Holz, hat sich bereit erklärt, Euch in seinem Haus aufzunehmen. Die Soldaten können in seiner Scheune schlafen.“
„Ich danke dir für alles, was du für mich tust, mein Freund!“
Wieder schwiegen sie.
Dann fragte Philemon: „Wie fühlt Ihr Euch, Majestät? Ich habe der Eindruck, dass Ihr zwar körperlich erholt

seid nach den drei Tagen hier auf der Burg, aber Ihr wirkt ein wenig bedrückt."

Der Kaiser nickte leicht. „Es sind die Träume, Philemon. Sie verunsichern mich. Sie reißen mich aus dem Schlaf und ich weiß manchmal nicht, was daran wirklich nur Traum und was vielleicht eine schwache Erinnerung an wirkliche Ereignisse ist, die ich dann im Wachzustand nicht zurückholen kann."

„Erzählt mir davon!"

„Ich sehe es genau vor mir. Ich stehe auf einem Feld. Andere stehen neben mir. Wir tragen Waffen. Wir starren gemeinsam zum Hügel hinauf. Von dort kommt das Donnern. Wir hätten auf dem Hügel unsere Stellung einnehmen sollen, aber es war zu spät.

Ich weiß, dass das Donnern von tausend Hufen kommt, die auf den Boden trommeln. Wir hatten hauptsächlich mit Fußsoldaten gerechnet, aber nun sind es Reiter. Da erscheinen viele bunte Wimpel über dem Hügel, dann Helme und Köpfe, dann Harnische und Pferdeköpfe. Unzählige sind es, die wie eine gewaltige Meereswoge auf uns zupreschen. Sie schreien. Das Trommeln der Hufe wird immer lauter. Wir schreien auch, aber wir merken es nicht. Erst als ich die offenen Münder der Kameraden sehe und ihre entsetzten Gesichter, merke ich, dass ich auch schreie. Die Angst würde uns lähmen, hätten nicht die unzähligen Übungen uns in Fleisch und Blut übergehen lassen, was zu tun ist.

Einige schreien nicht. Das sind die Kampferprobten, an deren verbissenem Mut wir uns aufrichten. Die Starken treten vor, erheben das Schwert oder die Streitaxt. Das soll uns anderen Mut machen. Froh ist, wer einen Spieß hat, weil man damit die Pferde treffen kann. Auch ich erhebe mein Schwert. Aber wie hoch muss man es schwingen, um einen gepanzerten Reiter zu treffen?

Jetzt sind sie heran, eine eisengraue und von Pferdeleibern braune Walze. Ihre Lanzen durchbohren unsere Tapferen, die vorn standhalten wollten. Ihre Pfeile treffen die, die weiter hinten stehen. Und wer von keiner Waffe getroffen wird, den reiten sie einfach nieder. Pferdehufe treten auf gefallene Männer. Ins Kampfgebrüll mischen sich Schmerzens- und Todesschreie.
Ich werde von irgendetwas zur Seite geschleudert, dann wieder zur anderen Seite. Ich liege auf einem Mann, bei dem ich sofort erkenne, dass er röchelnd mit dem Tod ringt, weil ein Pfeil in seinem Hals steckt, der hinten herausragt. Ich will aufspringen, aber ehe ich hochkomme, setzt ein Pferd über mich hinweg und trifft mich mit einem Huf an der Schulter. Und immer noch preschen weitere Reiter heran. Einem meiner Kameraden wird mit einem breiten Beil der Kopf abgeschlagen. Oder gehört der Kopf, der da fliegt, einem Feind? Er rollt neben mich. Seine offenen Augen sehen mich entsetzt an."
Der Kaiser keuchte. Philemon legte ihm die Hand auf den Arm. „Ihr müsst mir das alles nicht erzählen. Lasst ruhen, was Euch beunruhigt!"
„Doch, ich muss es erzählen. Einmal muss ich es erzählen. Und wenn nicht dir – wem dann? Also höre zu! Blut ist überall. Auch ich bin voller Blut. Ich weiß nicht, wie viel davon mein eignes ist und wie viel fremdes. Ich spüre keinen Schmerz. Ich stehe auf und suche mein Schwert, das ich verloren habe. Ich sehe es nicht, also nehme ich einem Toten das Schwert aus der Hand. Es ist mir, als wollte er es nicht hergeben. Ohne zu wissen, was ich tue, entschuldige ich mich bei dem toten Besitzer. Dabei weiß ich gar nicht, ob er meine Sprache sprach, als er noch lebte. In einer Art Trotz richte ich mich hoch auf und recke schreiend die Waffe in den Himmel.

Aber es ist niemand da, den das beeindruckt. Plötzlich stelle ich fest: Ich bin der Einzige, der steht. Die Reiter sind verschwunden. Die letzten ziehen eine Staubwolke hinter sich her. Um mich her liegen alle. Alle liegen! Gerade ausgestreckt oder gekrümmt, blutend, zerquetscht, einigen fehlen Gliedmaßen. Einige leben noch, schreien vor Schmerzen oder Todesangst oder stöhnen nur noch kraftlos, weil der Atem zu mehr nicht reicht. Vier oder fünf tote Pferde liegen dazwischen. Ein Pferd strampelt mit einem Bein in der Luft und stößt durchdringende Schreie aus, wie sie Menschen gar nicht hervorbringen können. Unter einem toten Pferd liegt ein Schwerverletzter, der sich nicht befreien kann. Das Gewicht des Tiers drückt ihm die Luft ab.

Ich kann nicht gehen, ohne über Tote zu steigen. Ohne zu wissen, was ich tue, klettere ich vorwärts. Da packt einer, den ich für tot hielt, meinen Fuß und hält ihn fest. Ich falle, und die Sinne schwinden mir.

An dieser Stelle enden die Bilder in meinem Traum. Aber es hört damit nicht auf. Es fängt wieder von vorn an. Wieder stehen wir wartend da, wieder stürmen die Reiter heran, wieder wird geschlagen, gestochen, getreten, geschrien und gestorben. Es kommt vor, dass ich dann aufwache. Aber wenn ich dann wieder einschlafe, beginnt es von Neuem. Es ist wie mit der Sonne, die im Westen untergeht und auf geheimnisvolle Weise auf die andere Seite kommt, so dass sie im Osten wieder aufgehen kann. So kommen in meinen Träumen auf unerklärliche Weise die Reiter wieder hinter den Hügel und stürmen erneut auf uns los."

Der Kaiser griff Philemon fest am Unterarm. Er drückte zu, als hielte er ein Schwert. Nur weil der alte Mann nicht mehr viel Kraft hatte, konnte Philemon

das ertragen, ohne sich zu rühren. Dann löste der Kaiser seinen Griff.
„Du musst jetzt gehen, wenn du noch bei Tageslicht nach Wetzlar kommen willst."
Philemon nickte. Ohne ein Wort zu sagen – weil er einfach nichts zu sagen wusste, das nicht banal geklungen hätte – ging er hinaus.

Philemon kam eilig über die Brücke in die Wetzlarer Neustadt, um dort den Kaiser mit seinen Begleitern zu erwarten. Eigentlich hatte er ihm entgegengehen wollen, aber die vorbereitenden Gespräche mit Tobias Holz hatten länger gedauert als erwartet.

Viel Volk stand am Rand der Straße. Es hatte sich schnell herumgesprochen, dass der Kaiser kommen sollte. Wer ein wenig Überblick über die politischen Verhältnisse hatte, ahnte wohl, dass es sich hier kaum um den echten Kaiser Friedrich II. handeln konnte. Aber den meisten, die hier standen, fehlte dieser Überblick. Sie erwarteten einen richtigen Kaiser, von dem sie sich irgendetwas Großartiges versprachen. Sie hätten freilich nicht sagen können, was, wenn man sie gefragt hätte. Und wer manche Zweifel hatte, kam trotzdem, weil der Mensch ja immer geneigt ist, neugierig zuzuschauen, wenn etwas Außergewöhnliches geschieht.

Neben Philemon standen zwei Kinder am Straßenrand. Ein Mädchen, etwa zwölf Jahre alt, hielt die Hand des kleinen Bruders, der wohl erst halb so alt war.

„Was ist denn ein Kaiser, Liese?“, fragte der Kleine.

„Der Kaiser ist so etwas wie ein König. Nur noch mehr. Noch mächtiger und vornehmer.“

„Noch mächtiger?“

„Es ist eigentlich kein richtiger Unterschied. Also – ein Kaiser ist auch ein König. Ein Kaiser ist er noch zusätzlich. Verstehst du?“

„Nein.“

„Ein König herrscht über unser Land. So wie König Rudolf. Wenn aber der Papst sagt: Jetzt herrschst du auch über Italien, darum bist du jetzt der Kaiser, dann ist er das. Kaiser Friedrich hat also nicht nur hier zu bestimmen, sondern auch in Italien.“

„Ach so, hier heißt er König und in Italien heißt er Kaiser.“
„Nein, Erich, Dummkopf! Nur wenn er hier und zugleich in Italien herrscht, dann ist er ein Kaiser. Aber nicht in Rom, hat Opa gesagt, denn da herrscht der Papst selber.“
„Ach so“, sagte Erich. Philemon schmunzelte. Nach einer Weile fing der Kleine noch einmal an. Mit einer Frage, die auch für ein kleines Kind nahelag. „Aber wer herrscht denn jetzt hier bei uns? König Rudolf oder Kaiser Friedrich?“
„Das weiß ich auch nicht so genau“, musste seine Schwester zugeben.
Immer mehr Leute sammelten sich an der Straße, viele Kinder, aber auch Erwachsene. Weniger Händler oder Bauern oder Handwerker, weil die wahrscheinlich keine Zeit hatten, hier zu stehen und zu warten. Aber viele sehr Alte, manche Bettler und Krüppel, die nicht arbeiteten. Leute, die es nicht so eilig hatten oder deren Neugier größer war als ihr Pflichtbewusstsein.
„Wann kommt er denn?“, fragte Erich. „Mir ist langweilig.“
„Sei nicht so ungeduldig! Er wird sicher bald da sein.“
„Hat er auch eine goldene Krone auf?“
„Ich denke schon. Opa hat ihn ja damals gesehen. Vor vielen Jahren, da ist er auch hier durch Wetzlar gekommen. Opa hat erzählt, es hat ganz prachtvoll ausgesehen. Der Kaiser ritt auf einem ganz edlen schwarzen Pferd und hatte ein kostbares Gewand an mit Purpur und Gold. Ganz vorn ritt er, vor ihm waren nur Soldaten, die den Weg frei machten. Und dann kamen all die Schätze, die er bei sich hatte. Auf Wagen und auf Tieren.“
„Auf Lasteseln? So wie der vom Müller …?“

„Ach, Erich! Auf Eseln doch nicht! Auf Pferden, aber auch auf anderen Tieren."
„Auf Kühen?"
„Nein! Die Tiere heißen Kamele, hat Opa gesagt. Sie sind noch größer als Pferde und haben einen Buckel. Die leben meistens in der Wüste, wo es nur Sand gibt."
„Ach – fressen die Sand?"
„Unsinn! Du stellst blöde Fragen! Die werden von Menschen gefüttert. Aber sie müssen nicht alle paar Stunden was trinken wie Kühe oder Pferde, darum kann man gut auf ihnen durch die Wüste reiten, wo es kein Wasser gibt. Und dann waren da schwarze Männer, sagt Opa, die führten ..."
„Wie denn? Waren die so dreckig?"
„Nein. Es gibt eben Leute, die haben eine schwarze Haut. In anderen Ländern leben die. Das ist da ganz normal, sagt Opa, die sehen da alle schwarz aus. Wenn du mit deiner weißen Haut da hinkommst, dann fällst du genau so auf wie die, wenn sie mit ihrer schwarzen Haut hierherkommen."
„Ich will da aber nicht hin!"
„Brauchst du ja auch nicht. Jedenfalls, diese schwarzen Männer hielten lange Ketten und führten damit wilde Tiere, Löwen und so. Ich weiß nicht, wie die alle heißen."
„Was sind denn das für Tiere?"
„Große Katzen. Da gibt es gelbe, schwarze, und mit Punkten ..."
„Katzen? So wie unsre Musch?"
„Viel, viel größer! Größer noch als ein Schwein."
„Oh – das will ich sehen! Bringt der Kaiser gleich auch so Tiere mit?"
„Weiß ich nicht. Und – hör zu! – das größte Tier kommt noch. Ein Elefant. Wenn der dasteht, kannst

du aufrecht drunter durchgehen, ohne dich zu bücken, sagt Opa. Er hat einen langen Schlauch an der Nase, mit dem trinkt er …“

„Ach, so wie ich, wenn ich durch einen Strohhalm trinke?“

„Weiß nicht. Vielleicht. Ich hab's ja auch nicht gesehen. Ich weiß es nur von Opa. Und aus dem Maul von dem Elefanten kommen zwei riesige Zähne. So lang.“ Sie breitete die Arme aus, so weit sie konnte.

„Das glaube ich nicht! Du willst mich auf den Arm nehmen!“

„Doch, wirklich! Und das Tier trägt auf seinem Rücken ein kleines Häuschen. Da sitzen Leute drin und schauen sich die Gegend von oben an. Oder es sitzen Soldaten drin, die mit Pfeil und Bogen von da oben jeden treffen können, der ein Feind ist.“

„Oh …“

„Und auch auf Pferden reiten noch Bogenschützen. Die treffen glatt … die Wächter drüben am andern Ende der Brücke.“

„Das ist doch keine Kunst!“

„Und schießen denen eine Fliege von der Nase, wenn sich eine draufgesetzt hat. Ohne die Nase zu treffen. Und noch andere Ritter waren da mit Schwertern und Lanzen. Die Rüstungen glänzen silbern in der Sonne und über ihnen flattern bunte Wimpel. Und alle sind prächtig angezogen, prächtiger als der erste Bürgermeister an einem Feiertag. Und das Geschirr der Pferde glänzt in Silber und Gold. Und in ihre Mähnen sind kleine Zöpfchen geflochten.“

„Da!“, unterbrach Erich.

Philemon sah es auch. Der Erwartete war am anderen Ende der langen Gasse zu sehen. Philemon wollte ihm entgegengehen, aber erst musste er hören, wie die

Kinder ihre Enttäuschung verarbeiten würden, wenn sie sahen, dass da statt einer prachtvollen Gestalt auf edlem Ross ein schäbig gekleideter Greis auf einer etwas dicklichen Stute ankam. Und ganz ohne Elefanten, Kamele oder schwarze Männer.
„Ist das der Kaiser?“ Erichs Stimme klang verhalten. Seine Schwester nickte nur schwach.
„Wo sind denn die Katzen?“
Keine Antwort.
„Und das große Tier mit dem Schlauch und den langen Zähnen und dem Häuschen obendrauf?“
Philemon konnte nicht länger warten. Er überließ die beiden Kinder und wohl auch manchen Erwachsenen ihrer Enttäuschung und ging dem Kaiser entgegen.
Für einen Moment überfielen ihn Zweifel. War es nicht wirklich lächerlich, dass dieser arme alte Mann ohne irgendwelche Machtbeweise mit dem Anspruch auftrat, der Herrscher des ganzen Heiligen Römischen Reiches Deutscher Nation zu sein? Und sollte er, Philemon, sich wirklich mit ihm gemeinmachen? Sich auch der Lächerlichkeit aussetzen? War es nicht besser, er setzte sich ab, ehe diese Blase platzte?
Aber dann kam ihm in den Sinn: Wenn es nun doch stimmt? Schließlich macht nicht der äußere Prunk einen Kaiser aus. Wenn er doch der rechtmäßige Kaiser ist und ich verleugne ihn, dann bin ich feige und untreu. Nein, man muss nicht die Macht und das Recht an Äußerlichkeiten ablesen können! Ist nicht sogar Christus selbst, der Sohn des Allmächtigen, als Mensch arm und verachtet gewesen? In einem Stall zur Welt gekommen und an einem Kreuz hingerichtet?
Philemon erreichte die Gruppe. Er nahm Johann, der das Pferd geführt hatte, die Zügel ab und ging nun selbst neben dem reitenden Kaiser her.

Und noch etwas ging Philemon durch den Kopf, während die Leute am Straßenrand zum Teil „Hurra!" riefen, zum Teil aber auch enttäuscht pfiffen. Es macht einen schwachen Charakter aus, hatte ihm die Meisterin Gertrud gesagt, sein Verhalten nur von Zustimmung oder Ablehnung der Leute abhängig zu machen. Er rief sich in Erinnerung: Ich bin, was ich vor Gott bin, nicht vor Menschen. Ich habe mich auf die Seite dieses Mannes gestellt. Der Grund war weniger, dass ich ihn für den Kaiser hielt, da hatte ich immer Zweifel. Der Grund war, dass ich ihn mochte und er mich. Und dieser Grund ist nicht hinfällig geworden. Jetzt ihn aus Scham oder Angst im Stich zu lassen, wäre schäbig.
Philemon straffte sich, ging hoch aufgerichtet neben dem Pferd und seinem Reiter her und schaute jedem, der eine höhnische Bemerkung rief, trotzig und stolz ins Gesicht.

***

Der nächste Tag war ein Sonntag. Philemon hoffte, in der Kirche Maria zu treffen und ein paar Worte mit ihr wechseln zu können. Vor allem, sie zu sehen. Tatsächlich sah er sie ganz vorn stehen. Gern hätte er neben ihr gestanden, aber dazu hätte er sich durch die Menschenmenge drängen müssen. Er entschied sich, bei Ludwig zu bleiben. Auch weil er erneuten Ärger mit seiner Mutter vermeiden und Maria Ärger mit ihrem Herrn ersparen wollte.
Etwas später kam der Kaiser, um auch am Gottesdienst teilzunehmen. Philemon beobachtete das Getuschel der Leute, die zu ihm hinsahen und sogar mit dem Finger zeigten.
Der Kaiser stellte sich neben Philemon.

Während noch die Glocken läuteten, flüsterte der alte Mann dem jungen zu: „Vielen Dank, Philemon, dass du alles so gut vorbereitet hast! Mein Quartier beim Kaufmann Holz ist natürlich nicht so, wie es meiner Stellung angemessen wäre. Aber das kann ich wohl auch nicht erwarten. Ich bin ja in der Hinsicht auch nicht verwöhnt."

„Es freut mich, dass Ihr zufrieden seid."

„Du wohnst in deinem Elternhaus?"

„Ja. Neben vielen anderen Vorteilen hat das auch den, dass ich durch meinen Vater immer die neusten Entwicklungen erfahre. Gestern Abend habe ich erfahren, dass unser alter Feind, der Erzbischof von Köln, lange nach Euch gesucht haben soll, als er Euch in Neuss nicht fand. Inzwischen hat er aber erfahren, dass Ihr hier seid. Er hat sich darum dem König Rudolf angeschlossen. Vermutlich, um auf ihn einzuwirken, dass er Euch gefangen nehmen und hinrichten soll. Leider ist zu befürchten, dass König Rudolf das sowieso vorhat. Er wird keinen in seinem Reich dulden, der ihm die Herrschaft streitig macht."

„Aber …" Der Kaiser wirkte verunsichert. „Aber die Stadtmauern von Wetzlar sind stark."

„Das sind sie. Aber leider …" Philemon überlegte, wie er die schlechte Nachricht möglichst schonend formulieren konnte.

„Leider?", fragte der Kaiser.

„Nun, man hat sich um eine Versöhnung mit dem König bemüht. Das Gerücht besagt, dass Rudolf auf Strafaktionen verzichten will, wenn die Städte des Wetterauer Städtebundes in Zukunft den dreißigsten Pfennig bezahlen."

„Versöhnung ist immer gut."

„Nicht immer, Majestät. In diesem Fall für Euch nicht.

Denn es ist wohl zu erwarten, dass zu den Friedensbedingungen gehört, dass Ihr dem König ausgeliefert werdet. Und sollte Rudolf wider Erwarten keinen Wert auf Eure Auslieferung legen, so könnte er doch dem Drängen des Erzbischofs nachgeben und verlangen, dass Ihr vor Gericht kommt."
Die Glocken beendeten ihr Spiel und der Gottesdienst begann. Der Kaiser murmelte nur noch: „Traurig, traurig! Aber lass uns nun Trost suchen in den ewigen Wahrheiten!"

***

Meisterin Gertrud vom Prämonstratenserinnenstift Altenberg schaute sich um. Sie war noch nie im stattlichen Anwesen des Kaufmanns Tobias Holz gewesen. Sie stieg mit Philemon aus dem zweirädrigen Wagen, den der junge Mann gelenkt hatte. Ein Knecht des Kaufmanns übernahm die Zügel und versorgte das Pferd. Philemon führte die Oberin in das Gemach, in dem der angebliche Kaiser wohnte.
Die Stube war nicht besonders groß, aber sauber und mit guten Möbeln eingerichtet – einem Bett, einem Tisch und einem Stuhl. Es gab sogar einen Kamin, in dem aber jetzt im Sommer natürlich kein Feuer brannte.
Der Kaiser stand auf, als die Meisterin eintrat, und kam auf sie zu.
„Gott zum Gruß, mein Herr!", sagte die. „Ich bin Gertrud, die Tochter der heiliggesprochenen Elisabeth von Thüringen, die in Marburg wohnte. Seit dem Jahr des Herrn zwölfhundertachtundvierzig bin ich Meisterin des Ordenskonvents Altenberg. Und wer seid Ihr?"
„Ich bin Friedrich II. von Hohenstaufen, durch Gottes

Gnade Kaiser des Heiligen Römischen Reiches Deutscher Nation. Bitte nehmt Platz, verehrte Meisterin!"
Man setzte sich, der Kaiser auf das Bett und sein Gast auf den einzigen Stuhl. Philemon blieb stehen.
„Ich werde Euch Friedrich Zwei nennen", begann die Oberin. „Das kann nicht völlig verkehrt sein. Seid Ihr wirklich der Kaiser, so mögt Ihr es als eine Form von ‚Friedrich der Zweite' verstehen. Seid Ihr es nicht, so kann es im Sinne von ‚der andere Friedrich' gemeint sein, wie manche Euch nennen. Ihr wisst, weshalb ich Euch besuche?"
„Selbstverständlich, Meisterin. Ihr wollt oder sollt prüfen, ob ich wirklich der Kaiser bin. Schließlich müsst Ihr es am besten wissen."
„So ist es. Aber ich gebe zu, es fällt mir schwer."
„Warum?"
„Da gibt es eine Reihe von Gründen. Zunächst einmal ist die Geschichte, dass Ihr Euren Tod nur vorgetäuscht haben wollt, nicht sehr glaubhaft. In dem Zusammenhang gibt es manche Fragen, die Ihr mir beantworten müsst, wenn ich Euch glauben soll. Sodann scheint mir, dass Ihr trotz Eures Alters zu jung seid, um wirklich Kaiser Friedrich zu sein. Er müsste jetzt, wenn er noch lebte, achtundachtzig Jahre alt sein. Das Alter habt Ihr wohl noch nicht erreicht, wenn ich es richtig einschätze."
„Erkennt Ihr mich denn nicht?"
„Erkennt Ihr mich denn?", fragte Meisterin Gertrud zurück.
„Ihr wart noch ein Kind damals."
„Und Ihr wart – wenn Ihr es wart – ein Mann in den besten Jahren. Sagt mir, wie ich gekleidet war, als wir uns begegneten!"
„Wisst Ihr denn noch, was ich anhatte?"

Gertrud schmunzelte. „Nun, einen Mantel mit Pelz …"
„Ihr ratet!", lächelte er.
„Ich gebe es zu. Und ich bestehe auch nicht darauf, dass Ihr Euch an mein Kleid erinnert. Aber sagt mir, was stand in dem Brief, den Ihr mir und meinen Geschwistern nach Eurer Rückkehr nach Italien geschrieben habt?"
„Daran kann ich mich nicht erinnern. Wäre es nicht zu viel verlangt nach so langer Zeit?"
„Dann sage ich es Euch: Ihr habt mir gar keinen Brief geschrieben."
„Das ist schade. Ich hätte es tun sollen!"
„Wieder weicht Ihr aus, Friedrich Zwei!"
„Ja, denn niemand kann sich an alle Einzelheiten von vor einem halben Jahrhundert erinnern. Erst recht nicht, wenn diese Jahre so voller wichtiger Ereignisse waren wie bei mir."
Die Oberin nickte leicht, um anzudeuten, dass sie einsah: Ihr Gegenüber hatte recht. „Lasst uns mit diesem Examen aufhören, Friedrich Zwei, und ein anderes Thema wählen! Solltet Ihr wirklich der Kaiser sein, so liegt mir daran, Euch mein Beileid auszusprechen für den Tod Eurer Kinder, besonders der vielversprechenden Söhne."
„Ich danke Euch, Frau Gertrud. Ja, es ist bitter, wenn ein Vater all seine Kinder überlebt. Konrad, der mir allerdings auch manchen Kummer machte, starb vier Jahre nachdem ich meinen Tod vorgetäuscht hatte. Sein Sohn, mein Enkel, den sie in Italien Konradin nannten, wurde in Neapel enthauptet. Manfred verlor sein Leben in der Schlacht von Benevent gegen Karl von Anjou. Und Enzio, den ich am liebsten hatte, starb in der Gefangenschaft. Versteht Ihr da, dass ich mich nach einem friedlichen Abschluss meines friedlosen

Lebens sehnte? Wer über viele Menschen und Völker herrschen muss, kann unglücklicher sein als ein einfacher Bauer, dessen einzige Untertanen ein paar Kühe oder Schweine, Hühner oder Gänse sind."

„Das verstehe auch ich, die ich nur die Verantwortung für einige fromme Schwestern trage. Aber warum strebt Ihr nun das Amt des Kaisers wieder an, nachdem Ihr es vorher trickreich losgeworden seid?"

„Das ist eine berechtigte Frage, verehrte fromme Cousine. Ihr seid Euch doch bewusst, dass zwischen uns eine – allerdings sehr ferne – Verwandtschaft besteht?"

Gertrud nickte. „Wenn Ihr der Staufer seid, ja. Aber zu meiner Frage …"

„Ich kann sie wohl nicht zu Eurer vollen Zufriedenheit beantworten. Als es noch keinen neuen König gab, weil die Kurfürsten sich nicht einigen konnten, entschloss ich mich, die Verantwortung noch einmal auf mich zu nehmen. Ich sah die Pflicht, unser Volk in eine gute Zukunft zu führen. Nun ist zwar ein neuer König gewählt, aber ich kann nicht mehr zurück. Ich konnte das Amt ablegen, als man mich für tot hielt. Aber nun ist bekannt, dass ich lebe. Also muss dem Recht Genüge getan werden. Ich werde Rudolf von Habsburg vor den Reichstag in Frankfurt laden und ihn auffordern, mir die Reichsinsignien zu übergeben."

„Was wollt Ihr?", fragte Gertrud erschrocken.

Er lächelte. „Sagt selbst: Würde ich das nicht tun, hätte ich damit doch schon all denen recht gegeben, die mich für einen Lügner halten."

Die Magistra wusste nicht, ob sie über ihn lachen oder ihn bemitleiden sollte. Glaubte der alte Mann wirklich, dass König Rudolf ihm zu Füßen fallen und ihm den Treueid leisten würde, sobald sie sich begegneten? Wie konnte sie ihn davor bewahren, in sein Unglück zu rennen?

„Bedenkt, Friedrich Zwei, dass sich König Rudolf nicht unterwerfen kann! Allein schon deshalb, weil, solltet Ihr wirklich der Kaiser sein, noch der Kirchenbann auf Euch liegt!“

„Ach was!“ Er machte eine wegwerfende Handbewegung. „Was bedeutet der Spruch eines Papstes, den er, wie jeder weiß, nur aus persönlicher Feindschaft gegen mich und für den Machterhalt in seinem Kirchenstaat ausgesprochen hat! Das Nein eines solchen Mannes bedeutet nichts, solange Gott selbst Ja zu mir sagt. Und dem Volk bedeutet es auch nicht mehr so viel wie vor gut zweihundert Jahren, als der vierte Heinrich den Papst in Canossa um Befreiung vom Kirchenbann anflehen musste, um seine Krone zu retten. Diese Waffe des Banns wird stumpf, wenn sie zu oft gebraucht wird. Was der Papst sagt, muss nicht unbedingt das sein, das der sagen will, in dessen Auftrag er zu sprechen vorgibt.“

„Gut gesprochen, Friedrich Zwei. Aber – hat man mich falsch unterrichtet, als man mir zutrug, Ihr nähmt es mit der Frömmigkeit nicht so ernst?“

„Lasst uns über das Thema nicht streiten, fromme Gertrud! Ich will nur so viel sagen, dass mir meine muselmanischen Bogenschützen näher waren als der Vater der Christenheit. Das heißt aber nicht, dass ich ein Abtrünniger wäre, ein Teufelsdiener oder was man sonst noch von mir sagt. Ich wusste sehr wohl, dass ich mich von schlechten Vorbildern nicht in die Irre führen lassen darf wie Eure Frau Mutter.“

„Was wollt Ihr damit sagen?“, schreckte die Oberin auf.

„Ich hätte das nicht sagen sollen! Verzeiht! Lasst uns von …“

„Nein, ich bestehe darauf, dass Ihr Euch erklärt, Friedrich Zwei! Was hat es mit den falschen Vorbildern und meiner Mutter auf sich?“

Der Gefragte wand sich und antwortete erst nach einer Weile, während Gertrud ihren strengen Blick auf ihn gerichtet hielt.
„Nun, Ihr wisst vermutlich so wie ich, dass manche der Opfer und Entbehrungen der heiligen Elisabeth nicht ihrem liebevollen und Gott ergebenen Herzen entsprungen sind, sondern das Ergebnis des Drucks waren, den ihr Beichtvater Konrad von Marburg auf sie ausübte. Der war ein Fanatiker, der am Ende die frömmsten Bischöfe mit seinen Forderungen nach Askese verärgerte, der als päpstlicher Großinquisitor angebliche Ketzer jagte und der dann wohl auch wegen seines Übereifers ermordet wurde."
Philemon hatte selbstverständlich wortlos zugehört, weil es ihm nicht zustand, sich einzumischen. Jetzt bemerkte er, wie Gertrud betroffen schwieg.
Der Kaiser schob noch die Bemerkung nach: „Womit natürlich nicht das fromme Herz Eurer verehrten Frau Mutter infrage gestellt sein soll! Aber wie sich ihre Frömmigkeit auswirkte, das geschah weitgehend nach dem Willen des Mönchs. Sein Motiv war nicht, die Ehre Gottes zu mehren, sondern seine eigne, indem er Elisabeth, die ihm in gewisser Weise ausgeliefert war, nach seinen Vorstellungen formte."
Gertruds Gedanken überschlugen sich. Was hier von diesem Mann so unverfroren ausgesprochen wurde, war ja nicht ganz aus der Luft gegriffen. Gertrud wusste von dem starken Einfluss, den Konrad von Marburg auf ihre Mutter gehabt hatte. Aber das Volk wusste es nicht. Das sah in allem, was Elisabeth tat, den Beweis ihrer Frömmigkeit. Und die Kirche bestätigte das Volk darin. Zweifellos war sie eine tiefgläubige und liebevolle Frau. Aber dass sie zum Beispiel zeitweilig in einem Schweinestall lebte – was hatte das mit der Liebe zu

Gott zu tun? Das war wohl nicht Auswirkung ihrer frommen Demut, sondern das Werk Konrads, der sie erniedrigen wollte.
Gertrud ahnte vieles davon, wusste aber wenig. Es wurde ja nie darüber gesprochen, um den Glanz der Heiligen nicht zu beschädigen.
Was aber Gertrud wie auch Philemon erschreckte, war, dass dieser Mann von diesen Dingen wusste, die doch sonst geheim gehalten wurden. War er vielleicht doch der Kaiser, der sich von heimlichen Beobachtern, wie alle Herrscher sie haben, nach Italien berichten ließ, was hier vorging? Es war denkbar, ja, sogar wahrscheinlich, dass der echte Kaiser Friedrich solche Informationen aus seinen Stammlanden bekommen hatte. Aber dieser „Friedrich Zwei"? Hatte er vielleicht, sollte er nicht selbst der Staufer sein, zur kaiserlichen Kanzlei gehört? Oder zu seinem näheren Umfeld und konnte so Einsicht in geheime Briefe nehmen? Oder genoss er Vertrauen beim richtigen Kaiser, der solche Dinge mit ihm besprach? Wer war dieser Mann?
Er holte tief Luft und sagte: „Ich wollte weder Euch verletzen, Frau Gertrud, noch Eurer Frau Mutter etwas von der Achtung nehmen, die sie zu Recht als Heilige im Volk genießt. Also – verlassen wir das Thema! Übrigens – wie Ihr mir Euer Beileid aussprach, so erlaube ich mir Euch zu sagen, dass ich immer mit Eurer Mutter und ihren Kindern fühlte, als sie nach dem Tod von Landgraf Ludwig durch Euren Onkel von der Wartburg vertrieben wurden.
Von genau jenem Heinrich Raspe übrigens, der schon König werden wollte, als er wusste, dass ich noch lebte. Auch das war eine Enttäuschung für mich! Ausgerechnet der Bruder meines treuen Freundes!"
Einige Minuten schwiegen beide Gesprächspartner

und sahen sich nur an. Philemon trat von einem Bein aufs andere. Dann sagte die Meisterin vom Stift Altenberg: „Ich will ehrlich mit Euch sein, Friedrich Zwei. Ich weiß nicht wirklich, wer Ihr seid."
Er lächelte. „Seid nicht traurig, verehrte Gertrud! Manche Menschen wissen nicht einmal, wer sie selbst sind. Und weil Ihr so ehrlich seid, will ich in demselben Geist sprechen. Weiß ich es? Ich muss viel darüber nachdenken, in letzter Zeit vermehrt. Das tue ich nicht gern. Da ist … irgendeine Mauer, wie die Befestigung einer Burg. Ich kann sie nicht durchbrechen. Ach … was rede ich da! Torheit! Vergesst, was ich sagte! Versprecht Ihr mir, dass Ihr es vergessen werdet?"
Als Gertrud nicht antwortete, dachte Philemon: Es ist das Beste, was sie tun kann – schweigen. Wie kann man auch versprechen, etwas zu vergessen?
Der Kaiser sagte mit verhaltener Stimme: „Auf Euch trifft das nicht zu, das spüre ich. Ihr wisst, wer Ihr seid. Ihr seid nicht nur die Tochter der heiligen Elisabeth und des Landgrafen von Thüringen, nicht nur die Enkelin des ungarischen Königs, auch nicht nur die Magistra dieses Ordensstifts. Ihr seid Gertrud. Ihr seid nicht nur etwas in Beziehung zu anderen Menschen, Ihr seid selbst jemand."
„Vor Gott", warf Philemon ein. Es war die erste Bemerkung, die er einzubringen wagte.
„Ihr seid Gertrud", ergänzte der Kaiser, „und ich freue mich, Euch – ausführlicher als damals – kennengelernt zu haben."
„Vielleicht ist das die letzte Freude, die Euch in diesem Leben zuteilwird, Friedrich Zwei." Die Meisterin erhob sich. „Auch wenn Ihr nicht der echte Kaiser seid, stupor mundi, wie der genannt wurde, das Staunen der Welt, so finde ich doch, dass Ihr ein erstaunlicher Mensch

seid. Gott segne den Weg, den Ihr vor Euch habt, auch wenn der vermutlich nicht mehr weit ist!"
„Er wäre auch nicht mehr weit, wenn es den Konflikt mit dem Erzbischof von Köln und mit König Rudolf nicht gäbe. Auch so neigt sich ein ungewöhnlich langes und abenteuerliches Leben dem Ende zu. Gott segne auch Euren Weg, Frau Gertrud!"
„Wenn dieser Segenswunsch nicht nur Floskel ist, sondern von Herzen kommt, nehme ich ihn gern an, ganz gleich, wem das Herz gehört, dem er entsprungen ist."

***

Philemon und Maria saßen im Gras auf einer Anhöhe. Unter ihnen lag die Stadt, zum größten Teil von Mauern umschlossen, aber auch davor standen Gebäude. Die Lahn schlängelte sich durch das Tal. Weiter links, am gegenüberliegenden Ufer, stand auf einer Höhe über dem Fluss das Stift Altenberg mit Kirche und Wohngebäuden. Rechts von ihnen erhob sich die Burg Kalsmunt.
„Es ist merkwürdig viel Betrieb auf der Burg", stellte Maria fest.
„Sie rüsten sich, falls es zu kriegerischen Handlungen kommt. Mit dem König. Er ist im Anmarsch. In der Stadt werden alle Männer eingewiesen, wo und wie sie sich notfalls an der Verteidigung der Mauern beteiligen müssen. Ich auch."
„Ach so, darum mussten auch die drei jungen Männer des Kaisers zu Übungen kommen. Die wohnen ja bei uns, im Haus von Tobias Holz."
„Ja, wir sind zusammen beim Hausertor eingeteilt, zwischen Tor und Fluss."
Maria blickte lächelnd vor sich ins Gras. „Dieser Jo-

hann – ich muss schon sagen, der könnte mir auch gefallen!“
„Maria!“
„Groß und kräftig und gut aussehend.“
„Maria! Ich habe die älteren Rechte!“
„Niemand hat an mir Rechte!“ Jetzt grinste sie Philemon an. „Und Ludwig, der so lustig sein kann und dichten und auf der Laute spielen, der ist auch nett. Und Moritz ist sehr hilfsbereit, er hat mir schon oft geholfen, wenn zum Beispiel etwas Schweres zu tragen war …“
Philemon fasste ihr mit der Rechten hinter den Kopf und legte die Linke auf ihren Mund. „Kein Wort mehr davon!“
„Mmm. Mmm mmm …“, machte es hinter der Hand. Als er sie wieder freigab, grinste sie breit. „Ganz ehrlich, Philemon, ich bleibe bei dir. Vorausgesetzt, dass du mir nicht den Mund verbietest. Aber alle drei … Also, Ludwig hat mich eingeladen, mal in die Gastwirtschaft zu kommen, wo er spielt. Moritz hat gesagt, ich sei das schönste Mädchen, das er jemals getroffen habe. Und Johann sagt nichts. Er steht nur da, blickt mich mit großen Augen bewundernd an und sieht stattlich aus. Und du …“
„Und ich?“
„Du hast zwar nicht die älteren Rechte, weil niemand an mir Rechte hat, aber ich liebe dich.“
Philemon küsste sie.
Das dauerte lange.
Sie machte sich schließlich frei und sagte: „Es ist leider so, dass nicht nur deine Mutter gegen eine Verbindung von uns beiden ist, sondern auch meine. Sie sagt, ich solle mich nicht mit dir einlassen, weil du der Sohn des Schreibers bist und ich nur ein Dienstmädchen und

Tochter eines Fuhrmanns. Leute wie du würden die schönsten Mädchen verführen und dann bald wieder fallen lassen."
„Was für ein Unsinn! Maria, ich schwöre dir ..."
Jetzt hielt sie ihm die Hand auf den Mund.
„Schwöre nichts! Erstens werden solche Schwüre meistens doch wieder vergessen, nützen also gar nichts. Zweitens ist ein Schwur auch gar nicht nötig. Ich weiß ja, dass du es ernst meinst."
Sie nahm die Hand weg und er nutzte die Gelegenheit gleich zu einem weiteren Kuss.
Nachdem sie wieder zu Atem gekommen war, sagte Maria: „Übrigens gratuliere ich dir noch nachträglich zum Geburtstag!"
„Ach, der ist schon so lange her! Wir zogen gerade durch den Westerwald, als ich achtzehn wurde. Kurz vor Greifenstein." Er zeigte nach Norden. „Da würden wir die Burg sehen, wenn wir etwas höher wären."
Sie griff neben sich, pflückte eine Margerite und steckte sie ihm in ein Knopfloch seines Hemdes. „Zu deinem Geburtstag."
„Danke!" Er ließ einen Marienkäfer, der über ihr Bein krabbelte, auf seinen Finger laufen und setzte ihn dann im Gras ab.
„Meinst du wirklich", fragte Maria, „dass es zu einem richtigen Krieg kommen kann? Mein Vater sagt, gegen das Heer des Königs hätte die Stadt keine Chance."
„Da hat er sicher recht. Ich vermute, dass man sich auf den Fall vorbereiten will, dass der König uns zwar in Ruhe lässt, aber dem Kölner Erzbischof freie Hand lässt, sich den anderen Friedrich selbst zu holen. Vielleicht geht es auch darum, dem König, falls er doch angreifen will, zu zeigen, dass er die Stadt nur unter großen Verlusten bezwingen könnte."

„Wissen wir denn, was bei den Verhandlungen mit dem König herausgekommen ist?"
„Anscheinend hat man sich geeinigt. Der Wetterauer Städtebund, also auch Wetzlar, soll nicht bestraft werden für den Aufstand, aber in Zukunft treu den dreißigsten Pfennig bezahlen."
„Aber wenn alle versöhnt und zufrieden sind – weshalb ist dann der König auf dem Anmarsch zu uns?"
Philemon schüttelte betrübt den Kopf. „Genau weiß ich es nicht. Aber es ist wohl zu vermuten, dass er unseren Kaiser holen will."
„Dann wird die Stadt den übergeben."
„Das ist anzunehmen."
„Und du wärst darüber traurig, nicht wahr?"
Philemon nickte wortlos.

***

„Haben wir nicht noch eine Waffe im Haus, Vater?", fragte Philemon mit halb vollem Mund. Er spülte das Brot mit einem Schluck von dem dünnen Bier hinunter. Die Familie saß zu viert am Frühstückstisch.
„Eine Waffe? Lass mich überlegen!"
„Der Hauptmann hat mir aus dem städtischen Arsenal einen Spieß gegeben. Der eignet sich sicher, um angreifende Soldaten abzuwehren, wenn sie über Leitern die Mauer stürmen wollen. Aber wenn sie oben sind, ist das Ding zu groß und unhandlich. Es ist eng auf dem Wehrgang."
„Ich habe noch ein altes Schwert. Alt, aber noch brauchbar. Ich erinnere mich, dass wir einen Morgenstern hatten. Weiß gar nicht, wie der in unseren Besitz gekommen ist. Du kannst auf dem Dachboden nachsehen, ob er da noch liegt. Er wird stark verrostet

sein, aber das macht sicher nichts. Das beeinträchtigt ja nicht seine Wucht."
„Ja", sagte Philemon und dachte an seinen alten Freund Jörg, den es nun nicht mehr gab. „Ein Morgenstern wäre gut."
„Was für ein Stern?", fragte die kleine Schwester.
Ihr Vater erklärte: „Es ist eine Waffe wie eine Keule. An einem Stil und einem kurzen Stück Kette ist eine eiserne Kugel befestigt. Die hat Stacheln, die schlagen durch jedes Kettenhemd, sogar durch einen Helm. Durch die Kette kann man den Feind sogar hinter dem Schild treffen, weil sich die Kugel da sozusagen selbst den Weg um die Ecke sucht."
Frau Melchior stellte mit einer energischen Geste ihren Becher ab. „Hört auf, von so etwas zu reden! Auch noch vor dem Kind! Ich finde, Philemon sollte überhaupt nicht kämpfen müssen!"
„Jeder muss bei der Verteidigung helfen!", knurrte ihr Mann. „Und erst recht der Sohn eines Angestellten der Stadt, der achtzehn Jahre alt ist! Mit welchem Recht sollte er…"
„Er kann sehr schön schreiben. Und das nützt auch der Stadt. Wenn er sich an der Hand verletzt …"
„Ich kann auch schreiben und kämpfe trotzdem."
„Aber du schreibst nicht so schön wie Philemon!"
Warum sagt sie immer so etwas, das Vater ärgert, schoss es Philemon durch den Kopf. Ganz abgesehen davon, dass so etwas von niemandem als Grund akzeptiert würde, sich vor dem Dienst auf der Mauer zu drücken. Er sah seinen Vater an, der mühsam seinen Zorn beherrschte.
„Neben mir auf dem Wehrgang stand gestern bei der Übung der Orgelspieler. Meinst du nicht, dass der erst recht Grund hätte …"

„Du hast doch gute Beziehungen zum Rat der Stadt", redete sie weiter, ohne auf das Argument ihres Mannes einzugehen. „Setz dich dafür ein, dass Philemon nicht kämpfen muss!"

Melchior ließ alle Beherrschung fahren und brüllte: „Das werde ich nicht tun!"

Lea, Philemons Schwester, stieß ihren Stuhl zurück und rannte aus dem Raum. Ihre Eltern beachteten es nicht.

„Dann tue ich es!", keifte Frau Melchior zurück.

„Untersteh dich!", musste nun Philemon auch laut rufen, um mithalten zu können. Dann trank er seinen Becher leer, nahm den Rest Brot und stand auf. Während seine Eltern weiterstritten, ging er einfach fort.

Auf der Gasse, beim Kauen des Brotkantens, ging ihm durch den Kopf: Was wäre das schön, wenn zum Beispiel Gertrud vom Altenberg meine Mutter wäre oder auch meine Großmutter. Oder der Kaiser mein Großvater. Menschen, mit denen ich mich wirklich unterhalten kann. Alles sagen, was mich beschäftigt, und es wird mir zugehört. Alles fragen, und ich bekomme Antworten. Nun ja, die Antworten des Kaisers sind nicht immer so vernünftig wie die von Meisterin Gertrud. Aber wenigstens fühle ich mich bei ihm ernst genommen und wertgeschätzt.

Plötzlich war der Gedanke da: Ich wünsche mir die beiden als Eltern, weil es mir dabei besser ginge, träume davon, male es mir aus – obwohl ich weiß, dass es nicht so ist. Kann es nicht sein, dass es dem Kaiser ähnlich geht, nur dass er noch den nächsten Schritt tut – dass er tatsächlich glaubt, es wäre so, wie er es sich wünscht? Dass er aus großem Elend zunächst nur in Gedanken in die Rolle des Kaisers schlüpfte, weil ihm das ein gutes Gefühl gab und seine Not vergessen ließ – so lange und gründlich, bis er es schließlich selbst für die Wahrheit hielt? Dass er zwar nicht wirklich der Kaiser ist, aber auch kein Betrüger, weil er überzeugt ist, seine Einbildung entspreche der Wahrheit?

Ich muss mit ihm darüber reden, dachte Philemon. Aber wie kann ich das tun, ohne ihn vor den Kopf zu stoßen?

Er ging zum Gebäudekomplex des Kaufmanns Holz. Knechte und Mägde, die auf dem Hof arbeiteten und hin und her liefen, beachteten ihn nicht, weil er schon öfter hier war. Er stieg die Treppe hinauf. Ehe er an die Tür klopfen konnte, wurde die von innen geöffnet.

„Guten Morgen, mein lieber Philemon! Ich habe am Fenster gestanden und sah dich kommen."

„Guten Morgen, Majestät!"

Der Kaiser schob das Geschirr zusammen, das auf dem kleinen Tischchen stand. „Das Frühstück hat mir Maria gebracht. Du magst sie, nicht wahr?"

Philemon wurde ein wenig rot. „Woher wisst Ihr das?"

„Ich habe Augen im Kopf. Und immer, wenn sie mir etwas bringt, lenkt sie das Gespräch auf dich. Ich gratuliere dir, mein Freund. Sie ist nicht nur hübsch, sondern auch klug. Und sie weiß, was sie will."

„Ich weiß, dass sie weiß, was sie will. Ich schließe aus Euren Worten, dass Ihr das für ein Qualitätsmerkmal haltet."

„Das tue ich, mein Freund! Komm, setz dich!"

Philemon ließ sich auf der Bettkante nieder, da er den einzigen Stuhl dem Alten überlassen wollte.

„Ist der Besuch von Maria der Grund, dass Ihr in so guter Stimmung seid?"

Der Kaiser wiegte den Kopf. „Auch, ja. Aber mehr noch der Traum, den ich in der letzten Nacht hatte. Ich glaube, ich erzählte dir schon einmal, dass ich manchmal so plastisch und farbig träume, dass ich nachher

kaum noch weiß, ob es nur ein Traum oder wirklich passiert war.“
„Ja, davon sprachen wir schon. Das letzte Mal ging es um eine Schlacht, bei der Ihr …“
Der Kaiser winkte mit einer heftigen Bewegung ab. Seine Miene verfinsterte sich, aber während der folgenden Stille von einigen Sekunden hellte sie sich wieder auf.
„Heute Nacht träumte ich, ich sei wieder in Italien. Ich war nicht der Kaiser, sondern … jemand anderes. Sie riefen mich in den Palast. Jemand erklärte mir: Der Kaiser Friedrich will nach Süden reiten. Aber das soll der Papst nicht wissen, der ihn dauernd durch Spitzel beobachten lässt. Kaiser Friedrich kann kaum einen Schritt aus dem Palast tun, der nicht beobachtet und nach Rom und an andere Feinde gemeldet wird. Darum sollst du uns helfen, Dietrich!
‚Ich?‘, fragte ich. ‚Wie kann ich denn helfen?‘
Wir statten dich wie einen Kaiser aus und du reitest nach Norden. Die Spione werden sich an deine Fersen heften, und niemand wird bemerken, dass der wahre Kaiser nach Süden reitet. Du bist dafür besonders gut geeignet, sagte man mir, weil du ihm ähnlich siehst, im Gesicht und in der Statur. Zwar etwas jünger, aber das fällt nicht auf.
Und dann stutzten sie meinen Bart, legten mir den purpurnen Mantel um, setzten mir des Königs Hut auf, schnallten mir sein Schwert an die Seite und setzten mich auf des Kaisers bestes Pferd. Ein Trupp der Sarazenen begleitete mich und noch einige bekannte Leute vom Hof. Das Banner wurde vor mir hergetragen, und so ritten wir los.
Es war großartig, so geehrt und beschützt durchs Land zu reiten. Alle Leute am Rand der Straße verbeugten sich oder sanken in die Knie, und ich lächelte ihnen

huldvoll zu. Es war … es war, wie wenn man mit Fieber und Übelkeit daniederlag und auf einmal gesund und stark ist. Verstehst du das?“

Philemon nickte. „Und man hat dich Dietrich genannt?“

Die Miene des Kaisers verfinsterte sich wieder. „Ja, aber das ist doch nicht wichtig! Es war ja nur ein Traum.“

„Sicher. Schon gut!“, beruhigte Philemon ihn.

„Nur ein Traum“, wiederholte sein alter Freund. „In Wirklichkeit bin ich doch der Kaiser.“

Am Nachmittag kam der König. Man konnte es von der Stadt aus nicht sehen, weil die Höhe mit der Burg Kalsmunt dazwischenlag. Aber jeder, der etwas beobachtete, erzählte es sofort weiter, und die Stadt schwirrte von Gerüchten. Die Truppe, die Rudolf bei sich hatte, war kleiner als erwartet. Wahrscheinlich hatte er nach dem Abschluss der Versöhnungsgespräche und der Verträge den größten Teil seiner Armee nach Hause geschickt. Aber der Rest, der da draußen lagerte, war immer noch groß genug, jedem Feind Respekt einzuflößen.

Eine Delegation der Stadt unter Führung der beiden Bürgermeister zog dem König entgegen, überreichte den Schlüssel der Stadt Wetzlar und betonte, welche Ehre es sei, ihn willkommen heißen und beherbergen zu dürfen. Aber Rudolf lehnte die Gastfreundschaft ab, er wollte lieber in seinem Zelt bleiben. Das Gerücht besagte, er habe sich kühl bedankt, aber deutlich gemacht, dass er die Herzlichkeit, die die Vertreter der Stadt zu zeigen versuchten, seinerseits nicht empfand. Er wolle Wetzlar nicht weiter grollen, nachdem man sich nun geeinigt habe, sagte er. Aber die Reserviertheit, mit der er zu den Wetzlarern sprach, war unübersehbar.

Die beeilten sich, ihren Teil der Abmachung zu erfüllen. Eine Stadtwache holte den „anderen Friedrich" und übergab ihn an die Männer des Königs.

Philemon konnte das nicht beobachten, weil er auf seinem Platz auf der Mauer ausharren musste. Er erfuhr es nur von anderen. Die Berichte besagten, dass der Kaiser auf die Burg Kalsmunt gebracht wurde. Vermutlich, weil es dort nicht nur einen sicheren Kerker, sondern auch einen Folterkeller gab mit allen Geräten, die für eine peinliche Befragung nötig waren.

Als es Abend wurde, entließ der Stadthauptmann alle Verteidiger von den Mauern. Es war nicht zu erwarten, hatte der Rat beschlossen, dass ein nächtlicher Angriff erfolgte. Außerdem sei es eine vertrauenbildende Maßnahme gegenüber dem König, wenn alle Männer von den Zinnen abgezogen würden und man so den Willen zum Frieden deutlich machte.
Philemon konnte in der Nacht lange nicht schlafen, weil er immer an den Kaiser denken musste. Ob sie ihn folterten? Wie würde das alles ausgehen? Würden sie ihn als böswilligen Aufrührer oder als bemitleidenswerten Irren einschätzen?
Philemon warf seine Decke fort, weil es ihm zu heiß wurde, und wälzte sich unruhig hin und her. Erst gegen Morgen schlief er übermüdet ein und wachte dann erst wieder auf, als die Sonne schon eine Handbreit über dem Horizont stand.
„Sie werden ihn wohl verbrennen", sagte sein Vater, als Philemon in die Küche kam. „Jemand berichtete, an der Hinrichtungsstätte werde Holz für einen Scheiterhaufen aufgeschichtet."
Philemon fühlte sich wie vor den Kopf geschlagen. Er ging auf die Straße hinaus, um vielleicht weitere Informationen zu bekommen.
Moritz lief ihm über den Weg.
„Hast du es gehört, Philemon?"
„Ja, er soll wohl verbrannt werden."
„Ich schäme mich! Wir sollten …" Er hustete. „Wir sollten ihn bewachen und beschützen. Monatelang war es nicht nötig. Und jetzt, wo er wirklich in Gefahr war, haben wir ihn im Stich gelassen."
„So solltest du das nicht sehen, Moritz! Ihr hättet nichts ausrichten können, weder gegen die Stadtwache noch gegen die Soldaten des Königs."

Moritz nickte. „Ich weiß natürlich, dass du recht hast. Aber ich fühle nicht so."
„Das Gefühl kenne ich auch", murmelte Philemon.
Plötzlich rannte Moritz los.
„Moritz! Was ist?" Dann sah Philemon, was der Grund war: Moritz hatte Maria gesehen, die auf dem Markt allerlei eingekauft hatte, und nahm ihr den Korb ab, um ihn nach Hause zu tragen.
Philemon gesellte sich dazu. Marias Nähe milderte seinen Schmerz spürbar. Sie begrüßten sich wortlos, nur dadurch, dass sie sich einige Augenblicke tief in die Augen sahen.
„Hast du es schon gehört?", fragte Moritz Maria. „Der Kaiser soll verbrannt werden."
„Ich weiß noch mehr", antwortete sie. „Jemand, der in der Nacht auf Kalsmunt dabei war, hat es meinem Herrn erzählt. Weil er ja auch zum Rat gehört und über alles informiert sein will. Und schließlich hatte er ja den Kaiser beherbergt. Ich habe alles mitgehört."
„Und?", drängte Philemon.
„Sie haben ihn gefoltert. Der Erzbischof von Köln ließ es sich nicht nehmen, persönlich dabei zu sein. Es muss schrecklich gewesen sein. Der Kaiser hat gestöhnt und geschrien, und als es am schlimmsten wurde, soll er geschrien haben: Mutter, hilf deinem Tile Kolup!"
„Tile Kolup? Was heißt das?"
„Sie haben daraus geschlossen, dass er in Wirklichkeit so heißt. Der Herr Tobias Holz meinte, Tile sei eine norddeutsche Form von Dietrich. Und Kolup sei ein Holzschuh. Vielleicht sei das sein Name oder auch ein Spitzname, den man ihm als Kind gegeben hat."
„Und in seiner höchsten Not", überlegte Moritz, „hat er an seine Kindheit und an seine Mutter gedacht."
„Der Richter des Königs, der die Folter beaufsichtigte,

und natürlich auch der Erzbischof, sahen es damit als erwiesen an, dass er Tile Kolup hieß, also nicht Friedrich von Hohenstaufen, und somit ein Betrüger und Hochstapler und Aufrührer war. Das bedeutet die Todesstrafe. Heute Mittag soll er verbrannt werden."
Einige Augenblicke standen die drei jungen Leute schweigend mitten im Gewühl des Marktgeschehens.
„Ich muss mich beeilen", sagte Maria.
Philemon wollte Moritz den Korb abnehmen, aber der wollte ihn selber tragen. So gingen sie zu dritt zum Haus des Schöffen Tobias Holz.
Gegen Mittag setzte sich ein großer Zug von Menschen in Bewegung aus der Stadt hinaus nach Süden. Alle wollten die Hinrichtung sehen. Philemon rang mit sich. Eigentlich wollte er nicht zusehen, solche grausamen Vorführungen waren ihm zuwider. Es würde auch in diesem Fall ein besonderer Schmerz sein. Aber dann meinte er, dass er wenigstens dies dem alten Freund schuldig war. Also schloss er sich dem Zug an. Moritz, Ludwig und Johann begleiteten ihn. Schweigend gingen sie mit der Menschenmenge, denn sie wussten nicht, was sie hätten reden können – banale Alltagsthemen hatten hier keinen Platz, und für das, was sie bewegte, hatten sie keine Worte.
Eine Kette von Bewaffneten sicherte die Hinrichtungsstätte ab, so dass niemand zu nahe herankam. Johann, groß und kräftig, bahnte sich und den Freunden einen Weg durch die Menge, so dass sie so weit vorn standen, wie es möglich war. Philemon sah sich um. Der König war nicht da.
Ein Raunen ging durch die Menge, als sie ihren Freund brachten. Er konnte sich kaum auf den Beinen halten und musste gestützt werden. Die Folter musste ihn sehr geschwächt haben. Der Richter las die Urteilsschrift

vor. Die Leute lauschten still, man hätte ein Blatt fallen hören können. Dann hoben und schoben sie den Verurteilten auf den Scheiterhaufen und fesselten ihn an den Stamm. Ein Priester trat heran, um ihm die Beichte abzunehmen, wenn er das wünschte. Man konnte nicht verstehen, was gesprochen wurde.
Knechte entzündeten Fackeln und hielten sie an drei Stellen an den Holzstapel, wie es üblich war, um die Dreifaltigkeit zu symbolisieren, in deren Auftrag man zu urteilen glaubte. Der Scharfrichter warf feuchtes Laub in die beginnenden Flammen – ein kleines Zeichen der Barmherzigkeit. Der aufsteigende Rauch sollte den Todeskandidaten ersticken, ehe er verbrannte. Man nahm an, dass das weniger schmerzlich war. Allerdings hatte das noch niemand bestätigen können, der es über sich ergehen lassen musste.
Als das Knistern der Flammen laut wurde, begannen auch die Zuschauer zu reden. Einige riefen dem Sterbenden Flüche zu, ob aus Überzeugung oder um den Königlichen zu gefallen, war unklar. Einige protestierten aber auch und beschimpften die Folterer und sogar den König. Es gab so ein lautes Durcheinander, dass sowieso niemand etwas verstehen konnte.
Philemon wandte sich ab, noch ehe die Flammen seinen alten Freund erreichten, drängte er sich durch die Menge und lief weit fort.
Es war der siebte Juli des Jahres zwölfhundertfünfundachtzig.

***

„Wohnt hier ein … äh … Philippus?“

Philemon schreckte auf, als er die Stimme an der Haustür hörte. Seine Mutter antwortete: „Philemon. Das ist mein Sohn.“

„Er soll mitkommen!“

Mitkommen? War er jetzt dran? Sollte er bestraft werden, weil er den falschen Kaiser unterstützt hatte? Blitzschnell überlegte er, ob er durchs Fenster hinten hinaus fliehen sollte. Aber damit würde er die Sache vielleicht nur noch schlimmer machen, und aus der Stadt hinaus würde er sowieso nicht kommen. Nein, er wollte doch lieber der Gefahr ins Gesicht sehen. Sich zu seinen Taten stellen, die er nicht in böser Absicht getan hatte. Vor der Tür stand ein Soldat, geharnischt und mit einem Schwert an der Seite, aber ohne Schild. Immerhin nur einer. Wenn sie ihn festnehmen wollten, hätten sie vermutlich zwei geschickt, redete er sich ein.

„Ich bin Philemon.“

„Ach – so ein junger Mensch noch!“, staunte der Soldat. „Du sollst mitkommen.“

„Wohin?“

„Der Marschall des Königs schickt mich, der Herr von Pappenheim.“

„Was will er von mir?“

„Du bist ziemlich neugierig, Bürschchen! Ich weiß nicht, was er von dir will. Und wenn ich es wüsste, dürfte ich es dir gar nicht sagen. Ich soll dich nur holen. Also komm!“

Er drehte sich um und ging los. Er schien es für selbstverständlich zu halten, dass Philemon ihm folgte.

„Geh mit ihm, Junge!“, sagte seine Mutter leise. „Sonst wird es nur schlimmer.“

Philemon tat ein paar schnelle Schritte, bis er neben dem Soldaten war, und dachte dabei: Mutter scheint auch zu vermuten, dass etwas Schlimmes sich anbahnt.
Sie verließen die Stadt und kamen nach etwa zwanzig Minuten in das königliche Lager. Philemon sah sofort, dass nur noch wenige Zelte standen.
„Ist der König schon abgereist?", fragte er seinen Begleiter. Es waren die ersten Worte zwischen ihnen, seit sie die Wohnung verlassen hatten.
„Ja", nickte der ohne eine weitere Erklärung.
Sie hielten vor einem großen Zelt, dessen Spitze mit einem bunten Wimpel geschmückt war. Der Soldat nickte einem Kameraden zu, der neben dem Eingang Wache stand, öffnete das Zelt und trat ein. Philemon zögerte. Als der Wächter ihm ein Zeichen gab, folgte er.
Im Dämmerlicht des Zeltes saßen mehrere Männer an Tischen. Sie waren mit Papieren beschäftigt, lasen oder schrieben, einige sortierten Schriften zu Packen, die sie dann in Kisten verstauten. Anscheinend war dies so eine Art Reisekanzlei, damit der König auch von unterwegs seine Korrespondenz betreiben konnte. Offenbar rüstete man sich, das Büro zu verpacken und dem König hinterherzureisen.
„Herr Reichsmarschall, hier bringe ich den … den Philippus."
„Philemon!", korrigierte ein alter Mönch, der auf der rechten Seite an einem Schreibpult stand.
An der Rückseite des Zeltes stand ein vornehm gekleideter Mann auf. Er sagte nichts, winkte nur mit der Hand. Philemon nahm an, dass die Geste ihm galt, denn der Soldat blieb am Eingang stehen.
Mit Philemon zusammen trat der alte Mönch vor den Marschall.
Philemon fühlte seine Beine leicht zittern und das At-

men fiel ihm schwer, als würde ein Schraubstock seine Lunge zusammendrücken. Er verbeugte sich linkisch und brachte heraus: „Guten …" – erst musste er sich räuspern – „Guten Tag, Herr von Pappenheim. Herr Reichsmarschall."

Der Vornehme lächelte dünn. „Nun ja, man darf wohl annehmen, dass es ein guter Tag wird, wo endlich dieser falsche Kaiser aus der Welt geschafft ist."

Er schob Papiere auf seinem Tisch hin und her und zog eins heraus. Philemon sah es sofort: Es war ein Brief der Stadt Wetzlar an den König, den er selbst geschrieben hatte. Pappenheim drehte den Brief so, dass Philemon ihn lesen konnte, und fragte: „Hast du das geschrieben?"

Philemon nickte, und als ihm einfiel, dass das wohl nicht höflich genug war, sagte er: „Ja." Leugnen hätte sowieso keinen Zweck gehabt.

„Nach Diktat?"

„Mein Vater hat es nach Diktat geschrieben, er ist Schreiber der Stadt. Aber weil die Ratsherren meinten, dass es wichtig sei, an den König mit besonders schöner Schrift zu schreiben, und ich dafür bekannt bin, haben sie mich beauftragt, es abzuschreiben."

Pappenheim nickte.

„Und hast du auch dies geschrieben?" Er legte zwei andere Blätter hin. Philemon erschrak.

„Diese Schriftstücke", fuhr der Reichsmarschall fort, „hat der Erzbischof von Köln mitgebracht, um dem König zu beweisen, wie unverfroren der falsche Kaiser vorgegangen ist. Hier – eine Erlaubnis an die Äbtissin des Klosters in Essen …"

Der alte Mönch meinte: „Ganz sicher ist das die gleiche Handschrift! Hier – die Verzierungen der Anfangsbuchstaben. Sehr schön! Und seht dieses schwungvolle S!"

„Ich habe auch das geschrieben", sagte Philemon halblaut.
„Gut." Der Reichsmarschall legte die Blätter zur Seite. Gut? Warum war das gut? Als Beweisstücke? Sollte Philemon jetzt auch bestraft werden? Vielleicht gefoltert und verbrannt, weil er am Betrug des falschen Kaisers beteiligt war?
Aber der wichtige Mann sah gar nicht zornig aus. Er blickte eher freundlich, als er fragte: „Willst du als Schreiber in der königlichen Kanzlei dienen?"
Philemon war verdattert. Er brachte kein Wort heraus. Glücklicherweise war das auch nicht nötig, denn Pappenheim redete weiter.
„Dies ist Pater Anselm, der für uns die wichtigen Briefe und Dokumente geschrieben hat. Aber der meint nun, er müsse unbedingt wieder in sein Kloster zurück."
„Ihr wisst, Herr", sagte der, „dass dies nicht der Grund ist. Meine Augen lassen nach. Und die Hand wird zitterig. Ich kann den hohen Anforderungen dieser Aufgabe nicht mehr gerecht werden."
„Ja, ja, Euch sei der Ruhestand gegönnt, Pater. Jedenfalls" – er wandte sich wieder an Philemon – „habe ich unserem lieben Pater Anselm gesagt, er könne erst in sein Kloster zurück, wenn er einen geeigneten Nachfolger besorgt habe."
Pater Anselm ergänzte: „Als ich diese Schriften sah, dachte ich gleich: Das muss mein Nachfolger werden! Ich erkundigte mich, wem diese geschickte Hand gehörte. Man wies mich schließlich auf Euch, Philemon. Ich staunte, dass der Schreiber so ein junger Mensch ist."
„Gut", sagte Pappenheim, als wäre damit alles geklärt. „Du kommst also morgen kurz nach Sonnenaufgang und reitest mit uns nach Schwaben."

Gern hätte Philemon etwas gesagt. Zum Beispiel: So schnell? Oder: Und wenn ich nun etwas anderes vorhabe? Aber er brachte kein Wort heraus.
An seiner Stelle hatte Pater Anselm einen Einwand: „Es ist noch eine Frage offen, Herr Reichsmarschall. Die wichtigsten Dokumente und die Briefe an andere Monarchen oder gar den Papst werden ja in Latein geschrieben. Philemon – sprecht Ihr Latein?"
„Nein. Kein Wort."
„Schade", sagte der Reichsmarschall. „Ich fürchte, Pater, da müsst Ihr einen anderen Nachfolger suchen. Am besten wieder einen Mönch."
„Ich erlaube mir, einen anderen Vorschlag zu machen", erwiderte der. „Philemon muss die Briefe ja nicht verfassen, nur schön schreiben. Da kann jemand den lateinischen Text vorgeben und er schreibt ihn einfach ab. Zudem werde ich bis zum Frühjahr noch zur Verfügung stehen. Philemon kann erst einmal hierbleiben und den Herbst und Winter nutzen, um sich wenigstens Grundkenntnisse in Latein anzueignen."
„Ja, das ist ein guter Vorschlag. Also, Philemon, setz dich auf den Hosenboden und lerne! Im April oder vielleicht im Mai bekommst du Nachricht, wann du wo erscheinen sollst. So, nun habe ich zu tun!"
„Eins noch, wenn Ihr erlaubt, Herr von Pappenheim", sagte der Pater. „Philemon braucht etwas Geld für die Zeit, wo er lernen soll und nicht arbeiten kann, und dann für die Reise."
„Ja, ja, natürlich. Regelt Ihr das, Pater! Seid nicht zu geizig, aber auch nicht zu großzügig!" Plötzlich lachte er laut. „Es wird schon nicht den ganzen dreißigsten Pfennig der Stadt Wetzlar ausmachen."
Er setzte sich und vertiefte sich in seine Papiere, als sei er völlig allein. Pater Anselm winkte Philemon nach

draußen vor das Zelt und erklärte ihm, was ein Schreiber in der königlichen Kanzlei zu tun hat und wie sich der Alltag so gestalten würde.
Philemon, der zunächst zu erschrocken war, um sich ein Urteil über diese unverhoffte Wendung zu bilden, fing langsam an, sich zu freuen.

***

Es war laut in der Gaststube. Philemon musste fast rufen, wenn er sich mit Johann und Moritz unterhalten wollte.
Ein lauter Pfiff ließ den Lärm wenigstens so weit zurückgehen, dass man hören konnte, wie jemand rief: „Ruhe! Seid doch mal still! Ludwig will singen!“
Das half. Langsam kehrte Stille ein. Inzwischen war Ludwig bei den meisten bekannt und sein Gesang beliebt. In freudiger Erwartung sahen alle hin, als Ludwig sich auf den Tresen setzte und seine Laute anschlug.
Und dann sang er.

„Beim König sind die Kassen leer.
Das Leben ist halt teuer.
Er denkt: Wo krieg ich Gelder her?
Wie wär's mit einer Steuer?“

Allgemeines Lachen unterbrach ihn.

„Wie schön wär's, wenn ich Münzen hätte!
Und eine Lösung fand sich:
Gebt einen Pfennig mir, ihr Städte!
Ich lass euch neunundzwanzig!“

Die Leute im Raum, fast nur Männer, murmelten, grinsten und einige klatschten.

„Doch Wetzlar sagt: Wir geben nix!
So hat's der Rat beschlossen,
und den Beschluss im Rathaus fix
mit reichlich Bier begossen.

Vielleicht war's ja auch andersrum:
Sie haben erst gesoffen,
und die Entscheidung, ziemlich dumm,
im schweren Suff getroffen."

Lautes Gelächter. Rufe: „Ja, so war's wohl!", „So ist es oft."

„Dem König haben sie bestellt:
Da wir uns selbst verwalten,
woll'n wir das schwer verdiente Geld
doch lieber selbst behalten.

Der König kommt mit einem Heer,
und er bedroht die Städte,
um deutlich so zu zeigen, wer
denn hier das Sagen hätte.

Nun hat der Rat die Hosen voll,
den Trotz und Mut verließen.
Er weiß nicht, was er machen soll,
und lässt die Tore … na, was wohl?"

„Schließen!", brüllen seine Zuhörer.

„So sind wir nun im Städtchen drinnen,
der König aber draußen.
Wir stehn bewaffnet auf den Zinnen,
mit reichlich Muffensausen."

„Stimmt!" „So war's!" Einige trommeln mit ihren Bechern auf die Tische und drücken so ihre Zustimmung aus.

„Dann hat Verhandler man gesandt.
Statt Hauen oder Stechen
soll man mit Ruhe und Verstand
erst miteinander sprechen.

So hat man nüchtern, sachlich, still
auf dieses sich geeinigt:
Der König kriegt nun, was er will.
Und schriftlich wird's bescheinigt.

Jetzt ist der König nicht mehr hier
mit sämtlichen Soldaten.
Ein Hoch! Wir trinken unser Bier
auf kluge Diplomaten!"

Lauter und anhaltender Applaus belohnte den Sänger. Alle tranken ihre Gefäße leer und bestellten neue. Ludwig bekam natürlich den ersten Krug. Der Wirt überschlug, dass er durch diesen jungen Mann einen guten Gewinn machte, auch wenn er ihn reichlich entlohnte.

Jemand rief: „Ludwig! Ludwig! Jetzt noch ein Lied auf den falschen Kaiser!"
„Nein, nein."
„Warum nicht?"

„Das mit dem falschen Kaiser ist eine traurige Geschichte. Und über eine traurige Geschichte kann man kein lustiges Lied machen."
Damit gab sich der Rufer zufrieden. Ludwig kam, den Krug in der Rechten und die Laute in der Linken, zu den drei Freunden an den Tisch.
Die schlugen ihm freundschaftlich auf die Schulter.
„Mensch, Ludwig, dichten und singen kannst du!", lobte ihn Philemon. „Du solltest mit so was deinen Lebensunterhalt verdienen, wo du jetzt keinen Sold als Wachsoldat mehr kriegst!"
„Mache ich vielleicht auch. Im Land umherziehen und in Gaststätten die Leute unterhalten und das für freie Kost und Logis. Aber das kann ich natürlich nur eine begrenzte Zeit machen. Was machst du denn? Willst du dein Leben lang für andere Leute Briefe schreiben?"
„Vielleicht nicht mein Leben lang, aber eine Zeit lang schon. Ab nächsten Frühjahr."
„Und was machst du bis dahin?"
„Latein lernen."
„Was?" Alle drei schauten ihn entsetzt an. Moritz fragte: „Was willst du denn damit?"
„Ich brauche es, damit ich für König Rudolf schreiben kann."
„Du spinnst!"
Aber das Grinsen in den Gesichtern der andern wandelte sich in Staunen, als Philemon erzählte, was er vorhatte.
„Großartig!", sagte Johann. „Was Besseres kann dir gar nicht passieren."
„Ich freue mich auch. Ich weiß nur noch nicht, wie ich es Maria beibringen soll, dass ich dann lange Zeit von hier fort bin."
„Am besten", grinste Moritz, „du überlässt Maria mir.

Ich werde nämlich bei Tobias Holz als Lagerarbeiter anheuern. Er hat mich sogar gefragt, ob ich das will."
Er hustete.
„Untersteh dich, mir meine Maria wegzunehmen!"
Als Moritz ausgehustet hatte, schaute er mit leicht bitterem Lächeln Philemon an. „Keine Sorge! Ich weiß, dass sie an dir hängt. Das muss ich wohl akzeptieren."
Ludwig fragte Johann: „Und du? Hast du auch schon Pläne?"
Der nickte. „Als wir auf Greifenstein waren, hat der Truchsess mich gefragt, ob ich nicht zu seiner Burgbesatzung kommen wolle. Das reizt mich. Vielleicht werde ich sogar mal ein richtiger Ritter."
„Der Heldentaten vollbringt wie der berühmte Siegfried aus Xanten."
Alle lachten. Ludwig spann den Faden weiter: „Der Drachen erschlägt und Goldschätze in Zwergenhöhlen findet."
„Ich hoffe doch", sagte Moritz, „dass wir dann von dem Schatz was abkriegen!"
Und Philemon lachte: „Vergiss aber nicht, wenn du uns besuchst, die Tarnkappe abzunehmen, damit wir auch sehen, dass du es bist!"
Moritz ergänzte: „Und Ludwig macht ein Heldengedicht über dich, das dann in ganz Deutschland gesungen wird und dich berühmter macht als dein berühmter Namensvetter."
„Darauf trinken wir!"
Und das taten sie dann auch ausgiebig.

***

„Ihr habt mich hergebeten, Meisterin Gertrud."
„Ja. Schön, dass du kommen konntest, Philemon. Du

könntest mir einen Gefallen tun und mich mit unserem Wagen nach Wetzlar bringen."
„Gern. Aber ... es wundert mich, dass Ihr mich dafür von Wetzlar kommen lasst. Es gibt doch auch hier ..."
„Es geht mir nicht darum, dass ich irgendwie an mein Ziel komme. Nicht nur. Es geht mir auch um dich, Philemon."
„Um mich?"
Sie nickte nur, erklärte aber nichts. Philemon zuckte mit den Achseln. „Gut. Ich spanne das Pferd an."
Als er mit dem einachsigen Wagen vorgefahren war, kam die Meisterin heraus, und er half ihr auf den Sitz. Sie fuhren an. Auf dem steilen Wegstück den Berg hinunter auf die Straße fragte Philemon: „Wohin fahren wir?"
„Zum Galgenberg."
„Wo sie den Kaiser ... den falschen Kaiser verbrannt haben?"
„Ja. Möchtest du nicht an den Ort?"
„Ich habe gehört, dass manche Leute sich Asche vom Scheiterhaufen und vom Toten holen, weil sie glauben, die würde irgendwelche Wunderkräfte enthalten. Aber ich kann mir nicht denken, dass Ihr das auch glaubt, Magistra."
Sie lächelte. „Da denkst du richtig. Ich will mir keine Asche holen, ich will dort beten. Ich glaube wie du, dass er nicht wirklich böse war. Hast du schon für ihn gebetet?"
Philemon schwieg eine Weile. „Nein", sagte er dann. „Ich wünsche ihm, dass Gott ihn barmherzig aufnimmt. Aber ich kann mir nicht vorstellen, dass Gott das eher tut, wenn ich es erbitte. Wenn er es wert ist, nimmt ihn der Allmächtige gnädig auf, wenn er es nicht wert ist, wird mein Gebet auch nichts daran ändern.

Verzeiht, Meisterin, dass ich Euch, der frommen und klugen Frau, mit meinen wohl etwas unausgegorenen Überlegungen ..."
„Da ist nichts zu verzeihen. Aber ich möchte deine unausgegorenen Überlegungen an zwei Punkten korrigieren, wenn du erlaubst."
„Bitte!"
„Erstens nimmt uns der himmlische Vater nicht in sein ewiges Reich auf, weil wir es wert sind. Wer ist das schon? Sondern weil er gnädig ist. Er gibt uns den Wert. Und wer seinen Wert nicht von ihm hat, mag für Menschen wertvoll sein, aber vor Gott ist er es nicht."
„Hm. Und zweitens?"
„Vielleicht hast du recht, dass dein Gebet dem alten Freund jetzt nichts mehr nützt. Das wissen wir nicht. Aber es nützt dir."
„Mir?"
Die Oberin antwortete nicht, so dass Philemon gezwungen war, selbst darüber nachzudenken.
Sie fuhren über die Lahnbrücke durch die Stadt zu der Hinrichtungsstätte. Philemon half der Meisterin vom Wagen, führte das Gefährt zur Seite und sah zu, wie sie vor dem Aschehaufen kniete. Es waren ein paar Leute da, aber sie ließ sich davon nicht stören.
Philemon legte auch die Hände zusammen, aber er wusste nicht, was er beten sollte. Es drängte sich ihm der Gedanke auf, dass Magistra Gertrud ihn dazu bringen wollte, auch zu beten. Nun ja, vielleicht hatte sie recht. Es würde ihm vielleicht guttun. Aber er kam sich etwas hilflos vor. So sprach er das Vaterunser – da konnte er nichts verkehrt machen, fand er.
Als er fertig war, erschrak er, als ihm bewusst wurde, dass er die Worte nur heruntergeleiert hatte. Gerade als er noch einmal von vorn anfangen wollte, stand

die Meisterin auf und schaute zur Seite, wo in einer Entfernung von sechzig oder siebzig Schritten eine Schar Kinder spielte. Ihr Geschrei war schon die ganze Zeit zu hören gewesen.

Meisterin Gertrud ging hinüber und Philemon folgte ihr. Es war leicht zu erkennen, was sie spielten: Eins der Kinder war an einen Baum gebunden und stellte offenbar den falschen Kaiser dar. Zweige lagen als Scheiterhaufen zu seinen Füßen. Die anderen Kinder standen herum, beschimpften und verspotteten den Angebundenen und bewarfen ihn mit Erdklumpen. Ein Feuer gab es glücklicherweise nicht.

Das Opfer schien durchaus nicht freiwillig diese Rolle übernommen zu haben. Es war ein Junge von etwa sechs Jahren. Jetzt fing er an zu weinen. Umso mehr johlten die anderen – nicht alle, aber die Wortführer. Ein größerer Junge tat sich dabei besonders hervor und stachelte die anderen an.

Die Meisterin trat zwischen die laute Kinderschar und ihr Opfer. Die Kinder hatten so viel Respekt vor ihrem Nonnenkleid, dass sie ihr Geschrei einstellten.

„Was tut ihr hier?“, fragte sie.

„Wir spielen“, rief ein Mädchen mit hüftlangen Zöpfen. „Der Winfried ist der falsche Kaiser. Er wird jetzt bestraft.“

„Aha“, sagte die Meisterin mit einer Stimme, die sehr freundlich klang, als sei sie von dem Spiel genauso begeistert wie die Kinder. „Schön. Aber es ist doch nur ein Spiel, nicht wahr?“

„Na klar!“, rief der große Junge. „Nur ein Spiel! Der heult doch nur, weil er ein Angsthase ist.“

„Wie heißt du?“, fragte sie ihn.

„Heinrich.“

„Du meinst, Winfried braucht nicht zu weinen?“

„Nee.“

„Du würdest nicht weinen? Du würdest dich tapfer beschimpfen und bewerfen lassen?“
„Mir würde das nichts ausmachen! Ich bin nicht so ein …“
„Gut!“, meinte sie und lachte dabei. „Probieren wir es aus! Jetzt wirst du an den Baum gebunden, und die anderen werfen.“
Der Junge war verblüfft und wusste nicht, was er erwidern sollte. Aber die anderen Kinder riefen: „Ja! Macht Winfried los und bindet Heinrich dran!“ Alle schienen sich auf das Spiel zu freuen. Einige packten das neue Opfer, andere banden den Kleinen los. Heinrich aber wehrte sich, es entstand ein Gerangel.
Die Meisterin gebot Ruhe. Sofort wurde es still. Philemon hatte schon öfter beobachtet, dass sie offenbar eine ungewöhnliche Autorität über andere Menschen hatte, selbst wenn die nichts von ihrem hohen Amt oder gar ihrer hohen Abkunft wussten. Wenn er selbst für Ruhe hätte sorgen müssen, hätte vermutlich niemand auf ihn gehört. Frau Gertrud sagte: „Es ist doch nur ein Spiel! Hast du selbst vorhin gesagt, Heinrich! Und bei einem Spiel muss man auch mal die Rollen tauschen können. Meint ihr nicht auch?“, fragte sie die Kinder. „Meint ihr nicht auch, dass es gerecht ist, wenn Heinrich auch mal an den Baum gebunden wird?“
Einige johlten laut: „Ja!“ Das waren wohl die, die sich schon manches Mal geärgert hatten, dass Heinrich immer das große Wort führte. Andere nickten nur. Das waren wohl die, die sich vor einer späteren Rache Heinrichs fürchteten.
Der Junge stotterte: „Ich … ich will aber nicht!“
Die Meisterin beugte sich zu ihm hinunter und sagte leise: „Du hast Angst, Heinrich, nicht wahr?“ Er nickte kaum sichtbar.

„Warum meinst du denn, ein anderer müsse keine Angst haben bei etwas, das dir Angst macht? Merke dir, Heinrich: Ehe du einem anderen etwas antust, versuche dir vorzustellen, wie du dich an seiner Stelle fühlen würdest. Hast du das verstanden?“
Wieder nickte der Junge leicht. Die Meisterin richtete sich auf und kam zu Philemon, der etwas abseitsstand. Da rief das Mädchen mit den Zöpfen: „Was ist denn nun? Soll Heinrich nicht verbrannt werden? Er soll auch mal der falsche Kaiser sein!“
Meisterin Gertrud wandte sich um und ging wieder zu der Kindergruppe. „Meinst du, dass er es verdient hat?“
„Ja! Hast du doch selbst gesagt! Weil er den Winfried verbrannt hat.“
„Und du willst ihn nun verbrennen. Also hast du es auch verdient?“
Es war auf einmal mäuschenstill.
Die Erwachsenen, die bei dem Ascheberg gestanden hatten, waren etwas näher gekommen und sahen zu.
„Stimmt es, dass die beiden an den Baum gebunden werden müssten?“, fragte sie die Kinderschar. Keiner traute sich, etwas zu antworten.
Meisterin Gertrud blickte die Kinder der Reihe nach an. Dann sagte sie: „Ihr habt recht. Heinrich hat es verdient, und ihr alle auch. Aber weil Heinrich Angst hat, will ich es ihm ersparen. Verbrennt mich dafür!“ Sie ging zu dem Baum, stellte sich davor und rief den Kindern zu: „Ich nehme das jetzt auf mich. Für Heinrich und Winfried und euch alle. Los! Werft mit Dreck nach mir! Verspottet mich mit den schlimmsten Schimpfworten, die ihr kennt!“
Keins der Kinder rührte sich.
Nach einer peinlichen Weile ging Meisterin Gertrud wieder auf sie zu. „Wisst ihr, was ich euch jetzt gezeigt

habe? Wie es Gott mit uns Menschen macht. Eigentlich müsste er uns alle verbrennen. In der Hölle. Weil wir alle böse sind. Aber das brachte er nicht über's Herz, weil er uns so lieb hat. Darum ist er selber gekommen und hat die Strafe auf sich genommen. Nur wurde er nicht auf dem Scheiterhaufen verbrannt, sondern am Kreuz angenagelt und getötet."

„So!", sagte eins der kleineren Kinder und zeigte auf das Kruzifix, das die Meisterin um den Hals trug.

„Ja, so", sagte sie, zeigte ihnen das kleine Kruzifix, lächelte sie an und kam dann wieder zu Philemon. Gemeinsam gingen sie zum Wagen und stiegen auf.

Als sie durch das Lahntal fuhren, ergriff Philemon das Wort. „Ihr könnt das so einfach erklären, Meisterin. Ich habe es verstanden und die Kinder sicher auch."

„Das muss auch so sein, denn die Wahrheit von Gottes Liebe gilt für alle, darum sollten auch alle sie verstehen. Sie gilt für Kleine und Große, für Nonnen und Priester, für Bauern und Soldaten, für Bürgermeister und Schreiber, sogar für Könige und Kaiser, richtige und falsche."

„Nicht wahr, Ihr denkt, dass es nicht gerecht war, den falschen Kaiser zu verbrennen?"

„Unsere Welt ist voller Ungerechtigkeit, Philemon", antwortete sie. Aber das war eigentlich keine richtige Antwort. Sie blickte zum Horizont, drüben, über den Hügeln des Taunus. „Hoffentlich kommt es bald", murmelte sie. Die Worte waren offenbar nicht für ihren Begleiter bestimmt.

„Was?", fragte Philemon so leise, dass man es beim Klappern der Hufe und Knirschen der Räder kaum verstehen konnte. Leise, weil er fürchtete, seine Frage könne unsinnig sein, weil er die Antwort eigentlich wissen müsste.

Sie wandte sich ihm zu. „Sein Reich. Das Reich der Gerechtigkeit und des Friedens."
Er begriff immer noch nicht. „Meint Ihr, wenn König Rudolf …"
„Ich hoffe nicht auf König Rudolf, Philemon. Ich hoffe auf einen anderen König. Auf den, der schon einmal kam, um für unsere Schuld bestraft zu werden. Der versprochen hat wiederzukommen. Den wir bitten mit den Worten: ‚Dein Reich komme!' Ich hoffe auf eine andere Gerechtigkeit und einen anderen Frieden als den der Menschen."
Dann sprachen sie nicht mehr.
Der Abend senkte sich herab, aber es war noch warm an diesem Julitag. Auf den Feldern reifte das Getreide. Bauern kehrten von ihrer Feldarbeit zurück. Wenn der Wagen an ihnen vorbeifuhr, grüßten sie. Kühe weideten auf den Wiesen entlang des Flusses.
Als sie vor dem Kloster ankamen und die Meisterin abgestiegen war, sagte sie: „Ich danke dir, Philemon!"
„Nein, ich danke Euch!", rief er ihr nach, als sie durch das Tor ging. Er schaute ihr noch einige Augenblicke hinterher, dann spannte er das Pferd aus.

***

Fast hatte Philemon das weiträumige Gelände des Klosters verlassen, da erschrak er. Eine merkwürdige Gestalt trat vor ihm auf den Weg. Aber sofort beruhigte er sich wieder, als er erkannte, was es war. Eine der frommen Schwestern, die für die Imkerei verantwortlich war, sah so seltsam aus, weil sie ein halb durchsichtiges Tuch vor dem Gesicht hatte zum Schutz vor den Bienen.
Jetzt hob sie das Tuch und schlug es über den Kopf

und die Haube zurück. Ein schon faltiges Gesicht kam zum Vorschein.
„Ihr seid Philemon, nicht wahr?“
„Ja.“
„Wartet einen Moment! Ich habe etwas für Euch.“
Sie ging ein paar Schritte zu einer kleinen Hütte und kam mit einem versiegelten Schriftstück zurück.
„Das hat mir einer der Soldaten des Königs für Euch gegeben. Er hat es aus dem Süden mitgebracht. Ich sagte ihm, er solle es an der Pforte des Klosters abgeben, aber er wollte sich wohl das letzte Stück des Weges ersparen. Ich könne es doch mitnehmen.“
Philemon nahm den Brief. Freudig erregt, denn er hatte noch nie persönlich einen Brief bekommen. Sofort fiel ihm ein, wer der Absender sein könnte. Und als er dessen Namen auf dem verschlossenen Schriftstück sah, erinnerte er sich daran. Er hatte selbst nach Jörgs Diktat an diesen Mann geschrieben, der einmal Page bei Landgraf Ludwig gewesen war. In Philemons Schreiben hatte gestanden, dass der Mann die Antwort auf seine Frage hierher zum Kloster Altenberg schicken sollte. Nun war sie eingetroffen.
„Ich danke Euch“, murmelte Philemon und wollte weitergehen, den Brief in der Hand.
„Philemon!“, hielt ihn die Nonne zurück.
Er blieb stehen und wandte sich um. „Ja?“
„Ich habe dem Boten einen Heller gegeben.“
„Ach so, natürlich, ihr bekommt ihn von mir. Ich habe im Moment kein Geld bei mir. Aber ich komme bald wieder her…“
„Ist gut!“, sagte sie, ließ das Tuch wieder vor ihr Gesicht fallen und verschwand.
Philemon ging und betrachtete dabei den Brief gründlich, ohne ihn zu öffnen. Das wollte er zu Hause tun.

Natürlich war er begierig zu erfahren, was darin stand. Aber die Sache war so wichtig, dass es ihm unangemessen schien, hier auf dem Weg die Post zu öffnen und zu lesen. Oder war er vielleicht auch ein wenig ängstlich, etwas zu erfahren, das nicht seinen Erwartungen entsprach?

Und er fing an, sich auszumalen, was die Folgen sein würden, je nachdem, was darin stand.

Sollte er lesen müssen, dass es unmöglich war, dass er ein Enkel des Landgrafen war – dann wäre er enttäuscht. Das wollte er dann am liebsten gar nicht wissen. Sollte darin stehen, dass es vermutlich zutraf, was er – mehr noch seine Mutter – vermutete, dann flösse Blut des Adels in seinen Adern. Aber was würde das bedeuten? Wäre er dann stolz? Das wäre nicht gut, weil er sich schon oft über den Stolz anderer Personen des Adels geärgert hatte. Oder würde es ihn wurmen, wenn er dann nicht als adelig anerkannt würde? Auch das wäre nicht gut.

Die dritte Möglichkeit wäre, dass es keine präzise und sichere Auskunft gäbe. Was würde ihm der Brief dann nützen?

Also, dachte Philemon, nützt mir die Nachricht des Mannes in keinem Fall. Im Gegenteil, sie kann mir schaden!

Überhaupt – hatte nicht die Meisterin Gertrud gesagt, dass all das letztlich unwichtig sei? Er rief es sich in Erinnerung: Was ich wirklich bin, ist nicht, was ich nach Ansicht der Menschen bin, nach menschlichen Wertvorstellungen oder nach der Abstammung und der Größe meiner Vorfahren. Was ich wirklich bin, ist das, was ich selber bin. Ja, was ich vor Gott bin, nach seinen unbestechlichen Maßstäben.

Meisterin Gertrud hat recht. So soll es sein, so will ich

mein Leben in dieser Welt führen. Ich brauche die Berufung auf einen berühmten Ahnherren nicht, um ich zu sein.
Und ich brauche den Brief nicht.
Neben seinem Weg war ein Bauer damit beschäftigt, Unkraut und ausgerissenes und abgeschnittenes Gebüsch am Rand seines Ackers zu verbrennen.
Philemon ging hin, grüßte kurz und gedanklich abwesend den Bauern und hielt den immer noch verschlossenen und versiegelten Brief an die Flammen. Als das Papier Feuer gefangen hatte, hielt er es hoch und trat zwei Schritte zurück. Lächelnd beobachtete er, wie das Schriftstück verbrannte. Ehe die Flammen seine Finger erreichten, warf er den Rest auf das brennende Reisig. Dann richtete er sich auf, lächelte den Bauern an und ging mit beschwingten Schritten weiter.
Der Bauer schaute ihm eine Weile verwundert nach, schüttelte dann den Kopf und wandte sich wieder seiner Arbeit zu.

Der historische falsche Kaiser

Diesem Roman liegt ein historisches Ereignis aus dem 13. Jahrhundert zugrunde. Im „Interregnum", der kaiserlosen Zeit nach dem Tod von Friedrich II., machte sich ein Gefühl der Ungeborgenheit und die Sehnsucht nach einer Führergestalt breit. Das machten sich verschiedene Scharlatane zunutze, die behaupteten, Kaiser Friedrich II. zu sein. Der bekannteste dieser Hochstapler war Tile Kolup. Er trat 1284 zuerst in Köln auf, wo er zunächst verspottet und aus der Stadt hinausgejagt wurde. In Neuss wurde er dann wohl von einflussreichen Personen unterstützt, die zwar in ihm nicht wirklich den Kaiser sahen, aber hofften, mit seiner Hilfe den Erzbischof von Köln, der zugleich Kurfürst und sehr unbeliebt war, zu ärgern. Besonders kurios erscheint der zeitweilige Erfolg dieser Hochstapelei, wenn man bedenkt, dass der echte Kaiser Friedrich II. bereits 1250 verstorben war, also schon über 30 Jahre lang tot war.

Als es für den falschen Kaiser in Neuss brenzlig wurde, floh er nach Wetzlar, weil diese Freie Reichsstadt dem König Rudolf von Habsburg eine neue Steuer verweigerte. Man nahm den „Kaiser" dort zwar auf, aber als König Rudolf mit einem Heer heranzog, verging den Stadtoberen der Mut. Sie versprachen, die Steuer zu bezahlen und lieferten den falschen Kaiser aus. Aus seinen Schreien bei der Folter schloss man, dass der Mann Tile Kolup hieß. Er wurde 1285 auf dem Scheiterhaufen verbrannt.

Der falsche Kaiser „regierte" etwa ein Jahr lang, hielt in Neuss und Wetzlar Hof, stellte mit einem gefälschten Siegel Friedrichs II. eigene Urkunden aus, bestätigte Privilegien und empfing Bischöfe und Fürsten.

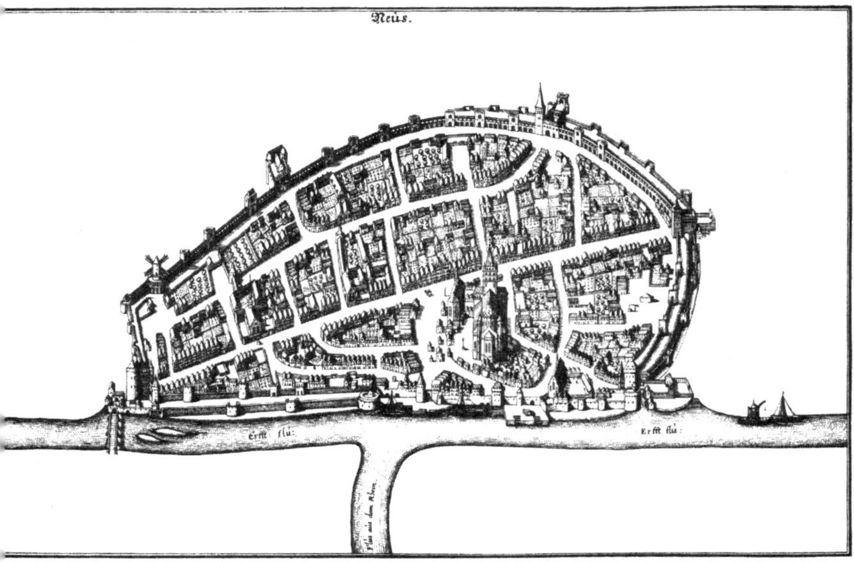

Historischer Stadtplan von Neuss

Mittelalterliches Siegel von Wetzlar
(Quelle: Historisches Archiv der Stadt Wetzlar)

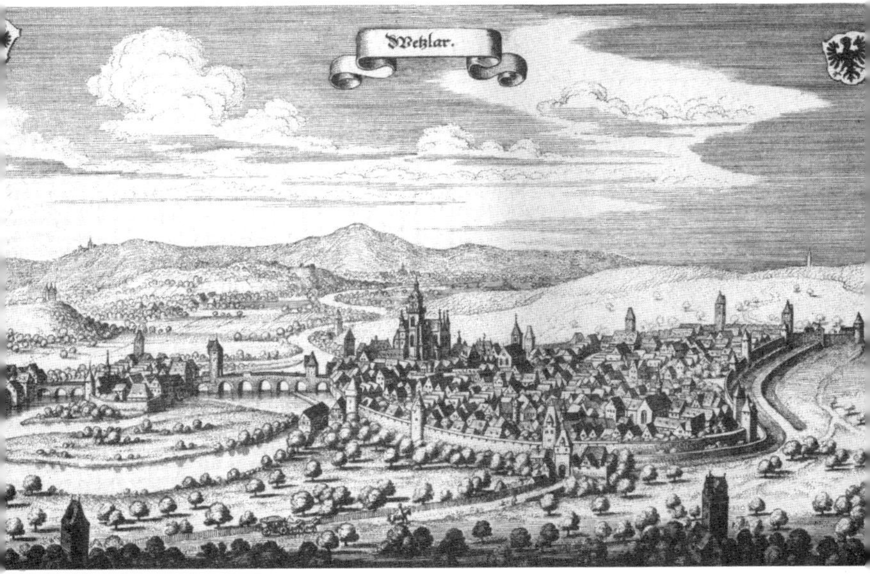

Historische Ansicht Wetzlars